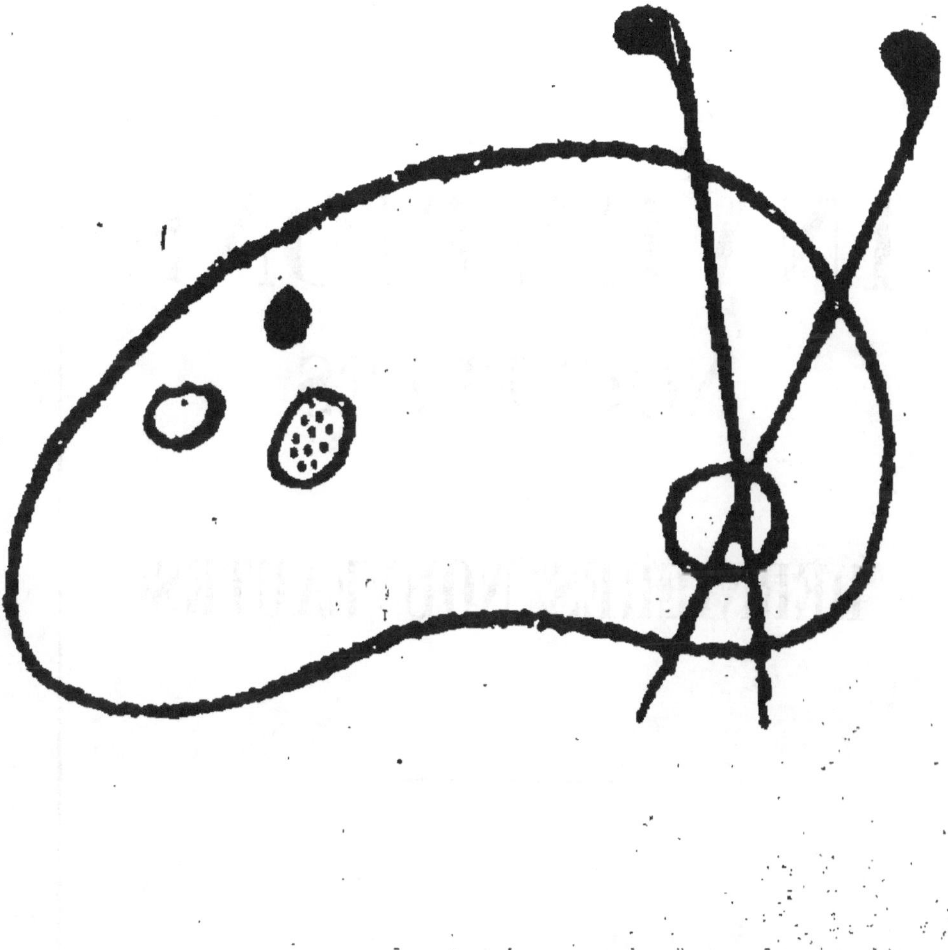

Début d'une série de documents
en couleur

G. DE PAWLOWSKI

INVENTIONS

NOUVELLES

ET

DERNIÈRES NOUVEAUTÉS

PARIS

BIBLIOTHÈQUE-CHARPENTIER

EUGÈNE FASQUELLE, ÉDITEUR

11, RUE DE GRENELLE, 11

1916

Extrait du Catalogue de la BIBLIOTHÈQUE-CHARPENTIER
à 3 fr. 50 le volume
EUGÈNE FASQUELLE, ÉDITEUR, 11, RUE DE GRENELLE

DERNIÈRES PUBLICATIONS

MARGUERITE AUDOUX
Marie-Claire . . . . 1 vol

HENRI BARBUSSE
Nous Autres . . . . 1 vol.

PIERRE BAUDIN
Anticipation . . . . 1 vol.

JULES BOIS
L'Éternel Retour . . . . 1 vol

ABEL BONNARD
Le Palais Palmacamini . . . . 1 vol

LÉON BOURGEOIS
La Politique de la Prévoyance Sociale, tome I . . . . . 1 vol.

LUCIE DELARUE-MARDRUS
Un Cancre . . . . 1 vol.

GUSTAVE FLAUBERT
Premières Œuvres, tome II . . . . 1 vol.

ALEXANDRE HEPP
Les Cœurs embellis . . . . 1 vol.

MAURICE MAETERLINCK
La Mort . . . . 1 vol.
Les Débris de la Guerre . . . . 1 vol.

OCTAVE MIRBEAU
Dingo . . . . 1 vol.

JOSEPH REINACH
Les Commentaires de Polybe (La Guerre de 1914-1915). 7 vol.
La Guerre sur le front occidental . . . . 1 vol.

GEORGES RIVOLLET
Bénédicte. Le Fiancé de Mlle Colombe . . . . 1 vol.

EDMOND ROSTAND
Chantecler . . . . 1 vol.

ANDRÉ WARNOD
Prisonnier de guerre . . . . 1 vol

MIGUEL ZAMACOÏS
L'Ineffaçable (La Grande Guerre), Poésie . . . . 1 vol

ÉMILE ZOLA
Correspondance. — Les Lettres et les Arts . . . . 1 vol

ENVOI FRANCO PAR POSTE CONTRE MANDAT

9864. — L.-Imprimeries réunies, rue Saint-Benoît, 7. Paris

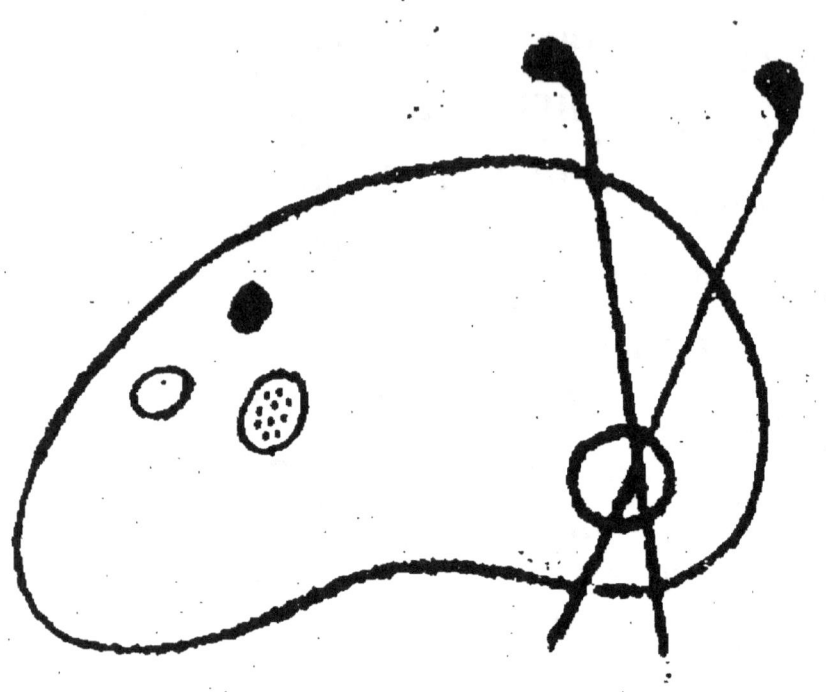

Fin d'une série de documents
en couleur

INVENTIONS NOUVELLES

ET

DERNIÈRES NOUVEAUTÉS

OUVRAGES DU MÊME AUTEUR

Polochon. — Paysages animés ; paysages chimériques
(3ᵉ mille). E. Fasquelle, éditeur............... 1 vol.

Voyage au pays de la quatrième dimension
(3ᵉ mille). E. Fasquelle, éditeur............... 1 vol.

Une définition de l'État (*épuisé*)............ 1 br.

Philosophie du travail (*épuisé*)............. 1 vol.

IL A ÉTÉ TIRÉ DE CET OUVRAGE

10 exemplaires numérotés sur papier de Hollande.

G. DE PAWLOWSKI

INVENTIONS

NOUVELLES

ET

DERNIÈRES NOUVEAUTÉS

PARIS

BIBLIOTHÈQUE-CHARPENTIER

EUGÈNE FASQUELLE, ÉDITEUR

11, RUE DE GRENELLE, 11

1916

PRÉFACE

Nos lecteurs excuseront la forme un peu rude et nécessairement scientifique de ce livre. Nous ne voulons présenter au public que des faits, parfois étranges certes, curieux, bizarres ou déconcertants, mais toujours contrôlés dans leurs moindres détails et notre œuvre se ressent forcément du caractère purement documentaire de nos recherches.

Le temps n'est plus, en effet, aux rêveries littéraires mais bien aux vérités pratiques. On nous a reproché de nous attarder en France aux idées générales, on a insinué que nous ne savions pas nous intéresser à ces multiples détails de la vie quotidienne dont est fait, paraît-il, le progrès. Il est temps de réagir et de montrer que nous pouvons, nous aussi, ne pas nous payer de mots.

*

*Laissons donc les philosophes rétrogrades pré-
tendre que nous ne savons toujours pas comment ni
pourquoi nous vivons, que nous ignorons tout de
l'esprit et de la matière, que nous ne soupçonnons
même point, par exemple, ce qu'est l'électricité dont
nous nous servons tous les jours, ce sont là des bali-
vernes d'utopistes qui ne sauraient entraver la
marche triomphale de la Science. Démontons patiemment et classons séparément tous les rouages de
notre montre; cela serait bien surprenant si, notre
travail achevé, nous ne découvrions pas l'heure qu'il
est. Qu'importe au véritable savant moderne de ne
point savoir où il va, pourvu qu'il y aille avec
méthode.*

*Ce besoin d'apprendre, de s'intéresser à toutes les
questions pratiques d'hygiène, de finance, de sciences
naturelles, de mode, d'industrie, d'art ou de littérature, s'est emparé de notre élite bourgeoise et de
toutes les classes conscientes du prolétariat.*

*Je n'en veux pour preuve que les communications
et les demandes de renseignements innombrables
que reçoivent chaque jour nos cinq académies. Certes
il en est encore de puériles, voire même de franchement absurdes, mais toutes dénotent un ardent désir
de savoir et de se mieux armer pour la lutte de
chaque jour.*

Au hasard d'un dernier courrier, qu'il me soit

permis d'en citer quelques-unes que l'on veut bien obligeamment me communiquer.

C'est un « Nemrod de Conflans-Sainte-Honorine » qui demande à l'Académie des sciences si l'on peut vraiment attirer un blaireau hors de son terrier en lui offrant un petit bol plein de mousse de savon.

Une dame du monde s'étonne que le vibromasseur électrique ayant rendu d'utiles services, personne n'ait encore songé à construire un vibromonfrère.

Un épicier inquiet demande si, légalement, le sucre candi qu'il vend doit porter la mention « Acide, urique-fantaisie ».

Un blanchisseur se plaint que le pyramidon, comme l'indique son nom, soit moins bon que l'amidon ordinaire pour empeser les faux-cols et cependant d'un prix de revient plus élevé.

Un candidat au prix Montyon voudrait savoir si un fauteuil roulant peut amuser réellement un paralytique.

Un collectionneur de tableaux perspicace, s'étonne que l'artiste ait peint un petit chemin de fer électrique et non pas à vapeur dans la belle toile de Breughel le Vieux qu'un marchand lui a vendue.

Un patriote s'inquiète de savoir si la taille du Grand électeur de Bavière était supérieure à celle de la plupart des électeurs français.

Un jeune stagiaire se demande en vertu de quel usage ancien de la magistrature, l'inscription : « *Défense de cracher sur le parquet* » *subsiste au Palais de Justice.*

Un employé de Banque affirme, après expérience, qu'il est impossible de détacher des coupons avec de la benzine.

Un jeune ténor veut savoir s'il existe réellement un escabeau lyrique pour atteindre les notes élevées.

Un épicier en gros s'indigne que les trous du fromage de Gruyère soient manufacturés spécialement à Bâle comme on le lui a dit.

Un correspondant de l'Académie des Inscriptions et Belles Lettres affirme que la règle plate, en bois mince, dont les sybarites se servaient pour chasser les mouches devait être percée de trous pour éviter la résistance de l'air.

Un autre nous apprend que le pied truffé était une ancienne mesure de longueur en usage seulement dans le Périgord.

Et ce sont ainsi d'innombrables questions sur la capture de l'âme, la photographie du talent, l'utilisation pratique de la Vénus de Milo, le travail mécanique des fantômes, les tuteurs pour serpents, la machine à rattraper le temps, la découverte chimique de Dieu ou sur la meilleure façon d'empêcher de rire les personnes qui ont les lèvres gercées.

Evidemment dans cette fièvre d'invention il y a encore beaucoup d'incohérence et toutes ces bonnes volontés manquent, le plus souvent, d'une ferme direction technique.

En donnant dans ce volume la description des modes nouvelles et des meilleures inventions pratiques de notre temps, nous avons voulu guider l'opinion et lui permettre de discerner utilement le faux d'avec le vrai.

Déjà en publiant certaines de ces inventions dans un grand journal parisien, nous avons pu voir combien le public moderne s'intéressait à ces questions scientifiques et les prenait au sérieux. Un volumineux courrier en fait foi.

De grosses maisons d'exportation nous demandèrent à plusieurs reprises de leur procurer des catalogues, des prospectus, des prix-courants.

Un éleveur du Nord se fâcha tout net lorsque je refusai de lui communiquer la recette pour chromer les coqs de combat.

Ce fut la Société protectrice des animaux qui intervint officiellement dans certains cas, ce fut même un grand journal de l'étranger qui, quelque temps avant la guerre, reproduisit avec émotion mon *information concernant les nouveaux pièges pour aéroplanes militaires que son correspondant lui avait télégraphiée.*

Ce livre intéressera donc, nous en avons l'assurance, ceux qui ont encore à apprendre mais qui, mieux avertis que Bouvard et Pécuchet[1] veulent, avant tout, utiliser la science d'une façon lucrative et pratique, sans vaine sensiblerie humanitaire.

Cependant si ce recueil est fait pour les néophytes mondains qui désirent apprendre, nous voulons espérer également qu'il divertira, ne fut-ce qu'un moment, ceux qui savent mais aiment à se souvenir. Peut-être même ceux-ci trouveront-ils dans certaines de nos descriptions comme une légère indication d'humour qui ne leur déplaira pas et qu'il faut nous pardonner.

L'humour est, en effet, la seule poésie possible de notre époque scientifique, comme les vers étaient, pour nos pères, la seule porte des rêves ouverte dans la prose de leur temps. Les modes d'évasion de l'esprit se modifient avec les prisons et l'on ne s'échappe pas de l'autoritarisme absolu de la science aussi facilement que du despotisme bourgeois.

On nous reprochera peut-être, de nous amuser à des questions « civiles » au moment où les problèmes militaires prennent la première place, mais sur ce point une distinction s'impose.

Nous trouvons fort naturel que les « civils » ne songent actuellement qu'à la guerre mais, en échange, il faut bien permettre aux soldats de penser un peu à la vie civile qu'ils défendent depuis deux ans et d'y puiser comme toujours leurs seuls sujets de distraction. Quant à la guerre on ne l'écrit pas; on la fait.

C'est donc à mes camarades du front, et pour les divertir, que ce livre est dédié.

G. DE P.

« .....non pour iouer, mais pour y apprendre mille petites gen-
tillesses et inuentions nouuelles : lesquelles toutes yssoyent d,
arithmeticque. »

RABELAIS, Gargantua, L. I, ch. XXIII.

INVENTIONS NOUVELLES

ET

DERNIÈRES NOUVEAUTÉS

I

HYGIÈNE — ESTHÉTIQUE — SOINS DE BEAUTÉ

Le savon antidérapant. — Le réticule adultérin. — Le crachoir-torpille. — Le ratelier-piège. — L'ovimelle mus-cacide. — L'escarfigaro. — Pour conserver ses dents. — Mouches vivantes. — Machine à écrire les bâtons. — Filtre touriste. — Méphistophone bas parleur. — Hâle artificiel. — Ongles noirs pour cabarets. — Embrasses pour joues tom-bantes. — L'éclairage des yeux et du nez. — La baignoire à entrée latérale. — Burettes à huile pour Esquimaux. — Vacuum nasal. — L'électrocuferropaillasse. — Le mam-mifère natatoire gonflant. — Boucles d'oreilles réveille-matin. — Le crachoir central récupérateur. — Le calorifère à miasmes. — Les peignes pleins pour personnes pelées. — La chenille brosse à dents. — Coton noir pour deuil. — Le genuflectol. — Accroche-cœur tressé pour monocle. — Pâte d'aimant pour cheveux métalliques. — Les cheveux-barbe. — Le ciment ombilical. — Le savon à poils. — Cirage à la graisse de lapin. — L'extenseur sénile. — Le sham-pooing scolaire. — Criquets tondeurs. — Le cri-cri pinçon. — L'ibis ouvre-gants. — Le crocodile conformateur pour bottes. — La dynamo-pipe et le bouton de gilet électrique pour conversation.

Signalons en tête de ce chapitre une invention modeste, sans prétentions, mais utile : *le nouveau*

1

savon antidérapant garni de clous qui sera bientôt sur toutes les toilettes.

On le sait, en effet, le savon, jusqu'à ce jour, avait le grave défaut de glisser entre les mains et de déraper sur le sol avec une facilité déplorable. Le *nouveau savon antidérapant*, analogue aux pneumatiques antidérapants d'automobile supprimera tous ces inconvénients. On nous fait remarquer, accessoirement, qu'il s'use moins vite que les autres savons ce qui est une qualité appréciable.

—————

Le *réticule adultérin* est un petit nécessaire ingénieux et discret construit et livré à des prix très abordables par la grande maison d'accessoires Old Scratch, de Londres. Il peut rendre de très grands services aux personnes surprises en flagrant délit d'adultère. Il peut même — l'expérience l'a prouvé — leur sauver la vie. Ce nécessaire, en bois d'Orient, bariolé de riches et voyantes couleurs, contient :

Deux mètres de soie jaune;

Une petite flûte exotique;

Un paquet de safran;

Une brochure explicative se terminant par un vocabulaire indiquant la prononciation éventuelle de quelques mots hindous.

Au moment où le commissaire de police frappe à la porte de la chambre incriminée, la dame, suivant la coutume, se blottit silencieusement sous la couverture du lit et la crainte l'agite de légers mouvements convulsifs.

Son complice, de son côté, sans perdre de temps, enroule autour de sa tête l'étoffe jaune, la dispose en forme de turban, se frotte rapidement le corps avec le safran, s'assied par terre, les jambes croisées, et se met à jouer de la flûte. Après les sommations d'usage, lorsque le commissaire de police pénètre dans la chambre, le pseudo-Hindou fait entendre de plaintives protestations :

— Bon chef blanc, toi pas prendre jolis serpents venimeux à moi sous couvertures, seule richesse pour faire des tours dans cirque.

Les mouvements de la couverture s'accentuant toujours à l'entrée du commissaire, celui-ci, terrorisé, se retire sans plus insister, referme lui-même la porte et affirme au monsieur trompé qu'il a été victime d'une erreur. C'est simple et peu coûteux, l'appareil emballé et franco de port ne dépassant point le prix de 30 francs, modèle courant, et 35 francs, modèle enrichi de pierres fausses.

———

Un petit inventeur de Bagnolet vient de présenter à l'Académie de médecine un nouveau crachoir hygiénique, dit *crachoir torpille*, dont la rigoureuse propreté est assurée au moyen d'une simple commande électrique. Lorsque l'on crache dans cet appareil, le crachat est tout aussitôt renvoyé au plafond avec une vigueur étonnante. L'appareil est toujours ainsi d'une propreté rigoureuse et ne nécessite aucun nettoyage.

———————

Le *râtelier-piège* est, avouons-le, une invention parfaitement répugnante, due à nos ennemis et qui ne peut avoir de succès, auprès des touristes, que chez les sauvages d'outre-Rhin. Il est destiné aux voyageurs de commerce ou aux excursionnistes qui, ayant à passer la nuit dans des auberges de campagne où pullulent d'innombrables souris, rats ou mulots, désirent n'être point dérangés par ces animaux durant leur sommeil.

Le *râtelier-piège* est un râtelier du modèle courant, facilement démontable et qui peut se retirer instantanément de la bouche. On le munit d'un simple ressort à déclanchement et on le pose par terre, dans un coin de la chambre à coucher. On peut ensuite s'endormir en toute tranquilité. Si par hasard une souris s'aventure dans le piège, le ressort agit, la mâchoire se referme, écrasant l'infortuné rongeur.

Pour amorcer le piège, — et c'est là ce qui nous paraît particulièrement pénible à dire, — on recommande aux touristes de terminer leur repas en mangeant des noisettes, des amandes sèches ou quelques délikatessen.

Le matin, il suffit de retirer l'animal pris au piège, d'enlever le ressort, et, suivant le degré de raffinement du propriétaire, de passer le râtelier dans l'eau d'une cuvette ou de le remettre directement dans la bouche.

Cette invention est peut-être très pratique, très commode; je doute qu'elle soit accueillie favorablement par des gens de goût.

Quelques « élégantes » de Hambourg désirant toutefois, au cours de leurs voyages, réunir le plus grand nombre possible de peaux nécessaires pour former une belle fourrure d'hiver, ont demandé s'il ne serait pas utile de raccorder le râtelier-piège à la sonnerie électrique de l'hôtel, pour que le piège soit remis en place chaque fois qu'une prise est faite et puisse fonctionner à nouveau.

Cette précaution est parfaitement inutile, car l'inventeur du râtelier-piège a malheureusement prévu à cet effet un modèle-luxe dit de chasse, muni d'une copie servile de notre frein hydro-pneumatique d'artillerie.

Avec ce modèle, c'est, pour employer une expression populaire, un violent coup de dent que donne le râtelier-piège au rat ou à la souris, coup de dent suffisant pour entraîner la mort immédiate de l'animal. Ensuite la mâchoire s'entr'ouvre lentement et se remet en place, bâillant pour une nouvelle capture. Dans les auberges de campagne, on peut prendre ainsi de huit à dix

1.

rats en une seule nuit, mais pas plus, l'énergie du râtelier-piège décroissant à chaque coup de dent.

———

L'*Ovimelle muscacide* est une nouvelle pâte, d'une jolie couleur dorée, dont on badigeonne le crâne des personnes chauves, et qui se vend, prête à être posée, par flacon d'un quart de litre, avec le pinceau, pour 2 fr. 25, dans toutes les bonnes pharmacies. L'*Ovimelle muscacide* est une pâte analogue à celle que l'on dépose sur les papiers dits *papiers tue-mouches*. Son effet est foudroyant. Tous ceux qui ont la tête chauve et qui savent combien il est insupportable, pendant l'été, de sentir d'innombrables mouches se promener sur la surface polie du crâne, comprendront toute la joie que l'on éprouve à capturer ainsi ces agaçants insectes et à en délivrer ses voisins. Ce dévouement à la collectivité est bien dans les attributions du père de famille. Il en fait le véritable protecteur de toute la maison. Lorsque sa tête est entièrement couverte de mouches, un simple lavage au savon suffit pour nettoyer le chef ainsi recouvert d'une perruque frisée du plus beau noir. Ajoutons que, pour les galas, la maison de l'*Ovimelle muscacide* vend une pâte de luxe contenant des paillettes d'or et qui imite merveilleusement l'aventurine. L'effet, sur le crâne est saisissant. Pour les grands mariages, on vend également une boîte de peinture et de la pâte de première qualité, imitant délicieusement le vernis Martin.

———

L'Escarfigaro est un nouveau rasoir de sûreté vivant qui rendra les plus grands services aux touristes, aux voyageurs de commerce et aux explorateurs.

C'est un escargot de forte taille, d'origine australienne, qui secrète une bave savonneuse lorsqu'il est posé sur une joue hérissée de poils de barbe. Il suffit ensuite, lorsque le visage est ainsi couvert d'une sorte de mousse de savon, d'appuyer sur l'escargot, qui se blottit au fond de sa demeure, laissant les bords de la coquille faire l'office d'un excellent rasoir; ces bords sont, en effet, particulièrement coupants. On peut ainsi se raser en quelques minutes, sans difficulté et sans emporter avec soi un attirail toujours encombrant.

L'Escarfigaro se vend dans une petite boîte grillagée, avec un peu de saponaire pour le nourrir. Il constitue également un charmant petit compagnon de voyage. On le trouve dans toutes les bonnes pharmacies.

———

On parle beaucoup, dans les milieux scientifiques, d'une nouvelle méthode qui permettrait à n'importe qui de conserver éternellement ses propres dents blanches et saines, fût-ce à l'âge le plus avancé. Cette méthode est infiniment simple et l'on s'étonne que personne ne l'ait préconisée plus tôt. Au lieu d'attendre que les dents deviennent mauvaises avec l'âge, il suffit de les faire arracher toutes au moment de la première jeunesse, lorsqu'elles viennent de pousser, et de les faire monter ensuite en râtelier. On est assuré de *conserver ainsi toujours ses propres dents parfaitement saines.* C'est un sérieux avantage qu'apprécieront tous les infortunés qui sont obligés d'accepter de fausses dents, prises dans la bouche des autres.

———

Encore une mode bien américaine, que l'on essaie de lancer sur nos plages. Sera-t-elle adoptée ? Il faut espérer que non, car, si elle satisfait aux goûts excentriques des transatlantiques, elle ne peut que blesser la finesse naturelle des races latines. Il s'agit de la *nouvelle mouche vivante* que les élégantes de New-York fixent par une patte sur leur joue, un peu à côté de la bouche. Cela procure, paraît-il, des sensations très « exciting » et signifie, grâce à un symbolisme, disons-le, un peu grossier, que l'on peut s'approcher sans crainte de cette bouche charmante. Nous voilà bien loin de la délicieuse mouche de nos grand'mères ! Il faut espérer, répétons-le, que cette absurde excentricité n'aura aucun succès chez nous.

Signalons, pour les petits enfants, une *nouvelle machine à écrire* très simplifiée, qui permet aux débutants, sans se salir les doigts et sans avaler leur porte-plume, de tracer des bâtons sur une page d'écriture.

C'est là un utile perfectionnement qui sera bien accueilli par toutes les mères de famille.

Voici un nouveau *filtre pour touristes*, appelé à rendre les plus grands services. C'est une sorte de bouchon en feutre, muni d'une ficelle, que l'on avale et qui reste dans l'œsophage pendant que l'on boit une eau d'origine douteuse.

Lorsque le touriste est désaltéré, il n'a plus qu'à tirer sur la ficelle pour extraire de sa gorge ce filtre improvisé, qui, d'un faible volume, tient peu de place dans la poche.

Le *Méphistophone bas parleur* est une curieuse petite invention qui, certainement, est appelée à remporter un succès considérable. A peine l'a-t-on annoncée que déjà les commandes affluent de toutes parts. Cet appareil, simple autant qu'ingénieux, se compose d'un petit phonographe de forme spéciale qui se dissimule dans la coiffure et dont les récepteurs aboutissent discrètement aux oreilles, en passant sous les cheveux ou sous les brides d'un chapeau. Un peu de coton dans les oreilles cache parfaitement l'arrivée des deux petits tubes. Le *Méphistophone* chuchote, au choix du client, soit des chansons grivoises, soit des propos galants. Les paroles ne peuvent être perçues que par la personne munie de l'appareil. On peut ainsi passer d'agréables moments, soit à l'église — d'où le nom de l'appareil — soit dans des cérémonies officielles ou dans des salons poétiques. On aurait tort de taxer ces petits appareils d'immoralité, comme on l'a fait tout d'abord, puisqu'ils évitent, particulièrement aux jeunes filles, d'écouter des propos galants réels et qu'ils ne procurent, en somme, qu'un divertissement sans conséquences graves. Depuis que ce petit appareil a été inventé, d'innombrables envois en ont été faits — du reste d'une façon fort discrète, — dans les milieux les plus divers. Ce sont particulièrement des femmes mariées, en butte aux discussions ménagères, des magistrats exposés à d'interminables audiences, qui réclament ce petit appareil. Son succès ne fait pas de doute. Il est, en somme, fort légitime, à l'ennuyeuse époque où nous vivons.

Le *chemin de hâlage*, malgré son titre un peu prétentieux, est un produit de beauté qui sera apprécié par toutes nos élégantes. Cette teinture, placée sur la peau, donne aux personnes qui n'ont pu quitter Paris le teint exact d'un touriste qui reviendrait de la mer ou de la montagne. L'amour-propre de chacun est ainsi sauvegardé.

Le modèle *ocre jaune*, retour des tranchées, se fait pour hommes.

———

Signalons aux personnes élégantes désirant visiter des cabarets d'assassins, les *nouveaux croissants noirs en celluloïd* qui se fixent aisément sous les ongles et se démontent ensuite avec la même facilité. Les personnes du monde, en effet, sont toujours reconnues à ce fait qu'elles ont les ongles propres. Le croissant noir en celluloïd met tout au point en quelques secondes.

———

Certaines modistes ont l'intention de lancer, cet hiver, de petites *embrasses pour joues tombantes*. L'ensemble est, paraît-il, assez gracieux et fera la joie de toutes les coquettes d'un certain âge.

———

Le congrès américain de la mode a décidé de remplacer les bijoux habituels, qui manquent d'éclat, par des bijoux électriques, qui feront plus d'effet dans la coiffure. Hâtons-nous d'ajouter que l'innovation sera plus complète encore et qu'elle s'étendra aux charmes naturels de la physionomie. C'est ainsi que les Américains construisent déjà de nouveaux *sourcils à arc* en velours, qui se posent sur les sourcils existants et contiennent à l'intérieur des petits tubes électriques allongés, analogues à ceux que l'on emploie pour les lampes de piano et qui sont éclairés au moyen de vapeurs de mercure. Cet éclairage, qui ne se voit point de l'extérieur, projette sa lumière sur les yeux et donne au regard un éclat vraiment saisissant.

A signaler également de petites ampoules électriques nasales qui se dissimulent dans le nez et donnent aux ailes une transparence rose très séduisante. De nouveaux dentiers électriques assureront enfin à leurs possesseurs un sourire éblouissant. On ne manquera pas, je le sais, de protester tout d'abord contre ces inventions yankees, mais, comme toujours, lorsqu'il s'agit de modes nouvelles, on finira bien par les adopter.

———

Pour les temps de chaleur excessive, c'est avec joie que je signale la nouvelle *baignoire à entrée latérale* que fait construire une grande maison de plomberie. On sait combien était fatigante, surtout par les temps chauds, l'opération qui consistait à enjamber les bords d'une baignoire pour entrer dans l'eau ou pour en sortir. Grâce à la nouvelle entrée latérale, il suffira d'ouvrir une petite porte pour pénétrer de plain pied dans la baignoire.

Le commerce des accessoires d'automobile vient de trouver un nouveau débouché dans le Groënland. On vient d'expédier chez les Esquimaux — le croirait-on? — *comme articles de toilette*, deux mille grosses *burettes à huile* destinées, jusqu'à présent, au graissage des automobiles. Lorsqu'un Esquimau veut procéder à sa toilette, rien n'est plus commode pour lui que de mettre le bec de la burette entre le col de sa chemise et sa peau, et de renouveler ainsi, sans se déshabiller, le savant huilage de son corps.

Signalons à toutes les élégantes, soucieuses de ne pas détruire l'harmonie de leur coiffure, le nouveau petit *vacuum nasal* de poche, qui se dissimule dans le réticule ou le manchon, et qui permet de se moucher discrètement sans retirer sa voilette, en introduisant le petit tube aspirateur dans le nez par un des trous du tulle. C'est élégant, pratique et discret.

———————

Tous ceux d'entre nous qui ont habité la caserne connaissent cette touchante coutume qui a nom *l'échange de paillasses*. Il s'agit théoriquement, on le sait, du renouvellement mensuel de la paille qui garnit l'intérieur du sac de couchage du soldat. Mais, en fait, on se contente d'échanger la paille entre lits voisins. Cet échange a un bon résultat, celui de mettre en fuite un certain nombre de punaises, mais il est parfaitement inefficace pour assurer la destruction complète de ces parasites.

A dater de l'an prochain l'administration des lits militaires vient d'ordonner une réforme coûteuse, mais énergique. La paille végétale sera remplacée dans les lits militaires par de la paille de fer, tout aussi souple, et qui permettra d'une façon radicale la destruction complète de tous les parasites. C'est ce procédé nouveau que l'intendance désigne dès maintenant sous le nom un peu pompeux d'*Electrocuferropaillasse*, et que nos troupiers appellent plus familièrement l'*électrocu*. Tous les mois, on fera passer dans chaque paillasse militaire un fort courant électrique, qui électrocutera instantanément tous les animaux malfaisants qui se trouveront dans la literie. C'est simple, rapide,

ingénieux, peu coûteux, et d'une antisepsie qui
fera la joie de nos hygiénistes.

Voici un petit article de toilette féminine qui
fera fureur cette année sur toutes nos plages à la
mode. Il s'agit du nouveau *mammifère natatoire
gonflant*, que lance une maison de pneumatiques et
qui rendra de très grands services à toutes nos
jolies baigneuses. Ce petit instrument n'est autre
chose qu'une élégante réduction de la pompe à
pneu du modèle courant. On peut l'emporter sans
difficulté dans une valise ou même dans un simple
réticule. Munie d'un embout spécial en caoutchouc
dit « embout universel », s'adaptant à toutes les
valves, cette petite pompe sert à gonfler d'air,
avant le bain, la poitrine des dames. Rien ne leur
est plus facile ensuite que de se soutenir sur l'eau
sans aucun effort ou d'apprendre à nager. Le procédé n'a rien de disgracieux. Il donne, au contraire,
une apparence avantageuse aux dames que la
nature n'a pas favorisées. Le *mammifère natatoire gonflant* peut être également utilisé fort
avantageusement en cas de naufrage et supprime
la recherche toujours pénible et aléatoire d'une
ceinture de sauvetage. Des expériences faites
dernièrement avec des nourrices ont même permis
de constater que celles-ci, gonflées seulement à
deux atmosphères, pouvaient supporter, dans

l'eau, sept à huit personnes accrochées autour d'elles. C'est une véritable révolution dans la marine. Ajoutons enfin, au simple point de vue mondain, que rien n'empêche de rendre également insubmersibles, aux bains de mer, les petites chiennes que leurs maîtresses préfèrent ne pas abandonner sur le rivage et qui prennent ainsi, sans danger, leurs joyeux ébats dans l'eau de mer.

C'est là, en résumé, une invention fort simple, très pratique, et dont le succès est assuré.

On connaît la montre bracelet et ces petits chronomètres minuscules que l'on monte aujourd'hui un peu partout en guise de chatons de bague. Un bijoutier s'est avisé de perfectionner encore cette utile invention en lançant des *boucles d'oreilles réveille-matin* fort ingénieuses. Au lieu de brillants, les boucles d'oreilles supportent deux petits réveille-matin, dont on peut régler la sonnerie à quelques minutes d'intervalle pour assurer un réveil parfait. Ces nouveaux bijoux seront bien accueillis par tous les gens qui voyagent et qui craignent de ne pas se lever à l'heure pour prendre leur train.

Depuis quelques années, l'industrie hôtelière a fait des efforts véritablement prodigieux et l'organisation matérielle d'un grand hôtel moderne ne rappelle que de fort loin celle des auberges d'autrefois. Chauffage central, électricité, téléphone, machines rotatives pour l'impression des notes d'hôtel, tout a été prévu et un modern-palace est une immense horloge dont les moindres rouages sont combinés avec soin.

Veut-on avoir une idée de l'un de ces petits perfectionnements de détail qui ne sont rien à première vue, mais qui montrent jusqu'où peut aller le souci de l'organisation dans ces énormes *palaces* modernes? Il suffit de présenter le nouveau *crachoir central récupérateur*, que l'on installe un peu partout pour l'ouverture de la saison. Bien des gens trouveront que c'est là un détail insignifiant ou simplement répugnant. Cela ne prouvera pas en faveur de leur esprit scientifique, car il n'est rien d'insignifiant ou de répugnant pour un véritable savant.

Le *crachoir central récupérateur* remplace avantageusement le hideux petit crachoir courant qui donnait lieu, si fréquemment, à de pénibles accidents lorsque la sciure de bois était avalée, comme disaient les médecins, *par réglutition inattentive* et qui, dans tous les cas, présentait un aspect des plus désagréables. Avec le *crachoir central récupérateur*, tout change. Chaque chambre de l'hôtel est munie d'un petit crachoir-entonnoir de l'aspect le plus élégant, terminé par un petit tube de descente aboutissant à un collecteur central. Ce

2.

collecteur descend dans les sous-sols, jusqu'à la petite salle réservée au cireur de bottes et se termine par un robinet compte-gouttes. On devine le reste. Le matin, l'infortuné salarié préposé au cirage des centaines de bottines de l'hôtel n'a plus à faire, comme autrefois, des efforts salivaires désespérés et souvent désastreux pour sa santé. Il lui suffit d'ouvrir modérément, de temps à autre, le petit robinet mis à sa disposition. Les locataires de l'hôtel, tout en se débarrassant hygiéniquement de leur salive supplémentaire, assurent donc eux-mêmes, sans aucune peine, le cirage quotidien de leurs chaussures. C'est infiniment plus propre, plus discret, plus humain, disons-le, pour les infortunés préposés aux bottines, dont la joie fait plaisir à voir.

Ajoutons enfin que l'adoption de cette invention est prochaine dans tous nos pensionnats et dans toutes les casernes et que les ministres de l'Instruction publique et de la Guerre ont déjà nommé deux commissions chargées d'étudier les projets présentés.

Locataires, faites attention! Certains propriétaires peu scrupuleux se sont avisés d'utiliser, en place du chauffage trop coûteux, des *miasmes paludéens* qui, répandus dans chaque appartement par le calorifère, donnent aux habitants une fièvre légère et par conséquent l'illusion de la chaleur. C'est un procédé frauduleux qui tombe, rappelons-le, sous le coup des lois.

———

Dans le domaine de la mode, signalons les nouveaux *Peignes Pleins Pour Personnes Pelées*. On a remarqué bien souvent, en effet, combien était absurde, pour des personnes entièrement chauves, l'usage du peigne ordinaire à dents divisées. Le peigne plein, au contraire, est un polissoir du plus heureux effet qui, loin d'écorcher le crâne inutilement, lui donne l'aspect brillant d'un ivoire ancien.

———

Sait-on à quoi les nègres du Haut-Tamba doivent l'éclatante blancheur de leurs dents? C'est un explorateur anglais qui nous l'apprend dans le dernier numéro de la grande revue scientifique anglaise *The Scalp*.

Ces nègres, tous les matins, s'emparent d'une de ces grosses chenilles hérissées de poils, fort communes dans le pays, qu'ils roulent dans la poudre dentifrice, placent ensuite sur leurs dents bien jointes et emprisonnent en fermant la bouche. La chenille, qui a horreur de la poudre dentifrice, s'agite en tous sens, parcourt toutes les dents, cherchant une issue ; elle essaie de passer par toutes les fentes, et, en quelques minutes, les dents se trouvent entièrement nettoyées. Il suffit alors de recracher la chenille, qui va se faire laver dans le torrent voisin.

On a bien raison de le dire : tout est affaire de préjugés, et cette méthode, qui nous paraîtrait, en France, parfaitement répugnante, est des plus courantes chez les naturels du Haut-Tamba.

Elle est véritablement peu seyante, cette mode que l'on propose de lancer du coton noir pour les oreilles des personnes en deuil ! Il ne faut rien exagérer. Nous pensons beaucoup de bien des timbres-poste noirs pour lettres de deuil, mais le coton noir nous paraît sale, et, du reste, d'un usage réservé déjà aux campagnards.

« Est-ce de parti pris », m'écrivait George Auriol, « que, vous gardez le silence sur le *génuflectol*, à l'aide duquel on assouplit les jointures du chameau pour le faire agenouiller ? »

Non, certes, ce n'est pas de parti pris, car je connais les merveilleuses propriétés du génuflectol employé couramment parmi les courtisans, dans les cours des rois nègres. Seulement, j'ai conscience, de mes responsabilités scientifiques et je me souviens des désastreuses applications qui furent faites du génuflectol, il y a de cela quelques années, par suite d'une regrettable erreur, sur le crâne de certains membres de l'Institut. Le genou, brusquement assoupli, se ridait, remuait au cours des séances, et la dignité de notre corps constitué s'en trouva affaiblie.

A ce propos, je me souviens toutefois des effets merveilleux qu'un de nos professeurs de musique les plus réputés tira jadis du génuflectol pour l'instruction de ses élèves. Le brave homme avait le front couvert de rides, comme une portée de musique et, tout en même temps, ce front était affligé d'un nombre considérable de grains de beauté. Grâce au génuflectol, le front, devenu mobile, se plissait à volonté, haussait ou descendait les petites notes formées par les grains de beauté, et le brave homme composait ainsi, instinctivement, des thèmes musicaux que ses élèves, groupés autour de lui, exécutaient tout aussitôt avec admiration. Mais c'est là un cas exceptionnel qui n'intéresse, en somme, que l'histoire de la musique.

_____

Les transformations de la mode semblent, cette année, s'appliquer tout particulièrement à la chevelure. C'est ainsi que l'on annonce, pour cet été,

la perruque en éponge, que l'on pourra imbiber
durant les grandes chaleurs d'eau fraîche ou même
d'éther, suivant le goût de chacun. Les coiffeurs
nous prient également de signaler à leur clientèle
masculine la nécessité où sont tous les élégants de
laisser actuellement pousser leurs cheveux au-
dessus des tempes. Prochainement, en effet, il sera
de bon ton de porter un accroche-cœur tressé, qui
servira de cordon de monocle. Seuls les élégants au
courant de la mode seront prêts en s'y prenant
dès maintenant.

Puisque nous parlons de coiffures, signalons
également que les cheveux se porteront verts
l'an prochain. C'est la couleur complémentaire du
rouge, et la coiffure s'harmonisera ainsi plus complètement avec les lèvres et les joues. A moins
toutefois que l'on ne porte les lèvres vertes et les
cheveux rouges? Les modistes hésitent encore à ce
sujet pour lancer les nouvelles modes de la saison.

Toujours dans le domaine de la coiffure, il nous
faut signaler l'ingénieuse *pâte d'aimant* avec laquelle on badigeonne actuellement les crânes de
nos chauves les plus notoires. Il suffit d'approcher
ensuite de la tête des cheveux artificiels en fil de
fer pour que ceux-ci, attirés par la pâte d'aimant,
se collent tout aussitôt sur le crâne. Les cheveux
artificiels prennent ainsi naturellement leur place

sur la peau véritable du crâne. Pour les militaires qui désirent se coiffer en brosse, des clous ordinaires pourront suffire.

Signalons, enfin, pour les dames qui préfèrent les teintes jaunes, qu'après quelques lavages les cheveux en fil de fer prennent bientôt une couleur rouille des plus agréables.

Les merveilles de la chirurgie moderne nous étonnent chaque jour davantage. Voici que l'on nous annonce une méthode opératoire véritablement surprenante et capable de faire cette fois repousser les cheveux bien réellement. Il ne s'agit plus de lotions plus ou moins vagues, de traitement à longue échéance, mais d'un procédé chirurgical qui a des résultats immédiats. Depuis longtemps, on avait remarqué que la plupart des hommes chauves possédaient une barbe abondante. Au moyen de ligatures délicatement faites et de fils de soie passés au travers de la tête, on raccorde chaque poil de barbe à une racine de cheveu. Ce raccord une fois fait, il suffit d'exercer une traction progressive sur le nouveau cheveu pour faire passer le poil de barbe du menton sur la tête. On peut ensuite se raser à l'américaine. Le traitement peut paraître tout d'abord un peu tiré par les cheveux, long et minutieux, mais il donne des résultats surprenants et les techniciens seuls peu-

vent deviner que les cheveux du patient sont des
poils de barbe. L'illusion est parfaite.

Plus inutile me paraît être, dans le même
domaine, le nouveau *ciment ombilical* que lance
une grande maison de parfumerie. Il paraît que
cet hiver le nombril ne se portera plus. Peut-être
en résultera-t-il de grands troubles dans l'organisme? Il conviendrait, je crois, de consulter
quelques médecins avant d'adopter aveuglément
cette mode un peu folle.

Le *savon à poils* est un nouveau savon qui fera
la joie des touristes et, plus particulièrement, des
automobilistes.

Présentant l'aspect d'un pain de savon ordinaire, il réunit cependant, à lui seul, deux accessoires de toilette indispensables pour bien se laver
les mains : je veux dire *le savon* tout d'abord, et
la brosse. Le savon à poils contient, en effet,
comme l'indique son nom, des poils mélangés à la
pâte et qui permettent de brosser les mains tout
en les savonnant.

Le côté curieux de cette invention, au point de
vue industriel, c'est le très bas prix de revient de
ces savons. Ils sont, en effet, fabriqués avec de la

mousse de savon à barbe agglomérée, recueillie chez les coiffeurs après que ceux-ci ont rasé leurs clients.

———

Nous ne saurions trop recommander à tous les chasseurs de se servir, pour assouplir leurs bottes, du *nouveau cirage à la graisse de lapin*, qui donne les meilleurs résultats.

Après une longue course à travers champs, lorsque le chasseur, fatigué, s'assied à l'ombre d'un chêne, son chien dévoué, attiré par l'odeur du lapin, vient avec joie lui lécher les bottes qui sont, tout aussitôt, en parfait état de propreté.

C'est une gentille attention pour le dévoué compagnon de l'homme et, tout en même temps, pour sa charmante compagne, qui ne lui jette plus à la tête, quand il rentre, les différents objets composant le mobilier, parce qu'il a les pieds sales.

———

L'extenseur sénile est un petit appareil très pratique, dont l'emploi ne présente aucun danger et qui, contrairement aux pratiques chirurgicales analogues tentées pour rendre la beauté aux vieillards, est approuvé par l'Académie de médecine.

L'extenseur sénile rappelle, par son principe, les embauchoirs que l'on met dans les bottines

3

pour leur rendre leur forme primitive et effacer les rides qui se produisent à l'usage dans le cuir. Il se place, le soir, dans la bouche du vieillard, gonfle les joues au moyen d'une vis centrale que l'on règle au point voulu. La bouche devant rester rigoureusement fermée au moyen d'un bandage élastique qui maintient la mâchoire, le passage de la vis est assuré, en général, au moyen d'une fausse dent mobile que l'on enlève le soir au moment de placer l'embauchoir. La respiration s'effectue par le nez, sans inconvénients, et le lendemain matin la figure du vieillard présente un aspect reposé, d'une jeunesse qui rappelle celle des petits anges joufflus que l'on voit dans les tableaux d'église.

L'*extenseur sénile* se fait en tous modèles, avec déviation de la vis de pression, suivant l'emplacement des fausses dents. Il est livré dans un écrin, prêt à être posé.

Un modèle analogue a été établi pour les dames, mais plus élégant. Les dames ayant généralement des dentiers complets, il se compose d'un ballon en caoutchouc qui se gonfle automatiquement dans la bouche, au moyen d'une *dent-valve* d'un principe fort ingénieux. Cette dent-valve est munie intérieurement d'un clapet qui permet à l'air d'entrer, sans pouvoir sortir. En fermant la bouche et en augmentant soi-même la pression de l'air à l'intérieur de la bouche, la dent-valve fonctionne comme une pompe pneumatique et gonfle le ballon intérieur. Cet appareil a un grand avantage : celui de pouvoir être conservé toute la journée, discrètement, dans la bouche, sans attirer l'attention, les jolies femmes n'ayant généralement rien à dire. Ajoutons enfin qu'au moment des repas le ballonnet se dégonfle facilement et discrètement en appuyant sur le clapet de la dent-valve au moyen d'un simple cure-dent.

Le Conseil municipal vient de décider de faire creuser une *fosse à automobile* dans la cour de chaque école primaire. Les enfants seront groupés le matin dans cette fosse, la tête seule émergeant au ras du sol. Il suffira ensuite de faire appel à la balayeuse automobile pour qu'en quelques secondes toutes les têtes subissent un shampooing énergique.

A propos de coiffure, sait-on comment les indigènes de l'Afrique centrale se coupent les cheveux? Ils se coiffent tout simplement avec une calebasse à couscous retournée, dans laquelle ils ont emprisonné au préalable une poignée de criquets. En moins d'un quart d'heure, tous leurs cheveux se trouvent coupés au ras de la tête. Il suffit de retirer ensuite la calebasse pour que les criquets s'envolent.

C'est pratique et bon marché.

———————

Il arrive fréquemment, particulièrement dans les bals officiels, que de galants cavaliers pincent discrètement ces *faux appas* que les dames portent aujourd'hui, un peu partout, sous leurs vêtements, et qui leur donnent ces charmes avantageux qu'une nature marâtre leur refusa. Cela ne va pas sans de sérieux inconvénients pour la dame, qui ne peut, naturellement, s'en apercevoir. Si c'est une femme honnête, son indifférence peut paraître équivoque. Si c'est une demi-mondaine, elle peut manquer une occasion d'avenir.

Le cri-cri pinçon est un petit appareil à musique fort simple qui se place à l'intérieur des faux appas aussi bien sur une poitrine artificielle que dans un faux mollet et qui imite à merveille le cri effarouché que doit pousser toute jeune femme que l'on vient de pincer. Le cri-cri-pinçon avertit tout en même temps le monsieur trop galant et la dame qui est l'objet de ses poursuites. Il est indispensable dans une toilette moderne bien comprise.

———————

Voici une nouvelle mode rapportée par les Parisiens qui passèrent l'hiver en Égypte et qui va faire fureur durant toute la saison. Il s'agit de l'*ibis-domestique-ouvre-gants*. Toute description en est, je crois, inutile. L'*ibis-ouvre-gants* fonctionne comme fonctionnait déjà le *petit-crocodile-conformateur à verrues pour bottes de chasse*. Il suffit de montrer un appât à l'animal, après lui avoir fourré le bec dans un doigt de gant pour que tout aussitôt l'ibis s'efforce d'ouvrir le bec et dilate le gant. C'est infiniment simple et d'un joli effet décoratif dans un cabinet de toilette.

Rappelons à ce propos, pour les personnes qui l'ignorent, comment fonctionne le *crocodile-conformateur pour bottes de chasse*. Cette invention est bien connue de tous les Egyptiens : on fourre la tête du petit crocodile dans la botte à élargir et on lui récite quelques versets du *Coran*. Tout naturellement, le petit crocodile se met à bâiller et élargit la chaussure comme on l'espérait. Le grand avantage du crocodile, c'est qu'il possède sur le museau de nombreuses verrues placées irrégulièrement. Il suffit de choisir un petit crocodile ayant une verrue placée comme l'est le cor dans la chaussure. La botte est ainsi exactement conformée, suivant le pied de son propriétaire. Les bottiers égyptiens possèdent toute une série de petits crocodiles ayant des verrues placées de différentes façons, suivant les cas.

3.

Un ingénieur m'a écrit pour me proposer de récupérer l'énergie inutilement dépensée dans les pipes au moment de la combustion du tabac. Suivant lui, un simple serpentin engendrant de la vapeur, pourrait actionner une petite dynamo qui chargerait elle-même des accumulateurs. Ce sympathique inventeur estime que l'ensemble de l'appareil ne pèserait pas plus de dix kilos. C'est peut-être beaucoup pour une pipe, mais, ainsi qu'il le fait judicieusement observer, c'est peu pour une usine électrique.

Il me semble, sans vouloir contester la valeur de cette invention, que l'on pourrait utiliser tout simplement les mouvements d'aspiration qui se produisent dans le tuyau de la pipe et commander ainsi directement la dynamo. A quoi me direz-vous pourrait être employée l'énergie ainsi recueillie? De mille manières.

En premier lieu, il faut signaler l'éclairage possible des décorations étrangères pendant la nuit. En un temps où d'abominables manœuvres ont discrédité légèrement différents ordres exotiques, il serait bon de faire quelque chose pour les gens qui les portent et de leur donner ainsi quelques compensations

La décoration exotique serait en verre de couleur, naturellement, et éclairée de l'intérieur, ce qui serait plus discret et de meilleur goût.

On peut utiliser également l'énergie recueillie

dans la *dynamo-pipe* pour actionner une petite sonnerie électrique qui retentirait d'une façon continue lorsqu'un interlocuteur, dans le feu de la conversation, vous prendrait par le bouton de votre gilet. Au premier abord, l'importun ne s'inquiéterait pas de cette sonnerie, mais, petit à petit, lorsqu'il l'entendrait résonner chaque fois qu'il toucherait le bouton du gilet, une relation ne manquerait pas de s'établir dans son esprit entre ces deux faits et il s'en trouverait quelque peu décontenancé. La politesse exigerait naturellement que le monsieur porteur de boutons de gilet à sonnerie gardât toute son impassibilité au cours de la conversation et parût ignorer complètement ce petit rappel à l'ordre électrique et discret.

II

HORTICULTURE — AVICULTURE
PISCICULTURE — ÉLEVAGE

Le niveau à bulle d'air des poissons. — Le peigne des raies.
— Banc-Touring-Club pour sardines. — Le vampire vini-
vore. — — Le maquillage des pommes ridées. — La serviette-
éponge sauvage. — L'ichtyocinéma. — Les vaches à lait
sucré. — Jambes de bois pour moutons. — Le martyr des
moules. — Béquilles pour cigales. — Rouleaux pour escargots.
— Wagons-restaurants pour moineaux. — Puces-caramel
pour chiens. — Moutons cotonniers. — Grain de beauté
pour poules. — Vaches à café et vaches à bière. — Bassets à
boggies. — Raboteuse automobile pour têtes de morues. —
Chevaux de course à turbine. — Cochons autruchiens. — Coqs
de combat chromés. — Chapeau Saint-François. — Moules
perlières. — Poules merlières. — Poules perlières. —
Moules merlières. — Perles pour lièvres. — Perles mou-
lières. — Poules moulières. — Merles pour lierres. —
Explosions d'oiseaux. — Cigognes pour friser la chicorée. —
Monocles pour chevaux. — La santé du veau froid. — L'ovicul
de poule enregistreur. — Le travail intensif des poules. —
Les fruits-grelots. — Conformateur pour œufs carrés. —
Le nid gobeur. — Charnières pour bouledogues. — Œufs
de poule d'eau pour tirs forains. — L'élimacié. — Le
Marathon limace.

De très curieuses études viennent d'être entreprises au Muséum concernant l'équilibre des pois-

sons. On sait maintenant que les poissons ont, dans l'eau, le sens de l'équilibre, grâce à une bulle d'air qui se meut le long de leur colonne vertébrale, exactement comme dans un niveau d'eau. Cette bulle d'air provoque un chatouillement intérieur, soit vers la tête, soit vers la queue, et permet au poisson de rectifier sa position horizontale. Cela est si vrai que lorsqu'un poisson, imprudemment, prend une position verticale et tend la bouche vers la surface de l'eau, la bulle d'air s'échappe.

Voici qui est plus curieux encore : on se demandait comment la raie pouvait se maintenir si exactement perpendiculaire dans l'eau, étant donné son peu de largeur de bâbord à tribord. Pourquoi, en un mot, la raie était-elle toujours exactement droite. Cela vient, paraît-il, de l'ossature de la raie, qui affecte exactement la forme d'un peigne géant. *C'est à la présence de ce peigne que la raie doit d'être droite.* Cette constatation fera prochainement l'objet d'un important rapport à l'Académie des sciences.

Le Touring Club de France vient de faire don de six bancs nouveaux aux pêcheurs bretons. Ces bancs seront placés le long de la côte, dans des sites agréables et à quelques mètres sous l'eau. On espère qu'ils attireront de nombreuses sardines sur nos côtes.

Le *Vampire vinivore* est un petit appareil fort simple, inspiré du « vacuum cleaner » et qui permet de récolter, par succion, le jus d'une vigne sans prendre la peine inutile de cueillir les grappes. C'est un procédé rapide, économique, et qui enchante nos vignerons.

———————

Où s'arrêteront les raffinements du luxe? Nous recevons à l'instant un prospectus d'un docteur Bernois, le professeur Otto Taxis, qui propose de rendre leur fermeté première aux vieilles pommes ridées, grâce à son appareil de massage vibratoire. En deux séances, paraît-il, les rides sont effacées sur les vieilles pommes et on peut les servir sur une table, ainsi maquillées, sans inconvénient.

———————

On a présenté dernièrement à l'Académie des sciences quelques spécimens fort curieux de *serviette éponge naturelle* que l'on vient d'obtenir dans les grandes pêcheries de Ceylan. Jusqu'à présent, on le sait en effet, les *serviettes éponge* n'étaient que de vulgaires imitations en coton de l'éponge naturelle.

Pour obtenir une *serviette éponge véritable*, on immerge au fond de la mer de vastes chambres noires dans lesquelles on enferme les jeunes éponges que l'on veut développer. On a soin de laisser, sous la porte de la maison sous-marine, un jour représentant exactement l'épaisseur de la serviette éponge que l'on veut obtenir. L'éponge qui, tout naturellement, s'ennuie dans sa chambre obscure, tend vers la lumière et se développe en passant petit à petit, sous la porte. Il suffit ensuite de la couper à la longueur voulue pour obtenir la *serviette éponge naturelle*. Ajoutons enfin que, par le trou de la serrure, passe bientôt une autre éponge en baguette, qui sert à fabriquer des cure-oreilles en éponge. C'est ingénieux, on le voit, mais le prix de revient de la serviette est encore fort élevé.

———

Les pêcheurs sont ravis. Grâce à l'*Ichtyocinéma*, ils pourront réaliser des pêches surprenantes.

Il s'agit d'un cinéma qui, placé sur une barque de pêche, projette la nuit dans les eaux profondes des vues capables de réjouir les poissons les moins expansifs. Quinze cents mètres de film déroulent, devant les yeux, agrandis par la joie, de la gent aquatique, des vues représentant de vieux morceaux de gruyère remplis de vers, des quartiers de viande en décomposition et tout un monde grouillant d'insectes. Les poissons, ravis, accourent de toutes parts, et un coup de filet donné à temps renouvelle la pêche miraculeuse.

Des films différents s'adaptent aux goûts de chaque poisson. Une grande variété de vues est tenue à la disposition des amateurs de pêche nocturne.

———

Signalons à tous les éleveurs que, d'après un rapport récent présenté à l'Académie de médecine, il suffit de nourrir les vaches avec des betteraves pour obtenir un excellent *lait sucré* que l'on peut vendre 15 centimes au lieu de 10 centimes la tasse.

———

Ne jetez pas vos *manches à gigot*, oxydés ou défraîchis, tel est le cri d'appel que pousse aujourd'hui la Société protectrice des animaux. On ignore, en effet, que c'est par centaines que la S. P. A. expédie chaque année, dans les Cévennes et dans les Alpes, de vieux manches à gigot qui permettent de secourir instantanément les moutons transhumants qui se cassent une patte au cours de leur pénible voyage annuel.

La patte cassée est coupée tout aussitôt, vendue aux restaurateurs de la région, qui la transforment en pied de mouton poulette. Il suffit de serrer le manche à gigot avec la vis de pression sur la jambe du mouton pour que le ruminant soit capable de continuer tout aussitôt sa route.

Lorsqu'il est livré à la consommation, le gigot avec son manche subit une plus-value du fait de sa bonne présentation culinaire et chacun y trouve ainsi son bénéfice.

A propos de la Société protectrice des animaux, plusieurs membres de cette puissante association nous signalent avec indignation l'abominable pratique des peintres qui se servent de coquilles de moules comme godets pour l'or et l'argent. Voilà une cruauté bien inutile et nos peintres ne pourraient-ils pas employer de préférence des godets en porcelaine? Cette réclamation est, reconnaissons-le, des plus justes. Torturer inutilement les oiseaux déshonore un être humain, à plus forte raison lorsqu'il s'agit de simples mollusques lamellibranches.

Jitès jamaï vostri viého allumetto! « Ne jetez pas vos vieilles allumettes! » Tel est l'appel que nous adressent de leur côté les principales sociétés de félibres du Midi, et je ne connais guère de motif plus émouvant que celui qui inspire à nos excellents Provençaux ce cri de charité. Il s'agit, en l'espèce, de venir en aide aux vieilles cigales que l'âge et les infirmités rendent impotentes et qui se traînent péniblement dans les champs. Grâce aux vieilles allumettes que l'on met à leur disposition, les cigales et les sauterelles peuvent se procurer les béquilles dont elles ont besoin pour marcher. Les allumettes-bougies, en raison de leur forme arrondie et de leur élasticité, sont, paraît-il, particulièrement recherchées. C'est là une idée de poète, que des poètes seuls pouvaient réaliser.

Entraînés par le touchant exemple des félibres, les paysans bourguignons font entendre un appel analogue. Après un été chaud, il paraît que les escargots manquent absolument de bave pour se mouvoir sur le sol et qu'ils se dessèchent sur place. Pour eux, l'utilisation des allumettes-bougies, comme rouleaux, serait infiniment précieuse. Il y a là une œuvre à accomplir, qui ne peut manquer de toucher profondément les amis des bêtes.

Tous les parisiens ont remarqué ces gracieux petits tricycles crottineurs qui circulent sur les

grands boulevards, recueillant les applaudisse-
ments du public et les rares déchets de la digestion
abandonnés par de rapides coursiers ataxiques.
Cette invention a toutefois un défaut, celui de
retirer le pain du bec des pauvres oiseaux, et la
Société protectrice des animaux s'est émue d'un
pareil état de choses. Désormais, pour lui donner
satisfaction, le réservoir du tricycle sera transformé en cage-mangeoire où pourront prendre place
place les petits oiseaux. Et n'est-ce point une
invention digne de notre siècle de vitesse et de
progrès que celle de ces petits *wagons-restaurants
pour moineaux* filant à 30 kilomètres à l'heure au
long de nos avenues?

Parmi les petites inventions qui se trouvent
actuellement chez les bons vétérinaires, il faut
mentionner les boîtes de *puces-caramel* en sucre
cristallisé, qui se vendent au prix très modique
de dix centimes. Les *puces-caramel* sont placées
dans la fourrure des jeunes chiens, pour les habituer à rechercher avec plaisir les puces qui s'y
trouvent et qui représentent désormais pour eux
une véritable friandise. Cette modeste invention
sera très appréciée de tous ceux qui élèvent et
dressent de jeunes chiens.

Un très gros scandale serait sur le point d'éclater dans l'industrie lainière. Il paraît que certains éleveurs austro-boches ont pu greffer sur le dos des moutons des graines de cotonnier qui ont admirablement pris. Le produit de la tonte donne ainsi une excellente cheviote de fantaisie, laine et coton, très résistante. Mais on comprend, étant donnés les prix respectifs de la laine et du coton, que cette nouvelle invention ait donné lieu à plusieurs plaintes en escroquerie qui suivent actuellement leur cours devant la justice.

La dernière exposition d'aviculture nous a révélé une invention, française celle-là, moins bruyante sans doute, mais plus touchante. Il s'agit du *nouveau grain de beauté pour poule*, que des éleveurs ont su développer sur leurs produits d'une façon véritablement miraculeuse, et qui est placé un.peu au-dessous et à droite de l'œil droit de la poule.

On sait en effet, combien, depuis les débuts de l'automobilisme, tous les chauffeurs ont regretté souvent l'obstination que mettent les poules à ne point tenir. leur droite sur la route, comme le veulent les règlements de voirie. De là des collisions souvent fâcheuses et des reconnaissances pénibles au restaurant, entre les chauffeurs et leurs victimes.

On avait bien songé, pour éduquer les poules, à leur mettre devant les yeux de petites lunettes avec un verre noir à gauche et, sur le verre de droite, un petit grain de mil habilement peint. Les poules, auraient ainsi tenu constamment la droite, en toute circonstance. Malheureusement, d'un geste brusque de la patte, les poules n'hésitaient pas à jeter bas le lorgnon sauveur dont on les avait munies.

Le *nouveau grain de beauté pour poules*, de la couleur d'un grain de blé ordinaire, est, au contraire, d'une solidité parfaite et d'une simplicité, disons-le : émouvante. Tous les cultivateurs soucieux de leurs véritables intérêts auront à cœur de pratiquer sans retard les croisements nécessaires pour en munir leurs volailles qui, attirées par ce grain iront toujours à droite de la route.

———

On se souvient de l'accueil triomphal que l'Académie de médecine avait fait, il y a quelque temps de cela, aux nouvelles *vaches à café* qu'on lui avait présentées. Combinés avec les anciennes vaches à lait, ces nouveaux ruminants allaient assurer à la population française un petit déjeuner sain, nourrissant, et d'une qualité indiscutable.

Il faut aujourd'hui déchanter. On s'étonnait

bien un peu de voir des vaches ordinaires produire du café à la place de lait; mais, dans le premier moment d'enthousiasme, nos savants n'avaient pas examiné la question plus avant. Le petit mystère est aujourd'hui percé à jour. C'est uniquement avec de la chicorée que nos éleveurs avaient nourri leurs vaches, et le café ainsi obtenu était donc de qualité tout à fait inférieure.

En matière de progrès, ceci nous prouve une fois de plus qu'il ne faut pas vouloir aller trop vite.

Quant aux *vaches à bière* allemandes dont on avait tant parlé, tout le monde sait aujourd'hui à quoi s'en tenir sur ce sujet et l'on nous dispensera d'insister sur cette odieuse invention germanique.

———

De très nombreux chasseurs m'ont écrit pour me demander d'urgence quelques renseignements au sujet des nouveaux bassets à boggies que leur propose le prospectus d'un grand éleveur belge. Il convient de remettre les choses au point sans délai. *Basset à boggies* n'est qu'un terme de fantaisie inventé par l'éleveur, et je n'ai pas besoin de vous dire que le basset n'est pas monté sur deux chariots à quatre roues, comme le premier wagon-restaurant venu. Non, le procédé est plus simple, mais non moins curieux. On est arrivé, grâce aux progrès véritablement incroyables de la greffe animale, à greffer deux pattes au milieu du corps du basset qui, ainsi monté à six pattes, peut, malgré sa longueur, prendre des courbes d'un très faible rayon et circuler sans difficulté dans les terriers les plus compliqués. Ce basset à six pattes est originaire de Hollande. On l'avait construit tout d'abord pour franchir les ponts des canaux qui forment un angle très aigu sur lequel les infortunés chiens restaient suspendus en équilibre par le milieu du ventre.

———

On se fait une idée très fausse, à Paris, des raisons qui ont provoqué de véritables émeutes parmi les pêcheurs bretons de Terre-Neuve. Ces discussions interminables tiennent, comme souvent d'ailleurs, à de nouveaux progrès mécaniques qui simplifient la main-d'œuvre et remplacent, toujours davantage, l'ouvrier par la machine.

Cette fois-ci, tout le mal est venu d'une invention, excellente par elle-même et que les Américains viennent de lancer à Terre-Neuve. Il s'agit de la *nouvelle raboteuse à glace automobile américaine pour têtes de morues*. Le nom seul de cet instrument étonnera, j'en suis persuadé, ceux qui ne sont pas au courant des moyens employés pour pêcher la morue. Il sera une révélation pour nos malheureux habitants des côtes bretonnes qui n'ont pas encore vu la nouvelle machine à l'œuvre.

Les paisibles pêcheurs à la ligne parisiens se figurent, en effet, que l'on pêche la morue avec de simples amorces ou au filet. Ils ne se rendent pas compte du temps considérable qu'il faudrait employer pour pêcher ainsi les milliers de morues qui nous sont expédiées chaque année. Peut-être même n'ont-ils jamais remarqué l'absence systématique de la tête chez les morues qui nous parviennent en Europe?

Le moyen employé pour capturer le précieux poisson est, en effet, des plus ingénieux, des plus simples, et tout en même temps, faut-il le dire? des plus inconnus. Il est basé sur la séduction mystérieuse qu'exerce sur la morue le son de l'accordéon, et en général de tout instrument de musique.

Les capitaines de morutiers attendent avec soin, le thermomètre en main, le moment où la mer doit se congeler en hiver, aux environs de Terre-Neuve. A ce moment précis se fait entendre, sur tous les bateaux, une musique délicieuse, et les morues, par milliers, soulèvent légèrement la tête au dehors de l'eau. Puis, elles restent là à écouter, sans prendre garde à la glace qui se forme à la surface de la mer et qui bientôt les emprisonne. Ce n'est plus alors qu'un jeu, pour nos paysans bretons, de faucher, comme un simple champ de sarrasin, toutes les têtes de morues qui émergent de la glace. Cela

demande toutefois, on le conçoit, de longues journées pour mener à bien ce travail; et pour arracher
ensuite, comme on le ferait pour un champ de
betteraves, les corps immobilisés de toutes les
morues.

La *nouvelle raboteuse à glace automobile américaine pour têtes de morue* accomplit le même
travail en quelques heures sur des espaces immenses, privant ainsi de leur gagne-pain les fau-
cheurs bretons engagés pour la saison.

C'est là une situation intolérable et qui doit
appeler sans délai l'attention du gouvernement.
Nous avons toujours beaucoup trop négligé, en
France, la question de Terre-Neuve; tous nos diplo-
mates le répètent. Voici une occasion d'intervenir,
qui rendra nos ministres particulièrement populaires parmi les inscrits maritimes.

Signalons seulement, et à titre de simple curiosité, l'invraisemblable essai qui fut fait dernièrement sur un champ de courses américain d'un
cheval complété par une hélice d'aéroplane. C'est
là une cruelle tentative qui a justement ému les
sociétés d'encouragement du monde entier et qui
n'aura, on peut en être assuré dès aujourd'hui, pas
de lendemain.

L'*Aéro-Pégasus* était muni, tous les journaux des

États-Unis l'ont raconté, d'une turbine à gaz
actionnant une hélice placée, si je puis dire,
dans l'axe arrière du cheval. La queue habilement tressée servait à maintenir la turbine en
place.

Avant la course on avait fait avaler de force à
l'infortuné pur sang six kilos de carbure de calcium
et, au poteau de départ, on lui avait fait boire un
seau d'eau, d'où un dégagement de gaz fantastique. Ce fut un spectacle effroyable, ridicule et
navrant tout à la fois sur lequel on me permettra
de ne pas insister. Sans doute les vitesses ainsi
obtenues furent-elles prodigieuses, mais dans quel
état se trouvait le malheureux cheval à l'arrivée
je n'ai pas besoin de vous le dire. Il mourut dans
d'atroces souffrances, quelques heures après. Franchement, ce sont là des cruautés qui peuvent
divertir un instant des hommes de sport, mais que
la science doit condamner impitoyablement.

On vient de réussir enfin — nouveau prodige de
la greffe animale — la *plantation de plumes d'autruche sur des animaux domestiques*. Contrairement à ce que l'on pensait tout d'abord, les plumes
d'autruche se greffent mal sur les poules de Crève-
cœur. Elles se développent, au contraire, admirablement sur le dos de nos vulgaires cochons. Les

résultats ont dépassé toutes les espérances, et l'on peut voir, dès maintenant, dans certaines cours de fermes, des cochons admirables qui ressemblent tout d'abord à d'énormes porcs-épics, puis à d'imposants catafalques vivants surmontés d'un bouquet splendide de plumes d'autruche. C'est une luxueuse réhabilitation du cochon qui eût ravi Monselet.

———

L'émotion suscitée dans le Nord par l'apparition des nouveaux *coqs chromés* n'est pas encore calmée. La peau de ces coqs de combat est, on le sait, complètement inattaquable, et cela bouleverse un peu les conditions habituelles de la lutte. Un curieux détail technique à ce propos : on sait que l'œil seul ne peut pas subir la préparation indispensable et que les éleveurs sont obligés d'aguerrir par d'autres moyens leurs coqs de combat pour rendre leur regard suffisamment dur. Ce sont là, du reste, des jeux barbares d'un autre âge et qui ne sauraient véritablement intéresser nos savants modernes

———

Plusieurs personnes qui passent leurs journées à la fenêtre, à regarder les promeneurs, me demandent des renseignements sur le nouveau chapeau haut de forme dont le fond est remplacé par un nid d'oiseau.

Ce chapeau, dit *tuyau de poêle-ouaté*, est porté depuis longtemps déjà par les membres les plus influents de la Société protectrice des animaux. Ceux-ci se sont inquiétés, en effet, du triste sort fait aux oiseaux par l'adoption, dans les grandes villes, du chauffage central qui diminue, dans d'extraordinaires proportions, le nombre des tuyaux chauffés sur le toit des maisons parisiennes. Dans ces tristes conditions, les pauvres petits oiseaux meurent de froid pendant l'hiver, privés de ces doux calorifères qu'étaient pour eux les cheminées de notre ville. Comment parer à ce danger? Le moyen était simple et héroïque : défoncer les chapeaux hauts et offrir aux oiseaux un abri chaud et ouaté, suspendu au-dessus de la tête.

Les petits moineaux et les hirondelles ont tout aussitôt compris ce joli geste. Ils sont venus se blottir là et couver leurs œufs sur la tête de leurs protecteurs. Ce nouveau tube, dit par les chapeliers le *Saint-François*, est du reste d'une parfaite élégance; lorsqu'il est porté par un homme de grande taille, il conserve toute son apparence correcte. C'est tout au plus si, de temps à autre, une petite tête de moineau apparaît, mutine, pour regarder en dehors du nid, et il a fallu toute la perspicacité de certains rentiers désœuvrés pour découvrir cette touchante pratique.

5

Complétons du reste nos renseignements en signalant que ceux des membres de la Société protectrice des animaux qui sont chauves ont installé, au moyen d'un petit périscope, un miroir qui permet à l'oiselle de considérer constamment le crâne qui est au-dessous d'elle. Cette vue l'incite à pondre des œufs énormes, et le crâne remplace avantageusement l'œuf de plâtre que l'on place généralement dans les nids.

On est fort ému, sur nos côtes normandes, par les premiers essais qui viennent d'être faits d'une *moule perlière*. Il suffit, paraît-il, de placer une fausse perle à l'intérieur d'une moule pour que celle-ci, tout aussitôt surexcitée, sécrète en quelques semaines une petite perle fort jolie et qui rappelle, à peu de chose près, la perle de l'huître. Ce serait là une véritable fortune pour nos pêcheurs normands. Ajoutons même que, dans les ports de guerre, les moules qui ont séjourné sur de vieilles coques en cuivre et qui sont dangereuses pour l'alimentation, fournissent une perle dorée du plus bel orient.

A propos de ces *moules perlières* rappelons une anecdote amusante. Lorsque le fait fut communiqué à l'Académie des sciences, une petite revue provinciale qui s'intitule modestement *Le Relèvement de l'Élevage*, avait repris cette information d'une façon véritablement imprévue. Par suite, sans doute, d'une faute de transcription, le rédacteur agricole de cette revue avait compris qu'il s'agissait de *poules merlières*, et vous voyez d'ici les développements imaginés par ce folliculaire départemental! D'après lui, la poule merlière, issue d'un judicieux croisement, sifflait comme le merle pour appeler ses petits, ce qui est plus gracieux que le caquettement habituel. Détail plus intéressant encore : elle pouvait siffler le chien de la ferme lorsqu'un renard s'apprêtait à dévaster le poulailler. Mais laissons ces folies et parlons de choses sérieuses.

Toujours à propos des *moules perlières*, il paraît que, pour obtenir de bons résultats, la fausse perle provocatrice n'est pas indispensable. Il suffit d'exciter la moule en perçant un tout petit trou dans sa coquille, et ces piqûres peuvent se faire très rapidement à la machine. Les moules piquées à la machine secrètent tout ausitôt de la nacre autour du trou et produisent ainsi de jolies perles. Signalons toutefois que certains éleveurs cupides, ayant par trop multiplié les trous, les moules se sont contentées de produire de simples boutons de gilet de flanelle, ce qui est, on l'avouera, une leçon et un exemple.

Il convient de signaler, dans le même ordre d'idées, deux inventions nouvelles issues de la *moule perlière*, plus réelles celles-là que la *poule merlière* et qui sont appelées je crois à faire quelque bruit.

Il s'agit tout d'abord de la *poule perlière*, utilisée dès maintenant par les pêcheurs normands pour récolter les perles artificielles que l'on développe dans la coquille des moules. En quelques heures, les intelligents gallinacés, perchés sur les rochers, se saisissent des perles qu'ils aperçoivent dans les moules entr'ouvertes et qu'ils prennent naïvement pour de petits grains de mil. On peut ainsi, grâce à ces intelligentes bestioles, recueillir en une matinée des milliers de perles dont la main de l'homme cher-cherait vainement à s'emparer au cours de chasses fatigantes et fastidieuses. D'un simple mouvement du bec, la poule pique la perle, l'avale, et il suffit ensuite de laver les sous-produits du poulailler pour que les braves pêcheurs normands recueillent le fruit de leurs peines.

A côté de ces *poules perlières* véritablement si remarquables, il faut également signaler les utiles services que rendent à la navigation les nouvelles *moules merlières* placées sur de dangereux récifs. Les marins ont déjà baptisé de ce nom les moules qui, percées de petits trous pour la culture des perles, rendent un son étrange, analogue au siffle-ment du merle. La moule percée de trous ressemble beaucoup à ce bizarre petit instrument de musique que l'on appelle ocarina

Lorsque le vent souffle, lorsque la tempête fait rage, les moules percées de trous font entendre un sifflement sauvage qui avertit les navigateurs et écarte leurs nefs des dangereux rochers où elles allaient se briser. C'est ainsi que l'industrie nouvelle de la *moule perlière* rend de signalés services à l'humanité et l'on peut prévoir que dans un avenir prochain, les *moules merlières* remplaceront avantageusement les phares et les sirènes actuellement en usage.

Les chasseurs s'intéressent, un peu partout, à un nouvel appât qu'annoncent certains catalogues d'armuriers sous ce nom : *perles pour lièvres.*

Il s'agit d'une petite perle « en imitation », que l'on place dans les clairières et qui évoque par la forme, sinon par la couleur, l'aspect des sous-produits du lapin. Le lièvre, étonné par ces petites boules nacrées qu'il ne connaît pas, s'arrête, regarde, flaire, et rien n'est plus facile que de le tirer à ce moment là. Notons à ce propos qu'il faut bien se garder de confondre la *perle pour lièvres* avec la *moule perlière*, qui produit les *perles moulières*, et avec les *poules merlières* dont nous avons parlé plus haut. Il ne faut pas confondre non

5.

plus avec les *moules merlières*, imitant l'ocarina, et
les *poules perlières*, qui évoquent douloureusement
le souvenir de la charmante fable « le Coq et la
Perle », et servent, on le sait, en qualité de *poules
moulières*, à rechercher les perles artificielles que
l'on cultive dans les moules. Ajoutons enfin que
la même distinction s'impose avec les nouveaux
merles pour lierres, utilisés par les agriculteurs
pour détruire les lierres qui étouffent les arbrisseaux
et que l'on fait passer d'un arbre à l'autre,
lorsque leur travail est terminé, en leur lançant
des projectiles inoffensifs d'un modèle spécial, que
l'on appelle les *pierres molles pour merles*. Évidemment, à la réflexion, aucune confusion n'est possible, mais un simple « lapsus calami » dans les
commandes pourrait entraîner de regrettables
erreurs.

Sans reculer devant les conséquences administratives, toujours inquiétantes, d'un pareil acte, et
n'écoutant que son courage, un citoyen brisa, le
15 du mois dernier, la vitre légère d'un avertisseur
d'incendie situé quai Voltaire. Une explosion
venait en effet de se produire entre les cheminées
d'une maison sise sur le quai. Lorsque les pompiers arrivèrent, aucune trace de l'explosion ne
subsistait. C'est, tout au plus, si quelques plumes

voltigeaient lentement dans l'air et le coura-
geux citoyen fut arrêté, comme on devait s'y
attendre.

Le même fait s'étant toutefois reproduit dix-
huit fois de suite au même endroit, l'attention du
lieutenant de pompiers finit par être éveillée et l'on
constata, après quelques heures d'observation
patiente, que l'on se trouvait en présence d'*explosions d'oiseaux*. Comment de pareilles catastrophes,
réservées jusqu'à ce jour aux oiseaux artificiels,
pouvaient-elles atteindre ces antiques petits volatiles? On se le demanda tout d'abord avec étonnement, mais le directeur du Laboratoire municipal
eut tôt fait d'élucider ce mystère.

Nous signalerons plus loin, au cours de ces notes
un peu abstraites, la curieuse évolution des moineaux parisiens, qui, ne trouvant plus de crottin
sur la chaussée, ont pris petit à petit l'habitude de
se nourrir d'huile et de pétrole d'automobiles.
Cette alimentation, parfaite à tous égards, a
cependant un grave défaut. De ces huiles essen-
tielles se dégagent, sous l'influence de la chaleur
animale, de dangereuses vapeurs inflammables et,
comme les moineaux ont la touchante habitude
de faire leurs nids près des cheminées, des explosions étaient à craindre. Elles se sont produites.

Tout aussitôt, la Société protectrice des animaux a mis à l'étude un nouveau modèle de
nid pour moineaux en toile métallique qui, construit
à la façon des lampes de mineurs et établi à des mil-

liers d'exemplaires, sera placé sur tous les toits de la capitale. C'est là une conséquence onéreuse, mais inévitable, du progrès.

On ignore trop souvent, dans nos grandes villes, les soins incessants que doivent déployer nos horticulteurs pour obtenir cette salade, cependant si connue, que l'on appelle la *chicorée frisée*. Un récent perfectionnement, qui soulèvera, sans aucun doute, les justes protestations de tous les amis des bêtes, vient d'abréger considérablement ce pénible travail. Dans nos régions de l'Est des horticulteurs se sont avisés, paraît-il, d'utiliser des cigognes domestiques, dont le bec, par sa forme naturelle, se prête merveilleusement au travail qu'on en attend. On maintient les cigognes pendant quelques minutes dans un carcan et on leur chauffe fortement le bec sur une petite rampe de gaz préalablement allumée. Puis, on les lâche dans un champ de chicorées. Les malheureuses bêtes n'ont tout aussitôt qu'une idée : rafraîchir leur bec incandescent, et elles se précipitent sur les feuilles de salade, pour se rafraîchir un instant le bec au contact de cet humide végétal.

En moins de dix minutes, paraît-il, dix cigognes bien dressées peuvent friser ainsi un plant de chicorée de 60 mètres de long sur 1 mètre de largeur.

Nos horticulteurs sont dans la joie; mais que va dire la Société protectrice des animaux?

———

La campagne entreprise par les Amis du Cheval pour la suppression des œillères vient d'avoir une heureuse répercussion sur les recherches de nos savants. Lorsque les œillères ont été supprimées, on s'est aperçu en effet que certains chevaux avaient une vision défectueuse et on a proposé tout aussitôt de la rectifier, suivant la richesse du propriétaire ou l'aspect du cheval, au moyen de lunettes, de binocles ou même de monocles. On n'a songé au monocle, je me hâte de le dire, que pour le matin au Bois, les lunettes étant d'un usage plus facile pour la circulation journalière dans Paris.

Toutefois, une récente communication faite à l'Académie de médecine semble bouleverser toutes les idées arrêtées sur ce point et les méthodes employées. Il paraît en effet qu'une certaine drogue, à base d'atropine, suffit à modifier l'accommodation du cristallin et à réduire ou à augmenter naturellement, sans instrument d'optique, la grosseur des objets ou tout au moins l'illusion qu'on en a.

On dit même que depuis de longues années cette méthode est connue des dompteurs et des toreros. Quelques minutes avant la séance, l'application de la drogue suffit à changer la vision du fauve qui voit tous les objets autour de lui formidablement grossis. Le pauvre lion se voit tout petit à côté d'un dompteur de vingt mètres de haut, et il ne songe plus qu'à se blottir dans le creux de sa main. Quant au taureau, c'est humblement qu'il se présente dans les arènes comme un pauvre morceau de bœuf au fond d'une immense marmite. Cela nous explique certains faits de bravoure de la part de dompteurs que rien ne semblait justifier. Il a fallu l'heureuse initiative des Amis du Cheval pour nous révéler ainsi également les dessous de certaines grandes chasses en Afrique ou aux Indes.

———

Les éleveurs argentins sont fort effrayés par l'élévation subite de la température. Il leur devient, en effet, de plus en plus difficile de conserver en bonne santé leur bétail. C'est particulièrement, paraît-il, la race si intéressante du *veau froid* qui souffre de l'élévation de la température. Si cela continue, il n'y en aura bientôt plus un seul. Que vont faire les grands restaurants ?

———

L'*ovicul de poule enregistreur* est un appareil fort intéressant, qui se pose à l'arrière des poules pondeuses et qui permet de marquer les œufs au moyen d'un rouleau encreur à date, au moment de leur sortie.

Les œufs frais ont ainsi une date certaine et un numéro d'ordre. Grâce à l'*ovicul de poule enregistreur* les fermiers savent exactement le nombre d'œufs pondus par la poule. Ils évitent ainsi les pertes et peuvent constater les vols.

L'appareil vendu avec sa petite bretelle de suspension est peu volumineux, robuste et bon marché. Il intéressera tous les aviculteurs.

——— ———

A ce propos, un paysan m'écrit pour me signaler l'ingénieux moyen qu'il emploie pour doubler sa production d'œufs. Vers midi, après la première ponte de la matinée, les poules et les coqs sont séquestrés dans une vaste chambre noire où ils ne tardent pas à s'endormir, croyant la nuit arrivée. Au bout d'une heure, on entr'ouvre la porte pour créer une aurore artificielle. Les coqs chantent et les poules, satisfaites de leur nuit, reprennent leur place dans la basse-cour, d'où nouvelle ponte et nouveau bénéfice pour le cultivateur. On arrive ainsi à doubler la production. La poule s'épuise bien un peu, mais comme elle est destinée finalement à l'alimentation des citadins, cela importe peu.

——— ———

Nos horticulteurs sont enchantés. On vient d'inventer un nouveau fruit-grelot, qui se suspend aux branches des pommiers ou des cerisiers. Il fait entendre un bruit clair et argentin lorsqu'un oiseau ou un maraudeur secoue la branche de l'arbre, et le met en fuite.

Suivant les besoins, on construit soit des *pommes-grelots*, soit des *cerises-grelots*, peintes et émaillées et donnant une imitation exacte du fruit naturel.

—————

L'aviculture est décidément de mode, voici, paraît-il, que l'on s'est avisé, grâce à un petit appareil fort ingénieux et qu'il est superflu de décrire, de contraindre les poules à pondre des *œufs carrés*. Cela présente, paraît-il, de précieux avantages pour l'emballage et l'expédition par quantité. Dans bien des cas, nos éleveurs n'ont obtenu encore que l'œuf hexagonal; mais, c'est là une affaire d'adaptation et l'œuf carré est en bonne voie.

—————

A ce propos signalons également la très curieuse invention du *nid à éclipse*, dit *nid gobeur*, qui est destinée à rendre de sérieux services à nos fermiers. Ce nid est muni, au fond, d'une petite trappe à contre-poids qui s'ouvre d'elle-même lorsque la poule vient de pondre et laisse tomber l'œuf dans un sac à moitié rempli de son. On sait que, lorsque son travail est fini, la poule a l'habitude de se retourner pour regarder son œuf et qu'elle chante alors pour manifester sa joie. Avec le nouveau nid à éclipse, la poule, en se retournant, constate avec une stupéfaction bien légitime, que le nid est vide et qu'elle n'a rien pondu : étonnement, effarement, regrets de l'infortunée volaille qui, le rouge au front, se remet tout aussitôt à pondre pour réparer le temps perdu. Nouveaux efforts, nouvelle déception. La poule n'en revient pas et recommence encore une troisième fois. On peut ainsi multiplier presque à l'infini la ponte des œufs.

Toutefois, comme il serait imprudent, dans une ferme bien tenue, d'épuiser et de décourager le personnel, dès que le petit sac est plein, la trappe ne peut plus s'ouvrir et la poule constate avec joie la présence de l'œuf qu'elle s'est enfin décidée — croit-elle — à pondre.

Ce procédé d'exploitation intensive a, parmi d'autres avantages, celui de rabattre un peu le caquet des poules et de leur apprendre la modestie, tout en leur faisant produire le maximum de travail possible.

6

Signalons aux amis des chiens la nouvelle char-
nière de sûreté que l'on pose maintenant en arrière
de la tête des bouledogues. Il arrivait en effet, par
les grandes chaleurs, que la bouche du bouledogue,
à force de se fendre, se rejoignait en arrière et que le
haut de la tête tombait sur le sol. Avec la char-
nière de sûreté, cet accident ne sera plus à craindre.

Depuis les progrès du cubisme, on a généralisé
un peu partout l'emploi de l'ovœul-de-poule carré
dont j'ai parlé plus haut et qui permet d'obtenir
des œufs carrés d'un emballage facile pour les
expéditions lointaines. Malheureusement, cette
transformation désole nos braves forains, qui ne
peuvent plus se procurer des œufs ovoïdes pour les
tirs à la carabine. Nous leur signalons avec plaisir
l'utilisation facile des œufs de poule d'eau, particulièrement recommandables pour l'usage qu'on
peut en faire dans les tirs, ces œufs se soutenant
mieux que les autres sur un jet d'eau.

L'élimacié est un petit arbuste artificiel fort
ingénieux qui fera la joie de nos horticulteurs.

Il est composé d'une tige en métal permettant de planter l'arbuste dans le sol et portant des *feuilles de grosse toile d'émeri* élégamment découpées. Au sommet se trouve placée une jolie salade naturelle. Les limaces qui dévastent les jardins essaient la nuit d'atteindre la salade et se traînent sur les feuilles de papier de verre. Après quelques heures d'efforts, la peau de leur ventre devient tellement mince qu'une péritonite se déclare, et la limace meurt en se tordant sur les feuilles de papier de verre de *l'élimacié*. Il suffit de laver l'arbuste le matin pour qu'il soit tout aussitôt prêt à resservir. Ajoutons que *l'élimacié* est joliment présenté. Il sera le plus bel ornement de nos jardins de banlieue, dont la flore est souvent peu abondante.

Malheureusement les plus belles découvertes peuvent être déshonorées par les abus qu'on en fait. *L'élimacié* ne paraît pas avoir échappé à cette triste éventualité.

Des excentriques, comme il s'en trouve toujours hélas! se sont avisés en effet d'organiser, sur un champ de courses de quatre mètres de longueur, fait en papier de verre, une course de limaces dotée de prix importants et dénommée le *Marathon-limace*. La première limace qui arrive au but, le ventre ouvert et expirante, a droit à un prix important qu'empoche cyniquement son propriétaire. Le doping et particulièrement l'usage de la disso-

lution pour réparer les pneumatiques est sévère-
ment interdit.

Ce sont de tristes fantaisies dont il vaut mieux
même ne pas sourire. Elles déflorent l'horticulture
et font rougir la zoologie.

III

ADMINISTRATION — BUREAUX — FINANCES
ÉCONOMIE POLITIQUE ET SOCIALE

Le contrôle ombilical. — Mauvais traitements infligés à un ballon captif. — Les uhlans du Mont-de-Piété. — Les billets de banque ignifugés. — La plume-doigt-réservoir. — Travaux à rides. — Les affiches horizontales pour ivrognes. — Le S. M. C. — La prise de la Santé. — Machine à couper les dentelures des timbres-poste. — Les petits chiens lécheurs. — Erreurs administratives. — Les inondations et les moulins à eau. — Le scandale des vaches bitumineuses. — Le sulfatage des feuilles de vigne dans les musées. — Affiches grasses pour élections. — Le mont Saint-Michel. — Les téléphones trans-atlantiques. — Roues à date pour autobus. — Le contrôle des dents d'or. — L'utilisation de la monnaie et des billets de banque.

La commission du contrôle humain s'est réunie, pour la première fois cette année, au ministère de la Justice. On connaît ce très intéressant projet qui consisterait à contrôler, dès leur naissance, tous les Français nouveau-nés, comme les objets d'or et d'argent. Un numérotage approprié entraînerait de grandes simplifications dans l'établissement de

l'état civil et dans la perception de la cote personnelle. On utiliserait, on le sait, l'emplacement ombilical pour l'apposition de la plaque de contrôle.
Cette réforme qui provoquera peut-être quelques
protestations, serait cependant intéressante dans
une société bien tenue, au moment où l'état de nos
finances exige une organisation administrative
impeccable.

C'est bien par suite d'une fausse interprétation
des ordres reçus concernant les prisonniers que des
soldats allemands avaient maltraité stupidement
un ballon captif. Cette ridicule affaire fut étouffée
en haut lieu à Berlin.

La plupart des succursales du Mont-de-Piété
avaient été fermées en Allemagne au début de la
guerre, le personnel ayant été incorporé dans les
régiments de uhlans pour le service des reconnaissances. On sait, en effet, qu'à la suite de nombreux
pillages, les troupes allemandes, encombrées
d'objets mobiliers, avaient été contraintes, chaque
jour, à de nouveaux engagements.

A-t-on le droit de faire ignifuger les billets de banque? Telle est la question actuellement soumise à la haute compétence du Conseil d'État. Nos financiers attendent l'arrêt avec curiosité.

———————

Combien touchante, combien patriotique est, on peut le dire, l'initiative que viennent de prendre spontanément certains bureaucrates et qui est destinée à alléger, suivant de faibles moyens, le budget si lourd de l'État français. Il s'agit de la nouvelle *plume-doigt*, à l'étude en ce moment dans tous nos grands ministères. Au lieu de se tailler ou de se ronger les ongles durant des heures, nos bureaucrates ont résolu de les laisser pousser jusqu'à ce qu'ils atteignent deux ou trois centimètres. Il suffit ensuite de les tailler pour obtenir des plumes excellentes et gratuites. L'index sera taillé pour l'écriture courante; le pouce servira pour les titres en ronde; quant au petit doigt, on en fera une plume à dessin fort agréable. Le médius et l'annulaire seront réservés pour les copies en double expédition que l'on pourra réaliser du même coup, sur deux lignes superposées. Cette invention de la nouvelle *plume-doigt* pourra du reste être modifiée, suivant les besoins particuliers de chacun. D'une façon générale, la main gauche, plus malhabile, pourra être réservée pour tracer d'un seul coup les portées de musique. L'enthousiasme est grand dans tous nos ministères, et l'on peut tout attendre de la noble émulation de nos bureaucrates. N'est-il pas question déjà d'un *index-réservoir* qui permettrait de supprimer l'encrier! On parle aussi de chiffres tatoués sur les mains, qui se prêteraient à mille combinaisons pour le calcul. On met en avant la table de multiplication à doigts croisés, la machine à calculer les courbes pour doigts d'arthritiques et le compas de réduction pour géomètres. N'allons pas trop vite en besogne et attendons les premiers résultats pour nous prononcer définitivement. Ajoutons toutefois, dès maintenant, qu'à la sortie des ministères de l'acide oxalique est mis dans les lavabos à la disposition des fonctionnaires élégants qui désirent se laver les plumes.

En ce qui concerne plus particulièrement la *plume doigt-réservoir* j'avoue n'en donner la description qu'en déclinant toute espèce de responsabilité personnelle. Son exécution demande en effet un certain doigté et il ne faut pas être manchot pour l'entreprendre.

Pour obtenir la *plume-doigt-réservoir*, il suffit de poser une seconde l'extrémité du doigt sur un poêle du modèle courant, chauffé presqu'au rouge.

Il se forme tout aussitôt, lorsque l'opération est conduite avec tact, une grosse ampoule pleine d'eau dans laquelle il suffit de passer ensuite un petit drain en coton imbibé de bleu d'aniline. Le petit drain mis en contact avec l'ongle taillé, l'alimente de liquide coloré durant toute la journée. L'entretien de la *plume-doigt-réservoir* est ensuite des plus simples et ne réclame que quelques précautions au début. Il s'agit, en effet, d'aseptiser l'intérieur de l'ampoule avec du sublimé et de tanner le petit réservoir ainsi obtenu suivant la méthode qui sert à préparer les gants de peau. Au bout de quelques jours, lorsque l'ampoule est bien établie, il suffira de l'alimenter tous les matins, comme un stylographe, au moyen d'une simple petite seringue à encre. C'est peu de chose, en somme, et cette distraction vaut mieux, pour nos fonctionnaires, que celle qui consiste à établir en triple expédition l'état récapitulatif néant des états décadaires signalant l'état des états dont l'état n'a pas été fait.

———

Quelles qu'aient été les révélations de nos économistes à ce sujet, on ignore trop souvent les horreurs du travail à domicile. Sait-on que, dans un quartier pauvre d'une ville de province, on vient de découvrir que les vieilles femmes étaient utilisées pour plisser avec leur front les volants de ces jupons que mettent ensuite nos élégantes, sans savoir à quel prix fut accompli cet odieux travail? Les pauvres vieilles, en plissant le front, travaillaient, paraît-il, avec une rapidité prodigieuse. Une plainte a été déposée contre leurs exploiteurs.

Elle nous donne de tristes précisions sur le procédé employé : le jupon est posé sur la table; la vieille femme, fatiguée, appuie sa tête sur le volant, songe à ses ennuis et plisse le front. Le mouvement est analogue à celui d'une machine à coudre. Mais n'insistons pas sur ces détails cruels et purement techniques.

———————

Une heureuse réforme, dont il faut féliciter tout particulièrement notre administration, et qui complète utilement les mesures prises contre l'alcoolisme : ce sera désormais sur le sol même des cabarets et non plus sur le mur, à une hauteur inaccessible, que sera placée l'affiche concernant l'ivresse publique.

L'ivrogne roulant sous la table pourra ainsi en prendre connaissance en toute facilité et la méditer longuement. L'affichage près du plafond n'étant utile qu'aux gens sains et à jeun sera réservé aux avis militaires et aux arrêtés concernant la circulation.

———————

C'est avec une vive surprise que tous les Parisiens ont pu voir, au moment des fêtes, les mendiants
arborer sur leur poitrine une petite pancarte portant ces simples mots : « TOUTE AUMÔNE INFÉ-
RIEURE A DIX CENTIMES SERA IMPITOYABLEMENT
REFUSÉE ». Cette mesure a été prise, nous dit-on, par
le Syndicat des Mendiants conscients (S. M. C.),
et les Parisiens qui, déjà, en maintes circonstances,
ont donné la mesure de leur docilité envers les syndi-
cats, se sont pliés de bonne grâce à cette petite augmentation. C'est égal, la vie devient chaque jour
plus coûteuse et il serait temps de remédier à ce
pénible état de choses.

On a parlé il y a quelques années, à mots couverts, dans les milieux officiels, de l'étrange projet
formé par le comité des réjouissances démocrati-
ques de la rive gauche.

Pour fêter dignement l'anniversaire de la prise de
la Bastille, ce comité s'était avisé d'organiser dans
ses moindres détails la *Prise de la prison de la Santé*.
Des discours enflammés devaient être tenus dans
un jardin public de Paris, puis, de là, les manifes-
tants devaient se rendre à la prison, ouvrir les
portes, délivrer les prisonniers sans distinction,
massacrer les gardiens et démolir les murs.

Ce qu'il y a de plus curieux c'est que les organisateurs étaient animés des meilleures intentions patriotiques et qu'ils croyaient bien faire. Il a fallu toute la sagesse du préfet de police pour leur faire comprendre que leur projet était contraire à l'ordre public et que l'on ne pouvait établir aucun rapport entre un événement historique et des désordres contemporains, les prisonniers n'étant forcément plus les mêmes.

La Prise de la Santé fut donc remplacée par un bal populaire et cette petite affaire, qui eût pu tourner au tragique, se termina le mieux du monde.

C'est, paraît-il, avant la fin de l'année que seront mises en service les *nouvelles machines à sectionner les dentelures de timbres-poste*, que l'administration fait construire en ce moment. On a tort de désespérer de l'administration, comme on le fait trop souvent; ses réformes sont lentes, c'est vrai, mais enfin le bons sens, chez elle, finit toujours par prévaloir.

Tout le monde sait que les vignettes de timbres-poste, vendues par quantité, sont réunies sur la même feuille. A l'origine, rien ne séparait ces vignettes, et le consommateur était obligé d'employer des ciseaux pour les découper une à une avant de les utiliser. Longtemps après, l'administration des postes s'est avisée de faciliter le fractionnement en séparant chaque vignette de ses voisines par une petite dentelure. C'était déjà un sérieux progrès! Aujourd'hui, la réforme va être poursuivie jusqu'au bout. La dentelure enfin sera elle-même sectionnée, et les vignettes, rendues indépendantes les unes des autres, pourront être utilisées immédiatement pour l'affranchissement, sans opération préparatoire.

La *nouvelle machine à sectionner les dentelures* est une véritable merveille de précision. Il est fort difficile, en effet, de sectionner séparément chacun des minces brins de papier qui réunissent une vignette à ses voisines; il faut, pour cela, un repérage admirable. La mise au point, est, paraît-il, aujourd'hui définitive et nous aurons enfin dans très peu de temps le *timbre isolé* que l'administration cherchait à réaliser depuis plus de cinquante ans.

———————

Une innovation autrement touchante et amusante sera introduite à la même époque, dans tous les bureaux de poste de France. Sur chaque pupitre sera attaché, avec une ficelle, un *petit chien lécheur* destiné à humecter avec sa langue les timbres que l'on désire coller sur les lettres. Le dressage de ces petits chiens n'a pas été une mince affaire! Chose

7

curieuse on y est arrivé, paraît-il, en leur montrant
des timbres de Terre-Neuve, représentant un chien
du pays.

A ce spectacle, les *petits chiens lécheurs* se sont
empressés de lécher, avec des larmes dans les yeux,
le derrière du timbre. Puis l'habitude une fois prise,
les *petits chiens lécheurs* ont continué le même travail, sans y prendre garde, sur les timbres ordinaires
représentant la Semeuse.

Cette heureuse innovation, qui sera bien accueillie de tous les contribuables, a été, du reste, l'objet
d'une sévère réglementation. On craignait, paraît-il,
des abus dans les bureaux de poste, et l'usage des
petits chiens lécheurs sera exclusivement réservé à
l'affranchissement des lettres du public. Tous les
soirs, à la fermeture du bureau, le *petit chien lécheur*
sera immergé pendant quelques minutes dans un
bain d'eau chaude pour le dégommer; puis, soigneusement séché, il pourra rendre d'utiles services, la
nuit, comme chien de garde.

On a bien parlé d'une protestation de la Société
protectrice des animaux, mais c'est là un bruit que
nous sommes autorisé à démentir, et les petits
fonctionnaires émargeront au budget dès la fin de
cette année.

——————

Si dans certains cas nous sommes heureux de
féliciter notre administration, c'est un devoir pour

nous de critiquer dans d'autres circonstances les bévues qu'elle peut commettre. Aussi bien nous faut-il signaler plusieurs mesures parfaitement arbitraires prises par le ministère de l'Intérieur et qui dénotent une méconnaissance complète des matières traitées.

C'est ainsi que, par une note de police, on a interdit aux pâtissiers de fabriquer des bombes glacées, cette année, pour tirer les rois, et que l'on oblige, à partir d'aujourd'hui, les automobilistes à se munir d'un permis de chasse pour déraper dans les virages. Cela rappelle, on en conviendra, la récente protestation de la Société protectrice des animaux qui demandait que l'on interdise aux sociétés de football de donner des coups de pied dans le ventre des ballons. Que diable! une petite enquête technique serait tout au moins nécessaire avant de prendre des mesures aussi absurdes!

Puisque nous parlons des fautes de l'administration, il faut critiquer également les étranges conclusions du volumineux rapport que l'on terminera bientôt sur les inondations de la Seine.

Savez-vous ce qu'a imaginé le rapporteur pour rendre son rapport original? Je vous le donne en mille! Il a découvert que les inondations étaient occasionnées par la diminution du nombre des moulins à eau sur nos grandes rivières! D'après lui, les roues des moulins à eau activaient autrefois l'écoulement des eaux. Depuis qu'ils ont disparu la vitesse des fleuves s'est considérablement ralentie, etc., etc. »

Vous voyez d'ici les développements du rapporteur sur les inconvénients du progrès, de la minoterie à vapeur, que sais-je encore! Essaiera-t-on de porter de pareilles conclusions à la connaissance du public? On semble hésiter, paraît-il, dans les milieux officiels.

———

Le ministre des Finances vient de désigner une commission chargée d'examiner une nouvelle *cheminée anathermique à haut tirage*, appelée à rendre, semble-t-il, les plus grands services dans nos principaux ministères. On sait, en effet, qu'à partir d'une certaine époque, lorsque les règlements contraignent à allumer les cheminées et que la température se maintient cependant fort élevée, nos employés de ministères souffrent considérablement de la chaleur et leur travail s'en trouve sensiblement ralenti. La nouvelle cheminée *anathermique à haut tirage* absorbe, paraît-il, entièrement toute la chaleur dégagée. Elle procure, dans les bureaux où elle est placée, une température rigoureusement égale à celle du dehors. C'est là une invention qu'on ne saurait trop signaler à toutes nos administrations, qui se voient forcées pour épuiser leur budget, d'allumer de grands feux lorsque les chaleurs ne sont pas encore terminées.

———

Voici une bien triste année pour la science; deux scandales successifs ont désolé le monde des chercheurs et des inventeurs. Si nous les rappelons c'est qu'ils intéressent à plus d'un titre l'industrie moderne.

C'est, tout d'abord, au Conseil municipal, le scandale des *vaches bitumineuses*, dont on parle un peu partout, à mots couverts, et dans lequel de gros adjudicataires seraient compromis.

Il paraît qu'en nourrissant de malheureuses vaches avec certaines plantes résineuses et bitumineuses, on est arrivé, si invraisemblable que cela paraisse, à refaire des trottoirs entiers en utilisant la bouse spéciale de ces infortunés animaux. On amenait les malheureuses vaches à pied d'œuvre et, là, il suffisait d'étaler leurs sous-produits, exactement comme on le fait pour le bitume. A première vue, les trottoirs ainsi refaits présentaient exactement l'aspect de trottoirs normaux, mais à l'usage, est-il besoin de le dire, après quelques orages surtout, le faux bitume disparais-

sait en quelques jours. Chose curieuse,.pendant
près d'un an, on ne s'est pas aperçu de la superche-
rie, les trottoirs ayant été refaits de très bonne
heure et dans le quartier de la Villette, où circulent
d'innombrables bovidés.

Une enquête est ouverte qui établira toutes les
responsabilités. Espérons que, cette fois, 'on ne
l'étouffera pas.

————

Le scandale des *feuilles de vigne* qui a désolé notre
sous-secrétariat des Beaux-Arts est bien plus amusant sinon plus instructif.

Il suffit en effet, bien souvent, d'un incident, en
apparence banal, pour nous révéler certains dessous insoupçonnés de l'administration française.

C'est ainsi qu'une récente protestation des vignerons champenois, adressée au ministre de l'Agriculture a fait découvrir des faits véritablement
stupéfiants que nous nous contentons de porter à la
connaissance du public.

Entres autres revendications, les vignerons
champenois protestaient *contre l'emploi des vignerons étrangers, anglais ou américains, dans nos
musées nationaux.* Ils revendiquaient pour eux
seuls *l'entreprise du sulfatage,* et s'étonnaient que
cette adjudication ne leur fût pas réservée.

Que pouvait signifier une pareille réclamation?
Aussitôt interrogés par nous, évasif fut le con-
servateur du Louvre, et simplement stupéfait,
notre surintendant. Toutefois, après d'innombrables démarches, nous avons eu la clé de cette
énigme.

Si fantastique que cela paraisse, des gardiens,
qui nous ont supplié de ne point les nommer pour
ne pas les compromettre, nous ont déclaré, tout
simplement, que chaque année, vers la fin de juillet, un jour de fermeture, un sulfateur-vigneron,
armé d'un pulvérisateur, circulait en effet dans les
salles du musée de sculpture, au Louvre, et sul-
fatait, suivant les procédés classiques, *les feuilles de
vigne* qui s'y trouvaient.

— Du reste, ajoutèrent ces braves gens, faut
pas vous frapper; c'est comme ça tous les ans, dans
tous les musées de France!

Avons-nous besoin de le dire, cette révélation
nous laissa tout d'abord incrédule. Nous pensions
qu'il s'agissait là d'une blague formidable,
inventée par quelque plaisantin. Et cependant la
pétition était là et la déclaration des braves gens
que nous avions questionnés ne laissait aucun
doute. Ajoutons enfin que les résultats de notre
enquête personnelle sur les bronzes exposés nous
ont permis de constater qu'ils se trouvaient en
partie sulfatés, comme les vignobles de la Bourgogne ou de la Champagne.

Et savez-vous depuis combien de temps cet

étonnant usage s'est introduit dans notre administration? Depuis trente années environ, c'est-à-dire
depuis l'apparition en France du mildew. Depuis
trente ans, vous m'entendez bien, sans que personne
se soit ému d'un pareil état de choses, sans qu'un
inspecteur des beaux-arts ait protesté, depuis
trente ans, chaque année, dans chaque musée de
France, un sulfateur passe, la lance à la main, son
réservoir sur le dos et, tranquillement, *asperge les
feuilles de vigne de nos musées.*

Et savez-vous pourquoi? Tout simplement
parce qu'au moment des mesures de défense prises
contre le mildew, le ministre de l'Agriculture
ordonna le sulfatage dans tous les domaines nationaux. Automatiquement, les bureaux ne songèrent
même pas à exclure nos musées nationaux des
mesures prises, et depuis trente ans, nous autres,
contribuables, nous faisons les frais d'une opération
qui, si elle était connue, nous ridiculiserait aux
yeux du monde entier!

On mène grand bruit, dans les milieux poli-
tiques, autour d'une invention dont le gouvernement se serait assuré, en sous-main, l'exclusive
propriété pour les prochaines élections. Il s'agit
d'un modèle déposé d'affiche électorale en papier

gommé, imperméable, recouvert extérieurement d'une épaisse couche d'huile. Ces affiches une fois posées, il devient absolument impossible de les recouvrir par d'autres affiches : la colle de pâte glisse sur cette surface huileuse, et les affiches des concurrents tombent lamentablement au pied du mur.

Même en ayant recours à un homme de paille, le gouvernement a-t-il le droit de défendre, indirectement, par cette sorte de monopole, les candidats officiels? Une interpellation est, paraît-il, imminente.

Quand donc serons-nous délivrés en France de ces perpétuels conflits administratifs qui nous discréditent à l'étranger.

Nous avions déjà la question du Mont Saint-Michel, qu'il suffit de rappeler en deux mots à nos lecteurs.

Prenant pour un reproche son surnom : « au péril de la mer », l'administration de la marine s'est efforcée, on le sait, d'ensabler le Mont Saint-Michel au moyen de digues marines. Mais l'administration des ponts et chaussées est intervenue. Elle a construit une route, prétendant que c'était à elle qu'appartenait le soin d'ensabler le Mont Saint-Michel. L'affaire en est toujours là.

Ce conflit cependant est insignifiant, si on le compare à celui qui oppose en ce moment l'administration des P. T. T. à celle des pêcheries.

On projetait, paraît-il, depuis quelque temps, aux postes et télégraphes, l'établissement de nouvelles lignes de téléphonie sous-marine. La construction de ces lignes était même commencée lorsque le service des pêcheries opposa son veto. Et savez-vous pourquoi? Je vous le donne en mille. Parce que nos téléphones actuels font entendre encore, bien souvent, un petit bruissement désagréable, et, pour tout dire, que *la friture* fait peur aux poissons. Vous voyez d'ici les arguments développés : la ruine de nos pêcheurs, etc.

Si le rapport n'était pas aujourd'hui officiel, on ne pourrait croire à tant de puérilité.

———

Signalons par contre avec plaisir la création des *roues à date* des nouveaux autobus et taxis parisiens qui deviendront réglementaires dans quelques semaines. Les bandages de ces roues sont composés de blocs en caoutchouc juxtaposés, analogues à ceux que l'on employait jadis pour les roues d'autobus. Ces blocs auront la forme des « timbres à dater en caoutchouc » que l'on utilise dans nos grandes administrations. Au centre, la date, composée de caractères mobiles en caoutchouc, sera changée tous les jours. Seul, le numéro de l'automobile restera toujours le même. Un rouleau encreur accessoire sera en contact avec la roue.

Avec ce nouveau système, plus de retards, plus d'interminables contraventions dans tous les carrefours, plus de contestations parfois ennuyeuses avec la foule. Aussitôt qu'un passant sera renversé il portera sur le corps la date de l'accident et le numéro de l'automobile. On pourra, sans interrompre la circulation, le transporter immédiatement à l'hôpital, lui prodiguer les soins nécessaires et, tout en même temps, recueillir *sur lui* les renseignements indispensables pour l'instruction.

C'est là une simplification véritablement considérable dont notre administration peut se montrer fière à juste titre.

Ajoutons enfin, lorsque cette mesure leur sera appliquée, que, pour les automobiles appartenant à des particuliers, il sera bon d'ajouter sur le timbre à date quelque formule de politesse analogue à celles que l'on met sur les cartes de visite : « avec toutes mes excuses »; « regrets » ou « sincères condoléances ». C'est une petite satisfaction pour la victime et c'est une marque de tact et de bonne éducation de la part du propriétaire de la voiture.

C'est exactement le 1er janvier — rappelons-le à tous nos lecteurs — que commenceront à Paris, en vertu du nouveau règlement et pour le premier arrondissement seulement, les opérations du contrôle pour toutes les dents aurifiées. C'est là une petite formalité peu coûteuse en somme et à laquelle tous les contribuables auront à cœur de se soumettre sans protestation. Nos finances, on le sait sont assez embarrassées en ce moment et aucun moyen de perception ne doit être négligé. Au surplus, on ne voit pas bien, toute réflexion faite, pourquoi les dents aurifiées ne seraient pas soumises au contrôle qui frappe tous les objets d'or et d'argent, et rien n'est plus juste qu'une pareille mesure.

Rappelons également que toute personne qui voudrait se soustraire au nouvel impôt en enlevant des dents démontables, serait passible d'une amende de 300 à 1000 francs. Cela ne vaut pas, on en conviendra, les quelques francs que représente le nouvel impôt.

Ajoutons enfin que les opérations seront faites avec la plus grande discrétion possible. Ceci intéressera particulièrement nos snobs qui ont pris l'habitude, on le sait, depuis quelques années, de se faire poser de nouvelles *dents-alliance*, fendues par le milieu et contenant l'inscription du nom de la personne qui leur est chère. On respectera également tous les souvenirs, papiers de famille, pièces de monnaie, que l'on dépose quelquefois, avant de les plomber, dans des dents creuses, et qui sont destinés à renseigner les archéologues de l'avenir.

On s'occupe au ministère des Finances d'un vaste projet de transformation de nos monnaies, qui, mieux adaptées aux besoins modernes, prendraient une forme utilitaire, digne d'une grande démocratie. C'est ainsi que les sous de cuivre ou de nickel, seront amincis sur un côté en forme de tournevis, ce qui permettra à tous les mécaniciens, si nombreux à notre époque, d'avoir toujours dans leur poche l'outil qui leur est le plus nécessaire; le centre de la pièce sera percé d'un trou qui pourra servir de filière pour refaire les pas de vis usés.

Les pièces de cinquante centimes et de dix francs seront percées de quatre trous qui permettront de les utiliser, en cas de besoin, comme boutons pour les habits ou la lingerie. Les pièces de quarante sous pourront servir de curvimètres pour mesurer la distance sur les cartes.

Signalons également l'intéressant projet qui consiste à remplacer l'ancienne devise qui entourait les pièces de cinq francs, par les lettres de l'alphabet et les chiffres arabes, permettant une impression facile et rapide; la pièce de cent sous constituera ainsi une merveilleuse *machine à écrire de poche*.

Signalons aussi que les billets de banque porteront au dos des cartes géographiques de nos belles colonies et des réclames pour les principaux produits des manufactures de l'État. Tout le monde trouvera son compte à cette intéressante transformation qui sera, on peut en être persuadé, fort bien accueillie.

IV

ALIMENTATION — CUISINE — FRAUDES

L'olimacia. — L'escroquerie au téléphone. — Psychiâtrie alimentaire. — Réglisse de lapin. — Huîtres inusables. — Pièces de démonstration. — Les nouveaux moineaux gras. — Évacuations boches. — Choucroute capillaire. — Les juges de Berlin. — La grève des secoueurs de salade. — Chemises pour gruyère. — Boucheries autophagiques de New-York. — Chemins de fer potagers. — Le phonovague. — Cartouches à grains de genièvre. — Haricots sans fils. — Bananes artificielles. — La hausse des viandes. — La porte moulin à café. — Le fusil à broche. — Choucroute zeppelin. — Le chien Touring-Club. — Pains boches au raisin. — Le truffage artificiel. — Cuisine viennoise. — Voitures de crémier empêchant le lait de tourner.

L'*Olimacia* tel est le nom d'une nouvelle invention boche qui fera bientôt la fortune des petits restaurants berlinois. Elle sera adoptée par les familles bourgeoises austrogothes et se trouvera sur toutes les tables modestes de l'Europe centrale.

Il s'agit simplement, comme son nom l'indique, d'une limace spécialement nourrie avec des déchets

huileux et qui laisse derrière elle, non pas une trace
gluante inutile et bientôt sèche, mais un dépôt
huileux capable d'assaisonner en quelques minutes
une importante salade. Loin d'être un objet de
dégoût dans un saladier, nous dit l'inventeur, l'olimacia sera au contraire la bienvenue et toutes les
bourses moyennes lui feront bon accueil. Grâce à
elle, les coûteux achats d'huile seront supprimés.
Il suffira, au moment de manger la salade, d'écarter
cet excellent auxiliaire domestique pour qu'il passe
inaperçu des clients ou des invités et pour qu'il ne
risque point inutilement sa précieuse vie.

Des essais sont actuellement tentés pour élever
et domestiquer une limace sécrétant naturellement du vinaigre et baptisée, pour cette raison, la
Vinaigrimacia. Les essais, jusqu'à ce jour, ont été
satisfaisants, mais, disons-le, équivoques.

———

Des inspecteurs de l'alimentation viennent de
faire une curieuse découverte. Depuis longtemps,
ils surveillaient certains marchands de frites populaires qu'ils soupçonnaient de vendre tout simplement à leur clientèle de vieux morceaux de carton
d'emballage savamment découpés et trempés dans
la graisse. Mais comment expliquer ce délicieux
bruit de friture qui attirait les passants et les inci-

tait à acheter cette affreuse marchandise? Rien de plus simple. La plupart de ces commerçants, peu scrupuleux, s'étaient contentés de s'abonner tout simplement au téléphone et dissimulaient l'appareil sous leurs bassines, d'où ce bruit de friture si désagréable pour les abonnés, mais si tentant pour les passants que tenaille un appétit féroce. C'était un nouveau mode d'escroquerie au téléphone que nos policiers n'avaient point prévu.

———

Le choix de nos aliments n'est pas indifférent lorsqu'il s'agit de nourriture carnée. Certains mets peuvent avoir une influence curieuse sur notre caractère, tout au moins jusqu'à ce que le phénomène de la digestion soit achevé. Nous ne saurions trop le rappeler à nos lecteurs.

Dernièrement encore, les gazettes médicales du monde entier se sont émues d'une très curieuse constatation faite par des savants suédois. Un étudiant d'Upsal, nommé Okarina, fut pris brusquement, après son déjeuner, de l'envie irrésistible d'aller voir le recteur Olaüs, de Stockholm, qu'il ne connaissait pas. Rien ne put le retenir. Il courut au hasard des champs et des routes glacées jusqu'à ce qu'il fût parvenu à la demeure du recteur Olaüs, qu'il ignorait, mais qu'il trouva cependant

8.

sans difficulté. Parvenu, en bousculant les domestiques, jusqu'à la personne même du recteur Olaüs, il lui lécha les mains, fit des bonds désordonnés dans la pièce, et ces phénomènes ne cessèrent que quelques heures après.

Une enquête rigoureuse, faite sur cet événement étrange, apprit que le chien du recteur Olaüs avait disparu depuis la veille, qu'il avait été volé par un restaurateur d'Upsal, et que l'étudiant Okarina avait mangé de ce chien sans le savoir.

Ceci, on le comprend, fut une véritable révélation, et les savants de l'Université de Stockholm ont poursuivi, depuis, de fort intéressantes recherches dans cet ordre d'idées. Ils ont ainsi démontré que les rhumatismes étaient bien souvent engendrés par la vive douleur ressentie par le lièvre au moment où il reçoit la décharge de plomb, douleur qu'il transmet ensuite aux gourmets qui le mangent. On a remarqué de même que le bœuf bouilli engendrait l'obéissance et l'amour du travail. On a observé également que certains fonctionnaires, d'une docilité parfaite, mais qui faisaient de brusques écarts devant la moindre tache d'encre, prenaient leurs repas dans des restaurants hippophagiques. C'est toute une suite de constatations véritablement prodigieuses et qui promettent de révolutionner la médecine moderne.

Où s'arrêtera l'ingéniosité des fraudeurs? On peut se le demander avec angoisse. Depuis quelque temps, on signalait aux inspecteurs de l'alimentation des boîtes de bonbons de réglisse vendues à bon marché et distribuées à profusion dans les petites épiceries de banlieue.

Les bonbons que contenaient ces boîtes rappelaient d'une façon suspecte — disons-le franchement — l'aspect bien connu des crottes de lapin et, cependant, à l'analyse c'était bien de la réglisse que contenait, en faible proportion, il est vrai, ce curieux produit.

Or, voici ce qu'une enquête minutieuse a révélé : il paraît que l'on s'est avisé, en Australie, dans les parties du pays particulièrement ravagées par les lapins, de planter des hectares entiers en arbrisseaux de réglisse. Les lapins, en faisant leurs terriers, dévorent les racines, d'où les invraisemblables sous-produits que l'on nous offre aujourd'hui.

Que les Australiens soient dans la joie, cela s'explique, mais c'est à notre service sanitaire qu'il appartient de nous défendre.

———

Une instruction est ouverte, paraît-il, contre un restaurant de nuit qui, à l'occasion des fêtes, aurait

fait absorber à ses clients des huîtres rendues chi-
miquement insolubles et baignant dans de l'eau de
mer légèrement additionnée d'eau purgative. Il
paraît que les huîtres, ainsi préparées, pouvaient
resservir indéfiniment. Mais attendons les résultats
de l'enquête pour parler de ce sujet délicat et qui
montre bien, à notre époque, jusqu'où l'on peut
pousser certaines applications de la science à
l'industrie hôtelière.

Toujours dans les grands restaurants, il nous
faut signaler les *nouvelles pièces anatomiques de
démonstration*, construites par une grande maison
de la rive gauche qui, jusqu'à ce jour, ne vendait
que des pièces en cire, destinées aux cours de
médecine.

Cette maison s'est décidée à reproduire, en cire,
des poulets, canards, langoustes et autres plats
qu'il est d'usage de présenter dans les grands restaurants avant de les découper. L'imitation est
parfaite et, après le léger signe d'acquiescement
des dîneurs, il est loisible de leur servir tranquillement des morceaux de crabe, de chien ou de chat,
suivant les cas. L'illusion est parfaite, et c'est là,
on le sait, en matière de cuisine, le principal.

Une invention nouvelle provoque toujours une crise économique ou sociale, suivie bientôt d'une mise au point. C'est ainsi que l'industrie des diligences fut tout d'abord ruinée par l'invention des chemins de fer. Puis, petit à petit, les postillons devinrent chefs de gare et les chevaux de poste furent employés, soit à la manœuvre des wagons'de marchandises, soit à l'alimentation des buffets de gares. Après quelques années d'adaptation, l'ordre renaît et le progrès seul subsiste.

Nous avons parlé plus haut de la triste situation faite aux moineaux parisiens par la disparition de la traction hippique dont ils attendaient leur pâture quotidienne. On sait qu'émues de ce pénible état de choses les principales sociétés de taxi-autos avaient décidé de mélanger de la graine à l'huile des automobiles pour fournir ainsi un aliment à peu près convenable aux moineaux parisiens. Ce n'était évidemment là qu'un pis-aller. Eh bien, ce *pis-aller* est tout simplement en train de provoquer une véritable révolution dans notre alimentation. Depuis quelques mois, les moineaux parisiens ont pris l'habitude de se nourrir avec l'huile et la graisse répandues à terre par les automobiles. Ces gentils petits volatiles ont engraissé dans des proportions véritablement extraordinaires et, un peu partout, on nous signale de *nouveaux moineaux gras*, ayant à peu près les dimensions et l'aspect de petits poulets ordinaires. Ces petits poulets, sont, paraît-il, des plus recherchés dès maintenant par nos grands restaurants. Un peu huileux sans doute, un peu trop gras, leur goût rappelle étrangement celui de certains oiseaux pêcheurs. Le pétrole leur donne parfois un fumet un peu fort, il est vrai, mais qui n'est pas désagréable et rappelle, pour les gourmets, celui de certain gibier d'eau.

Au moment où nous pensions que nos pauvres petits moineaux, faute de crottin, allaient disparaître, nous voici donc en présence d'une nouvelle race de moineaux alimentaires, capables de remplacer le gibier sur les meilleures tables aux époques où la chasse est fermée. C'est une de ces mille surprises du progrès que nous signalons avec joie. Elle nous montre qu'il ne faut jamais désespérer de l'avenir de l'humanité, et les quelques explosions de moineaux dont nous avons parlé ne sont pas faites pour diminuer l'importance de ce petit événement.

———

Décidément, les Boches ont exagéré. Après avoir emporté les pendules, les casseroles, les betteraves et les chardons des départements envahis, ils se sont attaqués, paraît-il, aux fosses d'aisance. Une information provenant de Bruxelles nous apprend qu'ils avaient fait venir à L..., dans le Nord, en prévision d'une évacuation prochaine, toutes les pompes à vapeur disponibles et qu'ils remplirent en hâte des trains entiers de wagons-citernes à destination de l'Allemagne. Pour quel usage? La chimie alimentaire allemande nous le révélera un de ces prochains jours. ⌐

Qui eût jamais cru que le cheveu blond passé au laminoir, pouvait faire de l'excellente choucroute? C'est un chimiste de Heidelberg qui le révèle, cette semaine, à l'Allemagne attentive.

La pommade suffit, paraît-il, pour donner à la choucroute artificielle un excellent goût parfumé qui fera les délices de tous les Berlinois raffinés.

Les juges ne plaisantent pas à Berlin. Une riche famille de Charlottenbourg, dont les membres avaient été empoisonnés par des moules, fut conduite, sous escorte, à l'hôpital militaire. En attendant l'autopsie, elle fut condamnée à 2000 marks d'amende pour avoir absorbé du cuivre en fraude, au préjudice de l'État.

Bien que relevant plutôt du domaine des faits divers ou de la sociologie, il nous faut signaler cependant l'amusante solution apportée à la *grève des secoueurs de salade* dans les grands hôtels suisses. On a fait appel au dévouement des Anglais et des Américains qui séjournaient dans les palaces, et on leur a demandé de bien vouloir utiliser leurs talents mondains pour venir en aide aux maîtres d'hôtel débordés. Au lieu de donner des poignées de mains, ils secouent la salade et tout le monde s'en montre enchanté.

―――――――

Que sont les inventions de nos humoristes, si on les compare aux découvertes sensationnelles que la science fait chaque jour!

Voici que l'on annonce que de grandes maisons de bonneterie ont reçu l'importante commande de plusieurs milliers de *chemises de flanelle pour le gruyère*. On évite ainsi, paraît-il, les refroidissements préjudiciables à la bonne conservation de ce fromage lorsqu'il se met à transpirer.

Ces chemises sont, est-il besoin de le dire, d'un modèle spécial. On les trouvera prochainement dans toutes les bonnes crèmeries.

―――――――

Si invraisemblable que cela paraisse, une revue d'hygiène et d'alimentation nous signale dans certains quartiers très pauvres de New-York, l'ouverture de *nouvelles boucheries autophagiques* analogues aux anciennes boucheries hippophagiques, mais évidemment d'une classe très inférieure. Depuis la disparition de la plupart des chevaux de cabs, l'alimentation dans les quartiers pauvres est devenue fort difficile et un ingénieux industriel s'est imaginé de détailler, pour la boucherie, les vieux taxis automobiles hors d'usage.

Il paraît que les vieux cuirs de la carrosserie, imprégnés de graisse, peuvent faire d'assez bon pot-au-feu et que l'on imite fort bien le canard avec de vieilles enveloppes de pneus macérées dans l'huile du changement de vitesse. L'entoilage imite même, dit-on, d'une façon parfaite, la peau du canard. Le cou est figuré fort élégamment par de vieilles valves et il suffit de quelques billes de roulement nageant dans la graisse pour donner l'impression parfaite de petits pois.

On fait également, paraît-il, des tripes fort présentables avec d'anciennes chambres à air plusieurs fois raccommodées, découpées et macérées dans de la dissolution. Quant à la matelote d'anguille, les fils d'allumage en donnent, nous dit-on, l'illusion parfaite. Il n'est pas jusqu'au boudin que l'on n'imite agréablement avec de vieux rouleaux de chatterton et du cambouis.

9

Ajoutons enfin que le carter des vieilles voitures contient bien souvent des vieux chiens écrasés, des poules ou des rats. Le tout mélangé dans l'huile, avec des goupilles et des écrous, fournit un excellent pâté d'alouettes dont les pauvres diables de Long Island sont très friands. N'est-ce pas là un frappant exemple de l'ingéniosité toujours en éveil des Américains?

On s'étonnait, depuis quelque temps, de la multiplicité des avis affichés dans les wagons de chemins de fer et invitant d'une façon pressante les voyageurs à faire usage des water-closets pendant toute la durée du voyage, sauf pendant les arrêts dans les gares. On a maintenant l'explication de ce petit mystère.

Emu par l'augmentation perpétuelle du coût de la vie, le gouvernement, d'accord avec les grandes compagnies de chemins de fer, met à l'étude une suite de mesures qui révolutionneront prochainement l'alimentation. Les milliers de kilomètres de sol aride de nos lignes de chemins de fer vont être livrés à la culture. On y plantera, suivant la nature du terrain, ou des asperges ou des choux.

Un premier essai de plantation de choux entre les rails sera fait sur la ligne de Clermont-Ferrand, et le système est déjà familièrement désigné par les employés de la voie sous le nom de *chou-chou-chou*.

Les choux plantés et entretenus par les soins des employés de la voie et des gardes-barrières seront arrosés par un train spécial, *le légume-express*, composé de gros tonneaux remplis d'eau. L'engrais sera fourni, on le devine, par les trains de voyageurs.

Au moment de la récolte, le légume-express, composé d'une locomotive coupe-choux et de wagons de marchandises, n'aura qu'à parcourir la ligne, à toute allure; les choux coupés par le rasoir spécial placé à l'avant de la locomotive seront envoyés, grâce à la force acquise, par des plans inclinés, à l'intérieur des wagons de marchandises. La récolte sera ainsi faite en quelques minutes et le train directement dirigé, à son arrivée à Paris, sur les Halles. Ce sera un ravitaillement prodigieux et rapide de la capitale.

Séduite par cette invention, une compagnie anglaise, sous le nom de *Way de fer Fisch*, propose dès maintenant l'établissement d'une fosse remplie d'eau placée entre les rails de la ligne Calais-Paris, dans les sections en palier. Dans cette fosse seront acclimatées toutes les espèces alimentaires de poissons, et la pêche se fera au moyen d'un train de marée spécial armé d'un filet, exactement comme pour le légume-express.

C'est là une transformation de nos chemins de fer qui entraînera bien des frais, mais qui peut bouleverser, on l'avouera, le commerce de l'alimentation.

Le *Phonovague pour huîtres* sera adopté cet hiver par tous les grands restaurants. Il sera utilisé pour la première fois à l'occasion de la fête de Noël.

C'est un petit appareil très simple, très ingénieux, analogue au phonographe, et qui imite à la perfection le bruit de la mer. En l'entendant, les huîtres s'ouvrent d'elles-mêmes, croyant se trouver dans l'eau. Il suffit de les caler rapidement avec un petit morceau de bois pour qu'il leur soit impossible de se refermer et on peut les servir sans autre préparation. Cela permet au personnel du restaurant de ne point perdre son temps à ouvrir les huîtres et de satisfaire sans effort la clientèle.

———

Pendant qu'il en est temps encore, signalons aux chasseurs les nouvelles cartouches chargées non point avec du plomb, mais avec des grains de genièvre, pour la chasse aux grives. On sait que les grives au genièvre se vendent plus cher que les autres. La grive ordinaire, ainsi tuée, présente les mêmes qualités que la grive nourrie de genièvre; c'est un bénéfice considérable pour les chasseurs.

———

Nos horticulteurs semblent ruser avec la nature comme avec un véritable adversaire intelligent. N'ont-ils pas découvert, dernièrement, qu'en arrosant les haricots avec de l'eau gommée ceux-ci, petit à petit, renonçaient à coudre leurs gousses avec du fil et se contentaient de les gommer. Quelle économie de temps pour nos ménagères!

———

Par contre, ô cuisinières, défiez-vous des nouvelles bananes que vient de faire saisir le Laboratoire municipal et que l'on essaie de vendre un peu partout. Elles sont faites avec de vieilles peaux de bananes recollées, remplies à l'intérieur d'une pâte artificielle faite avec de la moelle de sureau, du feutre et un peu de phénol pour imiter la pourriture.

———

On s'est ému à tort, dans le monde de l'alimentation, de la nouvelle circulaire du ministre du Commerce, et les garçons bouchers se sont figuré faussement que l'on entendait prendre des mesures vexatoires à leur égard. On a parlé de protection accordée aux patrons, de restauration de l'ancien régime, de tyrannie corporative. On a même été

9.

jusqu'à mettre en avant les grands mots de régime féodal et d'esclavage. Il serait temps de rétablir la vérité sur ce point.

Le ministre du Commerce n'a eu qu'un seul objet en vue : l'intérêt du public. Il s'est ému de l'augmentation toujours croissante du prix des denrées, et particulièrement de la viande. Il a compris que le moment était venu d'arrêter à tout prix cette hausse, qui provoquerait de véritables émeutes dans le monde des petits consommateurs.

C'est uniquement pour cela qu'il a prescrit aux garçons bouchers, même lorsque leur patron leur ferait une observation, *de ne point hausser les épaules.* Il est véritablement malheureux que l'on ait compris de travers une prescription aussi sage.

Il nous faut signaler, tant pour sa simplicité que pour son ingéniosité véritablement pratique, la *nouvelle porte moulin à café.* Ce n'est, en somme, qu'un simple perfectionnement des portes tourniquets actuellement en usage et qui n'étaient destinées jusqu'à présent qu'à éviter les courants d'air. L'axe de la porte tourniquet est prolongé jusque dans les sous-sols du café et branché au moyen d'engrenages sur l'habituel moulin à café de l'établissement. Au fur et à mesure que les clients se présentent ils poussent la porte tourniquet. Le café se trouve moulu automatiquement dans les sous-sols et il n'est pas besoin d'une grande réflexion pour comprendre que la proportion de café moulu correspond exactement à celle des visiteurs.

Au moment du dîner, un simple levier de manœuvre permet de débrayer le moulin à café et d'embrayer l'engrenage de la porte sur la mayonnaise. Ainsi, plus de soucis, plus de vociférations inutiles, d'avertissements hurlés au chef. Celui-ci trouve exactement la quantité de café ou de mayonnaise qui lui est nécessaire et cela sans faire le moindre effort inutile. A l'heure de la sortie des clients, l'engrenage est branché sur l'appareil de vacuum cleaner, destiné à nettoyer les tapis. C'est une invention très pratique et très américaine et dont tous nos cafés-restaurants seront bientôt pourvus.

On a beaucoup parlé, dans le monde des chasseurs, d'un *nouveau fusil à broche* destiné à faire merveille. N'exagérons rien. L'idée est déjà ancienne : la balle est remplacée simplement par une broche à rôtir et l'ensemble de l'appareil rappelle le canon porte-amarre bien connu de nos matelots. Au surplus, que penseront nos ménagères des oiseaux ainsi embrochés sans avoir été au

préalable plumés et vidés? Le fusil à broche ne
sera bien accueilli que par les gens peu raffinés.

Il est vrai que l'inventeur propose pour les
gourmets une *balle creuse cylindrique en forme de
vide-pommes* que l'on pourrait lancer au préalable
au travers du corps de l'oiseau. Mais cela suppose
une habileté exceptionnelle de la part du chasseur,
et l'invention nous paraît demeurer dans le
domaine de la pure fantaisie.

———

Nous sommes toujours envahis, décidément, par
la camelote d'outre-Rhin. Le Laboratoire municipal ne vient-il pas de nous révéler que l'on faisait
des tonneaux de choucroute avec les débris, nombreux on le sait, des enveloppes de « zeppelins »
découpées en fines lamelles. Macérés dans la graisse
ces filaments d'enveloppe imitent, paraît-il, d'une
façon parfaite la choucroute comestible. Mais, à la
cuisson, ils dégagent une forte odeur de caoutchouc.
Il serait temps de sévir et de nous défendre contre
ces procédés éhontés.

———

Le nouveau *chien Touring-Club* pour auberges
de campagne, dont on a tant parlé ces temps derniers, n'est, en réalité, qu'un vulgaire chien de

police dressé d'une façon particulière. Le chien
Touring-Club est chargé, on le sait, dans les petites
auberges, de suppléer au personnel insuffisant.
Il nettoie les assiettes avec sa langue, ce qui est, en
somme, assez facile à obtenir; puis il les essuie en
les époussetant avec sa queue. Ce dernier point,
seul, demande, non pas tant un dressage particulier
qu'un tour de main. Il suffit de faire asseoir le
chien le dos tourné aux assiettes et de lui montrer
un morceau de sucre. Tout aussitôt, le chien agite
la queue et les assiettes se trouvent essuyées. On
peut immédiatement les offrir aux clients.

Nombreuses sont, nous venons de le voir, les
fraudes que l'on découvre chaque jour en matière
alimentaire. Mais celle-ci dépasse, je crois, en
audace et en ignominie tout ce que l'on avait pu
révéler jusqu'à ce jour. On s'étonnait, depuis
quelques mois de l'étrange allure de certains
individus à l'accent tudesque qui parcouraient,
l'été, nos provinces, achetant à vil prix, comme on
peut le penser, les vieux papiers à mouches enduits
de miel ou de colle et couverts d'insectes. A quoi
pouvait servir ce mélange répugnant? On le sait
aujourd'hui. Tout simplement à fabriquer des pains
au raisin à bas prix pour l'exportation. Avec un
peu de colle et des miettes de pain ajoutées à ce

mélange, les mouches confites donnaient, paraît-il,
l'impression suffisante de raisin de Corinthe. Elles
en avaient, affirment les fraudeurs, malgré toute
notre répugnance à le dire, *le même goût.* Hâtons-
nous d'ajouter que le Laboratoire municipal a fait
tout aussitôt saisir chez les dépositaires tous les
spécimens existants de cette immonde contrefaçon.

Puisque nous parlons de fraudes alimentaires,
signalons celle-ci, moins répugnante, certes, mais
plus ingénieuse, et qui est pratiquée, paraît-il, par
certains agriculteurs français. Il paraît qu'au
moment de Noël on a recours à un industriel
spécial, bien connu dans les campagnes sous le nom
de *poseu de ventouses*, et qui passe dans les fermes,
où il se charge de plumer les oies vivantes et de leur
poser sur le corps un nombre respectable de ventouses. Après cette opération, la malheureuse
volaille est tuée immédiatement, et la trace des
ventouses imite, paraît-il, merveilleusement l'apparence si populaire de la truffe. Ménagères, méfiez-
vous!

Un gros scandale en perspective à Berlin. Sait-on
que la plupart des wagons de charpie qui avaient

été envoyés aux Bulgares ont été détournés en cours de route par des employés malhonnêtes; que cette charpie est revenue à Vienne; que là on l'a passée au brou de noix et cédée à des restaurants bon marché, qui l'ont revendue à leurs clients comme *bœuf bouilli?* Cette affaire de fraude, se complique d'importantes constatations concernant la tête de veau et le macaroni servis dans les mêmes restaurants viennois. Des commerçants peu scrupuleux n'ont pas hésité, parait-il, à faire de la tête de veau avec des morceaux de vieux tuyaux en caoutchouc de fourneau à gaz, farcis de gélatine et fendus ensuite dans le sens de la longueur. Quant au macaroni, on le fait avec d'anciens chalumeaux recueillis dans les cafés, remplis de gélatine et gonflés dans l'eau bouillante.

Signalons aux crémiers la nouvelle voiture de laitier à carrosserie mobile, tournant sur boggies et permettant, lorsque le garçon livreur accomplit son trajet de retour, de mettre l'avant de la voiture en arrière. Ce dispositif, qui sera apprécié des techniciens, a pour objet d'empêcher le lait de tourner.

V

ARMEMENT — MARINE — RUSES DE GUERRE

L'anitra di guerra. — Eperons-briquets. — Pigeons biplans. — Les idées de l'aumônier de l'Ernest-Renan. — Singes turcs aviateurs. — Le boomerang français. — Ie compas volatile. — Jumelles optimistes. — Viseurs lumineux. — La cartouche chenille. — Les perroquets instructeurs. — Obus allant à 900 kilomètres. — Pièges pour aéroplanes. — Obus planètes. — Le suicide de l'électro-aimant. — L'huître électrique. — Coll. pour chauffeurs. — Gaz asphyxiants. — Bicanons. — Singes pour poux. — Torpilleur haricot turbine. — La suppression des douanes par l'Allemagne. — Bismarck. — L'aéro coupe-cigares. — Les soldats de François-Joseph. — La voix de son maître. — Saucisses pour attacher les mitrailleurs. — La dernière maladie de von Bulow. — Le képi courant d'air. — Les couronnes de François-Joseph. — Le singe dans l'armée. — Économies de bouts de cigares. — Talons tournants pour boches. — Cols et faux-cols autrichiens. — Dans les sous-pirates. — L'arrestation de la Grande Ourse.

Malgré toutes les précautions prises par nos voisins et futurs alliés[1] les Italiens pour dissimuler

1. Je crois devoir, on le comprendra, ne rien changer aux termes prophétiques de cette note écrite quelques années avant la guerre.

10

soigneusement leur curieuse invention, on commence à parler un peu partout, à mots couverts, de
la nouvelle *anitra di guerra* que l'on envoie par
quantité en Tripolitaine pour combattre les Turcs.
Cette invention est très certainement la plus surprenante et la plus caractéristique des temps
modernes. Après s'être inspirés du vol des oiseaux
pour mettre au point l'aviation, voici que les inventeurs s'inspirent maintenant des récentes découvertes de l'aviation pour transformer les oiseaux
en auxiliaires utiles et dangereux. L'*anitra di
guerra* ou *canard de guerre*, est un canard sauvage
de l'espèce la plus robuste que l'on nourrit savamment, durant plusieurs semaines, avec du salpêtre,
de la brique pilée, de la glycérine et du chlorate de
potasse. Le canard vorace, s'accommode volontiers
de cette alimentation qui doit être soigneusement
dosée par d'habiles chimistes. Le canard de guerre
est alors expédié sur le champ de bataille, dans des
caisses étroites qui lui interdisent tout mouvement,
puis lâché dans la direction de l'ennemi. Le canard,
ou, pour tout dire, *la cane de guerre*, s'envole alors
au-dessus de l'armée qu'il s'agit de combattre et,
au moment où elle passe au-dessus d'elle, son émotion bien compréhensible provoque la sortie des
œufs comprimés depuis son départ. Ces œufs, ai-je
besoin de le dire, grâce à l'alimentation préalable
subie par le canard, constituent de terribles explosifs qui, en tombant sur le sol, font les plus
effrayants ravages dans les rangs ennemis, exacte-

ment comme le ferait une bombe lancée par un aéroplane. On a calculé qu'une bande de canes de guerre,
lâchée au moment voulu, pouvait anéantir en
trente-cinq secondes sept cents cavaliers ennemis.
Le secret de cette curieuse invention réside tout
entier dans le dosage de l'alimentation. Il ne tar-
dera pas à être découvert par tous ceux qui s'occupent d'aviation militaire. Ajoutons enfin que si, par
hasard, le mélange n'est pas explosif, il resterait
toujours pour l'armée ennemie l'humiliation de
recevoir sur la tête des œufs de qualité douteuse.

La commission supérieure de l'armée vient
d'avoir la touchante idée de munir tous les capitaines d'infanterie de *nouveaux éperons-briquets
allumeurs au ferro-cérium*, Grâce à la molette,
l'éperon fonctionne absolument comme un bri-
quet ordinaire, et enflamme une petite lampe à
essence qui lui est soudée. Le capitaine peut ainsi,
à tout instant, au cours de marches longues et fatigantes, donner du feu à ses soldats en frottant son
éperon contre les flancs de son cheval. C'est là une
idée délicate, touchante, et qui augmentera encore
cette bienveillante intimité qui doit toujours subsister entre un capitaine et ses hommes.

Voici que l'on reparle plus que jamais des *pigeons militaires biplans.* On affirme que des essais auraient été faits, récemment encore, au colombier militaire de Satory. On parle même, à ce propos, de mystérieux étrangers qui auraient été vus rôdant, ces temps derniers, dans la campagne aux environs de Versailles

Évidemment, les progrès continuels de l'aviation ne manquent pas d'avoir leur répercussion sur le monde des oiseaux, et l'idée vient tout naturellement de perfectionner le vol des pigeons voyageurs en leur appliquant les récentes découvertes de l'aéronautique. Certes, pour de longs voyages accomplis souvent dans des conditions météorologiques défectueuses, le *pigeon-biplan* offre plus de stabilité que le *pigeon-monoplan* du modèle ordinaire. Il se retourne plus difficilement et offre plus de résistance au vent.

Comment sont constitués ces nouveaux *pigeons-biplans?* Très évidemment par deux pigeons superposés dont l'un sert peut-être à indiquer la route. Toutes les suppositions sur ce point sont permises, mais, ce qu'il y a de certain, c'est que le secret a été jusqu'à présent bien gardé par l'autorité militaire. Quelques reporters se sont bien avisés d'interroger, tout dernièrement des habitants du pays, qui avaient vu, disait-on, les *nouveaux pigeons-biplans,* mais ceux-ci, craignant sans doute de trahir les secrets de notre défense, se sont bornés à répondre en ricanant et en accablant même, parfois, les malheureux journalistes d'incompréhensibles quolibets.

De leurs explications confuses, il résulterait que « *c'est comme ça tous les printemps et que faut vraiment être de Paris pour voir des choses là où qu'il n'y en a pas* ». Certains auraient même offert grossièrement aux envoyés d'une grande revue de leur montrer des canards, des poules et même des chiens-biplans. Que signifie tout cela? Espérons que nous aurons bientôt la clef de ce mystère un peu énervant à la longue.

On se montre assez ému, paraît-il, dans les milieux maritimes officiels, par de nouvelles et fort intéressantes inventions que l'on doit aux patientes recherches que poursuit, depuis plusieurs années, l'aumônier de l'*Ernest-Renan*. Cet ecclésiastique, qui connaît particulièrement bien tous les besoins de notre marine, a trouvé le moyen, paraît-il, de dresser des raies qui seraient utilisées, comme cerfs-volants pour le service de renseignements des sous-marins. On dit également que des expériences se poursuivent, destinées à utiliser des poissons volants qui assureraient la liaison nécessaire entre les navires en plongée et les aéroplanes. Mais un tel mystère entoure ces expériences que nous ne saurions donner le moindre détail pratique à leur sujet. Attendons et espérons!

Les puissances neutres seront prochainement saisies d'une protestation concernant l'emploi de singes aviateurs actuellement à l'étude dans l'armée turque. On sait que, dans le plus grand secret, d'intelligents quadrumanes avaient été dressés à monter en aéroplane et à s'élancer avec un monoplan chargé d'explosifs vers les lignes ennemies. Sitôt que les singes voyaient à terre soit des casques arrondis soit des shakos surmontés de plumes, ils se figuraient apercevoir des noix de coco ou des ananas et lâchaient, dans leur joie, les leviers de manœuvre. La chute de leur appareil dans les rangs ennemis entraînerait d'inévitables ravages.

Voici une invention bien curieuse, que l'on vient de présenter à l'Institut, c'est le *nouveau boomerang français*, dont le bois est taillé de telle sorte que l'instrument une fois jeté sur l'adversaire, *ne revient pas à celui qui l'a lancé.* On évite ainsi tout risque d'accident.

Le *compas volatile* est une modeste et très simple invention appelée à révolutionner le transport des dépêches par la voie aérienne et à rendre, par conséquent, d'inappréciables services en temps de guerre.

Le *compas volatile* se compose d'une petite boussole spéciale que l'on place sur la tête d'un oiseau, un peu comme on le ferait d'un képi, au moyen d'une petite jugulaire. Cette boussole a ceci de particulier que l'aiguille qui indique la direction du Nord est en forme de V, ce V étant mobile et pouvant s'ouvrir sous un angle plus ou moins grand comme un compas. Une seule des branches du V est aimantée et se dirige vers le Nord, l'autre branche recourbée se termine par une pointe qui vient buter contre la joue de l'oiseau et le pique lorsque l'animal, dans son vol, s'écarte de la directon qu'on veut lui faire suivre. Inutile de vous dire combien cette invention si simple permet de rectifier à tout instant le vol des pigeons voyageurs et de remettre instantanément ces intelligents animaux dans le bon chemin. Mieux encore, il suffit d'appliquer ce petit casque au premier oiseau venu, à un canard, à un dindon, voire même à un moineau pour le transformer tout aussitôt en pigeon voyageur capable de rendre les plus utiles services.

Suivant la destination de l'oiseau, l'angle du compas est réglé au départ et la branche piquante placée à droite ou à gauche de la tête, suivant l'orientation par rapport au pôle.

Rien n'est plus simple que ce réglage; il peut être effectué au moyen d'une carte par des militaires de toute arme.

———————

Bien des gens ignorent que le kaiser avait fait distribuer à ses officiers des jumelles de campagne qui portaient des vues stéréoscopiques de Paris et de Moscou, imprimées sur les verres. On espérait ainsi surexciter les troupes en leur montrant à la longue-vue le succès tout proche. Cet essai n'a donné que de médiocres résultats et l'on sait maintenant pourquoi. A la suite de mouvements de troupes, une regrettable erreur avait fait distribuer, en effet, les jumelles portant les vues de la tour Eiffel aux soldats partant pour le front russe, tandis que les vues du Kremlin égayaient les bords de l'Yser.

———————

On s'est étonné, récemment, de voir la préfecture de police repousser les nouveaux revolvers à viseur lumineux, cependant si pratiques, puisque le rayon électrique indique exactement sur la cible l'endroit où la balle va frapper. Cet ajournement fut le résultat d'une regrettable erreur. On ne sait pourquoi les expériences ont été faites, en effet, par des agents, non pas sur des cibles ordinaires, mais sur des poissons, que le rapport ne désigne pas d'une façon plus explicite. En raison sans doute de la réfraction de l'eau, les résultats ont dû être négatifs. Espérons que de nouvelles expériences viendront remettre au point ces premiers essais défectueux que l'on avait confiés par erreur au service des mœurs.

On peut se demander vraiment où s'arrêteront les progrès réalisés chaque jour pour assurer le confort de nos jeunes soldats. Dernièrement, sur l'ordre du ministre de la Guerre, les services de pyrotechnie ont fait distribuer dans toutes les casernes de nouvelles *cartouches à chenille*, destinées à assurer le graissage pratique et automatique des fusils. La *cartouche chenille* se compose d'une simple douille ordinaire de cartouche Lebel, contenant à l'intérieur une grosse chenille de huit millimètres, poil non compris, maintenue en place par un savant mastiquage de vaseline. Il suffit de placer la cartouche le soir dans le fusil, au moment de le mettre au râtelier, pour retrouver le lendemain matin le canon soigneusement graissé et désormais, pour toute la durée de l'exercice, à l'abri de la rouille. La chenille, en effet, pendant la nuit, sort de la cartouche et s'achemine lentement vers l'extrémité du canon, déposant sur les parois la vaseline nécessaire. Pour solliciter et, au besoin, activer sa marche, on se contente de décorer la partie supérieure du râtelier d'armes avec quelques branches de mûrier, que l'on peut mélanger de quelques brins de laurier pour sauvegarder l'aspect militaire de la chambrée. C'est là une innovation qui rendra populaire dans toutes les casernes notre ministre de la Guerre.

Parmi les dernières nouveautés sensationnelles, il faut faire une place toute particulière à l'introduction projetée de *perroquets-instructeurs dans l'armée.* Il ne s'agit pas, comme on l'a prétendu, de désorganiser le haut commandement, ni même de modifier en quoi que ce soit les cadres existants.

On voudrait seulement, pour l'instruction élémentaire des jeunes recrues, fatiguer le moins possible les caporaux et les sergents en leur substituant des perroquets chargés de faire entendre les commandements habituels. On avait bien proposé tout d'abord d'utiliser des phonographes, mais le phonographe manque de vie et de fantaisie sur le terrain. Il peut s'imposer dans l'armée boche; il ne sera jamais à sa place dans notre pays. De nos jours, on veut habituer autant que possible les jeunes soldats à obéir aux commandements les plus inattendus, pour les préparer au combat réel sur le terrain. Les exercices de parade en rangs serrés paraissent inutiles. Ce qu'il faut au soldat français, c'est de l'imprévu, de l'initiative, de la fantaisie même, et le perroquet, quelles que soient les critiques de nos bureaux, peut donner à ce point de vue d'excellents résultats.

Mais vous verrez que cette idée, excellente en principe, ne manquera pas de soulever d'interminables objections, et que les armées étrangères s'en seront emparées depuis longtemps avant que nous songions même à l'appliquer en France.

———

Le *Bochiman Zeitung*, organe officieux de la « Diphtéria Gesellschaft », donne de curieux détails sur le nouvel obus de 980 que construisent en ce moment les usines Kroup, et qui pourra être envoyé à neuf cents kilomètres ou plus loin peut-être. En raison de ses dimensions, l'obus ne peut être lancé par un canon. Il sera expédié par chemin de fer et contiendra seize repas froids destinés au convoyeur.

———

Une récente affaire d'espionnage nous a révélé de curieux et inattendus dessous de l'avant-guerre.

, C'est avec stupeur, en effet, que l'on a découvert que l'Allemagne préparait des *pièges pour aéroplanes*, rappelant exactement ceux que l'on construit pour de simples oiseaux. L'appât était formé, paraît-il, de quelques drapeaux français étalés sur le sol, au-dessus du piège.

Les débats nous ont révélé tout en même temps que la direction française de l'aviation militaire avait préparé, de son côté, des pièges analogues composés de quelques pendules placées en vue sur le sol.

Le procédé fut depuis éventé. Que trouvera-t-on demain !

———————

Encore une grosse désillusion pour les usines Krupp. Leur nouveau canon portant à cent kilomètres que l'on venait d'achever, donna aux essais des résultats désastreux. La vitesse initiale de l'obus étant supérieure à 1.133 mètres, l'attraction terrestre était vaincue et le projectile, lancé dans l'espace ne retombait jamais.

—Moi, au moins, quand je fais des mondes, je ne travaille pas dans l'argile, comme le Vieux : mes planètes à Moi sont en fer! » aurait dit modestement le kaiser, dans un accès de lyrisme qui inquiéta beaucoup son entourage.

C'est une indiscrétion d'un journal militaire austro-hongrois : l'*Ostrovassalygoth Zeitung*, qui nous l'apprend. Les Boches, en mal d'invention, avaient établi dans les Flandres, au début de la guerre, un électro-aimant colossal qui, en cas d'attaque des alliés, devait attirer à lui fusils et mitrailleuses. Ils avaient compté sans nos obus qui, déviés de leur route naturelle par l'électro-aimant, vinrent massacrer la machine infernale dont il ne resta plus rien.

Nos grandes compagnies de navigation vont adopter incessamment la *nouvelle huître électrique pour voies d'eau*, qui est appelée à rendre les plus grands services L'huître vivante, fermée, est placée à fond de cale au début du voyage. Elle est munie d'un contact électrique qui actionne une sonnerie dès que l'huître s'entr'ouvre.

Si, par hasard, l'eau pénètre dans la cale, l'huître s'ouvre tout aussitôt, la sonnette agit et le commandant peut prendre les mesures de sécurité immédiates que commande la gravité de la situation. On espère éviter ainsi, à l'avenir, bien des naufrages.

———

Le *Berlingoth Blatt*, organe de l'automobilisme allemand, conseille aux chauffeurs d'enduire leurs vêtements de colle avant de partir en mission. Après quelques heures de marche sur une route poussiéreuse, l'automobiliste devient invisible, son uniforme étant exactement de la couleur du terrain. Quant à la casquette, saupoudrée de graviers, elle forme une excellente toile d'émeri immédiatement utilisable pour tous les usages mécaniques.

———

On connaît maintenant la composition des gaz asphyxiants allemands. On les obtient en brûlant des dépêches de l'agence Wolff, qui créent une atmosphère irrespirable.

———

D'après une note de l'agence Wolff reproduite par l'*Abuzer Kreduliten*, de Berlin, on construit actuellement en toute hâte aux usines Krupp de nouveaux canons partant des deux côtés à la fois, destinés à protéger économiquement l'Allemagne sur ses deux fronts.

Si nous en croyons le *Berliner Tasdeblag*, on s'est ému, en Allemagne, au début de la guerre, du nombre intolérable de poux qui dévastaient l'armée. Suivant les conseils du vénérable docteur von Kroknow, directeur du Jardin zoologique de Hambourg, on se décida, paraît-il, à envoyer sur le front trois cents petits singes chargés de donner aux soldats les soins capillaires nécessaires et tout en même temps de les distraire.

L'expérience n'a pas donné malheureusement les résultats qu'on en attendait. Lorsque le premier singe arriva sur le front, tous les hommes de la landsgourde se levèrent comme mus par un ressort et crièrent : « Vive le Klownprinz! » Cette désobligeante erreur fut d'abord tenue rigoureusement secrète, mais, à la longue, tout finit par se savoir.

Des expériences que l'amirauté boche entoure du plus grand mystère se poursuivent activement dans le canal de Kiel. Si nos renseignements sont exacts, il s'agit, paraît-il, d'essayer un nouveau *torpilleur*, dit *haricot-turbine*, capable d'obtenir les plus grandes vitesses, et dont la réalisation entraînerait une véritable révolution dans la navigation. Tout ce que l'on sait actuellement, c'est que la cale du navire est bourrée de haricots capables de fournir un volume gazeux considérable. Comment ce gaz est-il utilisé? S'agit-il d'un moteur à explosion ou, plus simplement, d'un échappement à l'arrière du torpilleur actionnant une turbine? On ne le sait pas encore au juste, mais il nous paraît difficile que le secret soit bien longtemps gardé. En tout cas, ce serait la suppression, à brève échéance, du charbon pour les petits navires légers, dont on attend de grandes vitesses.

———

Le critique militaire du *Panboschen Zeitung* expliquait aux lecteurs de son journal que le rapprochement du front occidental et du front oriental fut voulu pour forcer les alliés à tirer les uns sur les autres par dessus l'armée allemande. Il ajoutait que si l'Allemagne est vaincue ce sera volontairement dans l'intérêt du commerce national, pour forcer les alliés à s'incorporer des territoires allemands, dont les produits seront délivrés dès lors de tout droit de douane.

———

Au moment de la mobilisation, le kaiser regretta, paraît-il, l'absence du chancelier de fer. « J'en aurais fait un canon », aurait-il dit à quelques officiers de sa suite.

———

On dit merveilles d'un nouvel aéroplane coupe-cigares pour la chasse aux zeppelins.

———

Le *Gottmiten Zeitung* raconte que ce fut le plomb et non le cuivre que l'on rechercha de préférence en Allemagne, les usines de soldats de Nuremberg ne pouvant plus satisfaire aux commandes de l'empereur François-Joseph.

———

Des paroles de confiance et de victoire furent prononcées dans les tranchées allemandes après la bataille de l'Yser. Ce furent trois mille phonographes envoyés de Berlin qui furent chargés de ce soin. En certains endroits de la Belgique on organisa également, sur des murs blancs, la nuit, au

11.

moyen de projections cinématographiques, des défilés de troupes fraîches. On considère généralement en Allemagne que ces moyens mécaniques furent suffisants pour relever le moral de l'armée.

———

Pour effacer la pénible impression produite en Europe par la découverte de soldats allemands attachés à leurs mitrailleuses, le grand-état major allemand commanda de nouvelles chaînes forgées imitant des chapelets de boudins. Les mitrailleurs avaient ainsi l'air d'être attachés avec des saucisses.

D'autre part, vingt-sept officiers mitrailleurs furent décorés du Collier de fer avec piques.

———

On raconte, dans les milieux italiens bien informés, que le prince de Bulow se montra, avant la rupture, fort énervé par les négociations en cours. Voyant que l'offre de Trente ne suffisait plus et cédant à de naturelles habitudes de bluff, le prince aurait offert brusquement Trente et Troyes à l'Italie.

Le lendemain ce n'était déjà plus Trente et Troyes mais Trente et Cette que, dans son délire de surenchère, le prince de Bulow proposait à l'Italie.

mais le dernier bulletin de santé du prince annonçait déjà à ce moment trente-neuf, neuf.

On s'étonnait, depuis longtemps, des nombreux rhumes contractés par nos fantassins et même des méningites qui désolaient l'armée. On en connaît aujourd'hui la raison.

Par suite d'une inconcevable aberration, les deux ventouses du képi étaient, jusqu'à présent, placées en face l'une de l'autre, formant ainsi un redoutable courant d'air.

Depuis l'an dernier les deux ventouses sont placées du même côté, écartant ainsi tout danger.

Au début de la guerre, l'empereur François-Joseph demandait, on s'en souvient, 600.000 couronnes à la Serbie. On annonce de Vienne qu'il n'en demandait plus que deux, un an après à l'Autriche-Hongrie. Sa prétention était évidemment plus raisonnable mais bien tardive.

La Commission technique de la guerre vient d'être saisie d'une curieuse réclamation présentée par plusieurs députés socialistes concernant la consommation que l'on fait dans l'armée des *boîtes de singe*. D'après des médecins dignes de foi, la consommation excessive du singe aurait un excellent effet pour l'exécution des mouvements d'ensemble. Par contre, elle enlève à l'homme toute personnalité. A une époque où la guerre est faite d'initiative individuelle et de mouvements en ordre dispersé, les facultés d'imitation sont moins intéressantes pour le soldat qu'elles ne l'étaient autrefois.

Cela, c'est le point de vue médical. Au point de vue social, je n'ai pas besoin de vous dire que la pétition s'inquiète de ce qu'une pareille alimentation peut présenter d'offensant et de dégradant pour un homme libre. C'est là un curieux débat politico-médical que nous suivrons avec intérêt, tout en regrettant cette nouvelle intervention de la politique dans l'armée.

Dans un touchant élan de solidarité nationale, les enfants des écoles de Berlin ont envoyé au comte Zeppelin tous les vieux bouts de cigare qu'ils ont pu recueillir chez eux, pour lui permettre de raccommoder ses dirigeables endommagés.

———

Prochainement l'infanterie allemande tout entière va être munie de talons tournants facilitant les mouvements sur toutes les frontières.

———

On se montra stupéfait, à Vienne, de la façon dont les officiers autrichiens exécutèrent, dans les Alpes, l'ordre qui leur était donné de passer les cols. Ils se contentèrent, paraît-il, de faire repasser leurs faux-cols par leurs hommes. Élégance, découragement ou incapacité?

———

Sait-on que l'usage de la langue allemande est interdit à bord des sous-marins boches? les *h* aspirés épuisant rapidement la provision d'air respirable du bord.

———

Les habitants de Bromberg furent réveillés l'an dernier par une violente fusillade : il s'agissait, parait-il, d'arrêter un convoi venant de Russie. Suivant les ordres qui leur avaient été donnés, les soldats, tirèrent dit-on, sur la constellation du Chariot ou Grande-Ourse, qui disparut quelques heures après à l'horizon. L'empereur accorda la Croix de fer de première classe luxe au général von Krokmiten pour cette nouvelle victoire.

Pour parer à la disette possible de charbon, on vient de mettre en circulation dans la marine anglaise de nouvelles *baleinières d'escadre* d'un modèle fort ingénieux. Et voici déjà que l'on parle de doter les escadres françaises de services postaux analogues. La nouvelle baleinière est composée tout simplement d'une baleine du modèle courant, sur le dos de laquelle est retenue, au moyen d'une sous-ventrière, une petite chambre étanche analogue au howdah que l'on place sur le dos des éléphants, et qui contient le postier et les dépêches urgentes. Pour guider la baleine dans sa course rapide à travers les mers, on s'est imaginé d'adopter un dispositif d'une simplicité merveilleuse et véritablement déconcertante. Le postier, au bout d'une longue canne à pêche, tient suspendu *un vieux corset.* Lorsqu'il veut aller à gauche, il lui suffit de placer le corset devant l'œil droit de la baleine. Celle-ci, épouvantée, s'enfuit vers la gauche, et inversement. Lorsqu'il veut filer en ligne droite, il lui suffit de placer le corset au-dessus et un peu en arrière de la tête de l'intelligent animal. Pour charmer les longues traversées de l'Atlantique et pour se divertir, le postier pourra s'amuser enfin à tirer à la carabine des œufs vides qu'il placera au préalable sur les deux jets d'eau qui sortent des narines de son fidèle coursier. Tout cela est curieux, un peu archaïque, il est vrai, mais tout en même temps d'une élégance moderne véritablement délicieuse.

VI

CHEMINS DE FER — TRANSPORTS MARITIMES ET URBAINS

Le linocalcium. — Wagons mugisseurs et lampes Apis pour bestiaux. — Tunnels dans la glace. — Le télégraphe musical. — La double ceinture. — Les brûle-parfums du métro. — L'utilisation des émigrants contre les tempêtes. — La voiture à bras Edison. — Le télescope-luxe. — Les rapides à bouillon surchauffé. — Direction automatique des navires. — Panthéon-Courcelles. — La botte de foin dans une aiguille. — L'auto-tacotvelo local. — Les isolateurs gommés. — Limousines pour culs-de-jatte. — Le basset nettoyeur de rails. — Le hérisson pour trolley. — Soutiens-ventre pour wagons.

Le *linocalcium* est un nouveau produit présentant exactement l'aspect du linoléum et que la Compagnie des chemins de fer de l'État vient d'adopter pour couvrir le plancher des wagons. Il est fait de carbure de calcium aggloméré, soutenu par un robuste entoilage.

On sait, combien étaient vaines, jusqu'à ce jour, les prescriptions enjoignant aux voyageurs de ne pas cracher sur le sol des voitures. Avec le *lino-calcium*, tout change : un simple avis informera les voyageurs que si, par hasard, ils crachent par terre, le tapis dégagera tout aussitôt une insupportable odeur d'ail. Cela suffit pour que tous les voyageurs soucieux de leur confort évitent de cracher par terre. Pour la première fois peut-être, les prescriptions du comité d'hygiène se trouveront ainsi respectées.

Les premiers essais n'avaient donné aucun résultat pour une raison fort simple, c'est qu'ils avaient été faits par les Chemins de fer du Midi. C'est là un piquant détail qu'il n'était pas inutile de rappeler pour l'histoire anecdotique de la science contemporaine.

———

Certains publicistes se sont peut-être un peu trop hâtés d'annoncer dans la presse la création sur le réseau de l'État de nouveaux *trains à bestiaux à intercommunication*. Vous avez lu sans doute les développements que l'on a publiés sur ce sujet un peu partout : désormais, grâce à la communication assurée entre les wagons, comme dans les trains rapides, les malheureuses bêtes pourraient circuler d'un wagon à l'autre, se rendre visite, etc... On parlait même d'un *wagon-étable*, où les veaux pour-

raient déjeuner à heure fixe, de réduits hygié-
niques, que sais-je encore? C'est là, disons-le, de la
pure fantaisie. La vérité est bien plus simple, mais
autrement touchante.

La Compagnie des chemins de fer de l'État s'est
contentée de faire poser entre chaque wagon des
trains à bestiaux, une sorte d'*accordéon*, qui rappelle, en effet, par son aspect extérieur les souf-
flets d'intercommunication. Ces accordéons font entendre, durant la marche, un mugissement exactement semblable à celui des bestiaux. Avec les rudes
démarrages des trains de marchandises, les à-coups
qui se produisent entre les wagons pendant la
manœuvre, avec la flexion des tampons dans les
courbes, c'est un véritable concert de mugissements qui se fait entendre durant tout le voyage.

Pourquoi ces mugissements, me direz-vous?
Tout simplement — et c'est là où l'idée devient
infiniment touchante — pour consoler les veaux
infortunés arrachés au pré natal et que l'on conduit
vers ces terribles mangeuses d'êtres que sont les
grandes villes. Le veau, charmé, croit entendre la
voix de sa mère: il se tait et écoute.

Ce n'est pas tout : ces mugissements artificiels
ne faisaient que donner aux pauvres transportés
des idées d'allaitement que rien ne pouvait satisfaire et le veau, après une minute de joie en entendant la voix de sa mère, était plus triste que jamais
durant les longs parcours. On a donc muni le plafond des wagons à bestiaux de lampes analogues à

celles qui se trouvent dans les compartiments de voyageurs, mais complétées par des tétines de verre qui pendent au-dessous du globe. Un réservoir à lait placé sur le toit du wagon alimente la lampe, dite lampe-Apis. Tout naturellement, l'attention des veaux est attirée par cette mamelle lumineuse qui pend au plafond. Ils lèvent la tête vers elle et se consolent en tétant durant les longs parcours, sans préjudice du mugissement maternel assuré par les accordéons de l'intercommunication.

Vous verrez que bientôt nos voyageurs envieront l'aménagement des trains à bestiaux.

Disons-le très franchement, l'amour seul des animaux n'a point dicté cette réforme, mais le désir de leur bonne conservation pendant tout le trajet. Le veau, désormais muet, ne se fatigue pas comme autrefois. Il n'arrive plus à destination essoufflé et tenant à peine sur ses jambes. C'est un gros bénéfice pour les éleveurs et une consolation pour les âmes tendres.

————

Profitant des grands froids, la Compagnie du Métropolitain va faire exécuter l'hiver prochain, un projet qui était à l'étude depuis longtemps : le percement, dans la glace, d'un tunnel sous la Seine.

En utilisant le froid artificiel obtenu par des projections d'air liquide et en s'aidant des basses températures extérieures, les ingénieurs se proposent de congeler l'eau de Seine et de construire ainsi, sans nulle peine, un tunnel que l'on pourra en quelques jours tailler dans la glace. Plus de caissons à air comprimé; plus de travaux interminables; il suffira de poser immédiatement le tube métallique contenant les voies; ensuite, le dégel pourra venir; le tunnel hermétique sera construit au fond de l'eau; c'est là un merveilleux expédient de la science moderne, qui fera l'admiration de tous les constructeurs, On se propose de l'utiliser pour la construction du tunnel sous la Manche, en congelant pendant quelques mois le fond du Pas de Calais.

Puisque nous parlons des curieux perfectionnements qui sont apportés actuellement dans le réseau des voies ferrées, signalons une charmante innovation qui, hélas! n'est pas française, et que viennent de lancer les chemins de fer espagnols. Il s'agit de la notation musicale du télégraphe au moyen de petits disques noirs qui sont accrochés en guise de notes aux fils télégraphiques. Ces notes reproduisent des chants populaires espagnols et les voyageurs, pendant tout le trajet, peuvent chanter en chœur, en lisant la musique ainsi notée sur les fils télégraphiques. C'est là une innovation qui fait fureur en Espagne. Elle ne pouvait être accueillie favorablement que par un public essentiellement musical et qui aime s'adonner à la rêverie. Des partitions tout entières vont être ainsi notées, sur de longs trajets et les raccords soigneusement faits aux embranchements. Au retour on pourra lire la musique à l'envers et déchiffrer ainsi les plus belles pages de la musique savante moderne. Rappelons que les poteaux télégraphiques constituent la séparation indispensable pour indiquer les mesures et ajoutons enfin que cette notation est faite surtout pour charmer les loisirs des voyageurs des trains omnibus. Dans les rapides, il faudrait une virtuosité étonnante pour déchiffrer ainsi à première vue.

C'est à partir du mois prochain que les trains de ceinture circuleront sur les deux voies dans le même sens. Une voie sera affectée aux trains omnibus pour toutes les stations; l'autre aux rapides ne desservant que les gares principales.

Le service s'en trouvera singulièrement accéléré.

L'administration du Métropolitain vient d'avoir une idée véritablement élégante. A la sortie des gares, les boîtes où l'on jette les billets seront désormais remplacées par des *brûle-parfums*. Les billets, imprimés sur papier d'Arménie, seront jetés, en sortant, sur ces réchauds et répandront une odeur délicieuse dans le souterrain. Les frais sont minimes; le résultat obtenu sera excellent.

———

Un détail peu connu et qui intéressera, j'en suis persuadé, tous les habitués de nos lignes trans-atlantiques: sait-on pourquoi on embarque toujours, en sixième classe, à des prix très réduits, de nombreux émigrants du Midi sur nos grands trans-atlantiques de luxe? Sait-on également pourquoi on les nourrit abondamment durant toute la traversée, au moyen de plats copieusement préparés à l'huile, suivant le goût italien? Un peu de réflexion le fera comprendre à tous ceux qui ont navigué. En cas de gros temps, les émigrants, qui ont absorbé plusieurs litres d'huile dans leur journée, ne manquent pas d'être incommodés par le roulis, et vous me dispenserez de vous décrire ce qui se passe en pareil cas. Tous les hublots sont ouverts, et les émigrants indisposés passent leur tête au dehors du

navire. En quelques minutes, la mer est couverte
d'huile et la tempête se calme comme par enchan-
tement. Il est inutile, dès lors, d'emporter d'encom-
brants tonneaux d'huile que l'on verse à la mer
en cas de tempête et qui sont ainsi perdus. Le filage
de l'huile se fait automatiquement. Il n'a lieu,
remarquez-le bien, qu'en cas de gros temps, c'est-
à-dire au moment où il devient indispensable pour
calmer la fureur des éléments. C'est un procédé
simple, relativement peu coûteux, qui assure une
traversée paisible aux voyageurs de première et un
transport à peu près gratuit aux émigrants. C'est à
cela seulement qu'il faut attribuer le grand nombre de méridionaux que l'on trouve parmi les
voyageurs de sixième classe, car les compagnies
de navigation les choisissent de préférence, en
raison de leur faculté d'absorption spéciale pour la
cuisine à l'huile.

Parmi les dernières inventions qui nous viennent
d'Amérique, il faut signaler la nouvelle voiture à
bras qui marche sur les mains et qui est due,
paraît-il, à Edison. Cette voiture est particulièrement utile dans les pays neufs, où les routes
n'existent pas et où il faut circuler dans des forêts

en friche. Attendons toutefois, pour nous prononcer d'être fixés sur la nature exacte de cette découverte.

C'est à partir de l'an prochain que l'on va mettre en service, sur la ligne de Paris à Dijon, le nouveau *télescope-luxe*, qui est bien le plus merveilleux et le plus formidable perfectionnement que l'on ait apporté, depuis l'origine des chemins de fer, aux trains de grand luxe. Disons dès maintenant que, *sans changer l'allure prudente* et la vitesse du train de luxe actuel, qui part de Paris à 20 h. 5 et arrive à Dijon à minuit 4, *on pourra se rendre cependant en deux heures huit minutes à Dijon.* Ce résultat peut paraître paradoxal. Il s'explique cependant le plus naturellement du monde lorsque l'on connaît la formidable trouvaille qui vient d'être réalisée sur la proposition d'un très modeste et très humble employé du P.-L.-M.

On s'est imaginé en effet de former, avec de vieux wagons à couloir désaffectés, dégarnis de leurs cloisons et de leurs banquettes, un grand train de plateaux dont la voiture de queue est à Paris, tandis que la locomotive est à Laroche. La surface de ce train immense, de 155 kilomètres de long, forme une voie de chemin de fer articulée, sur laquelle peut rouler à une vitesse égale un

petit train de luxe de faible hauteur dont le
nombre de places est limité. Lorsque la queue
du gigantesque train plateforme partira normalement à 20 h. 5 du soir de la gare de Lyon, le
train de luxe partira sur le train plateforme à la
même heure, et se dirigera à toute vitesse vers la
tête de ce train. Cinq minutes avant Dijon, à la hauteur de Plombières (Côte-d'Or), le train de luxe aura
atteint la tête du train plateforme, qui entrera
en gare de Dijon cinq minutes après, tandis que sa
queue aura à peine dépassé Laroche. Sans changer
la vitesse du train de luxe, qui mettait jusqu'à présent 3 h. 59 pour aller à Dijon, le même but sera
atteint en 2 h. 8, et c'est tout ce que demandent les
voyageurs. Sécurité, allure raisonnable, vitesse ver-
tigineuse, tout cela se trouve réuni dans cette combinaison nouvelle de trains superposés, un peu encombrante au point de vue matériel, mais qui
séduira tous les gens pressés, qui ne reculent
devant aucun sacrifice pour arriver à l'heure.

. Ajoutons qu'il est question de prolonger ce train
de luxe jusqu'à Marseille. En arrivant à Dijon,
il n'aura qu'à passer de plain-pied sur la queue
d'un autre train plateforme dont la tête sera déjà
à Mâcon. On prévoit ainsi que l'on pourra se rendre
prochainement de Paris à Marseille, *sans augmenter
la vitesse du train*, en sept heures au plus, en comp-
tant les ralentissements nécessaires pour les trans-
bordements.

Dès l'hiver prochain, la Compagnie de l'Est mettra en service ses nouveaux *rapides à bouillon surchauffé*, qui permettront d'accomplir sans changement de locomotive, des parcours considérables. Depuis longtemps on avait remarqué la propriété toute particulière que possède le bouillon gras de conserver la chaleur presque indéfiniment, mais on n'avait pas songé à utiliser cet avantage pour l'alimentation des locomotives. Quelques quartiers de bœuf dans la chaudière, un chauffage préalable de quelques heures, et c'est à peine si le charbon est ensuite nécessaire pour produire la vapeur durant tout le parcours. Ajoutons enfin que l'eau de la locomotive, ainsi transformée en excellent potage, est canalisée dans tous les wagons et que les voyageurs peuvent, à tout moment du voyage, prendre un réconfortant bouillon en glissant dix centimes dans un robinet automatique spécialement aménagé dans chaque voiture. C'est là une innovation qui sera particulièrement bien accueillie dans les pays du nord et que l'on va appliquer incessamment au transsibérien. Celui-ci, transformé en train mixte, emportera du reste avec lui quelques bœufs de rechange.

Un officier de marine me demandait dernièrement quelques précisions concernant la *nouvelle
direction automatique des navires au moyen de la
boussole*, réalisée, paraît-il, en Amérique. Il est bon
de mettre les choses au point.

Plusieurs de nos confrères ont écrit, en effet, que
l'axe de la boussole du navire, étant muni d'un
fort ressort, agissait sur le vaisseau et le remettait
en place sous l'effort de torsion de l'aiguille aimantée.
C'est là une absurdité. Jamais une aiguille aimantée,
si grosse soit-elle, n'aurait le pouvoir de redresser
un navire. L'aiguille aimantée agit tout simplement
sur une commande électrique reliée au gouvernail.
Le navire est donc redressé automatiquement sous
l'action de la boussole. Les officiers du bord peuvent
dormir tranquillement la nuit sans s'inquiéter de
rien.

———

On ignore trop, dans le grand public, les efforts
désespérés que fit la Compagnie générale des
omnibus avant de se décider à supprimer les dernières lignes à chevaux du Panthéon-Courcelles
et du Wagram-Bastille. D'innombrables projets
d'amélioration de la traction animale furent proposés par d'habiles techniciens.

C'est par simple plaisanterie que l'on avait

prétendu, un moment, que l'on voulait utiliser la fermentation des épluchures de pommes de terre pour actionner les voitures, ou bien encore la traction rythmée de la langue des chevaux. Ceci c'est de la fantaisie. Mais il y eut un projet fort sérieux, auquel l'administration s'arrêta pendant assez long-temps et dont l'économie était des plus simples.

Profitant des rigueurs de l'hiver, on se contentait de caler, à l'arrière, les roues de l'omnibus. Puis on attendait patiemment l'arrivée des beaux jours. Tout naturellement, le soleil, en tombant toute la journée sur les tôles de l'omnibus, dilatait la voiture qui, calée à l'arrière, poussait les chevaux en avant de quelques millimètres. Il suffisait ensuite d'attendre les jours froids ou plus simple-ment la nuit pour que l'omnibus, en se contractant, se rapprochât des chevaux qui, naturellement, n'avaient aucune raison de bouger. D'où quelques nouveaux millimètres de gagnés. Par dilatations et calages successifs, on pouvait obtenir un déplace-ment fort sensible de l'omnibus. Évidemment, le moyen n'était pas des plus rapides, mais la vitesse commerciale ainsi réalisée était, en tout cas, sensiblement supérieure à celle que l'on pouvait atteindre en se confiant uniquement aux chevaux de la Compagnie.

Mais, tout cela, c'est aujourd'hui de l'histoire, et l'autobus vainqueur a mis tout au point !

On sait aujourd'hui les causes du terrible accident de chemin de fer qui désola récemment l'Amérique du Nord.

A un passage à niveau, une boîte de foin était
tombée d'une charrette dans une aiguille, empêchant son fonctionnement. L'enquête vient de
découvrir le fait après une année de recherches, et
les journaux américains font justement remarquer,
à ce sujet, qu'il était cependant plus facile pour la
justice de découvrir une botte de foin dans une
aiguille qu'une aiguille dans une botte de foin.

L'*Autotacotvelo local* est un nouveau wagon de
chemin de fer extra-léger dans lequel les voyageurs prennent place, non point sur des banquettes,
mais sur des selles de bicyclette. Grâce à un jeu de
pédales et de chaînes, les voyageurs actionnent
eux-mêmes le wagon, qui peut se déplacer ainsi
sur les rails à des vitesses inconnues jusqu'à ce
jour des petits trains locaux.

Ces wagons seront mis en service sur les petites
lignes secondaires, si mal desservies, surtout au
moment de la belle saison. Il suffira qu'un certain
nombre de voyageurs en fassent la demande pour
que, tout aussitôt, un wagon spécial soit mis à leur
disposition.

Les sportsmen en villégiature, les paysans revenant de la foire, pourront ainsi partir immédiatement et, si des retards se produisent dans la marche du train, il ne pourront en accuser qu'eux-mêmes.

Ajoutez à cela que les voyageurs admis dans ces wagons spéciaux voyageront à quart de place, la compagnie économisant les frais de traction, et vous comprendrez combien cette innovation sera accueillie avec joie. Si l'essai réussit, comme tout porte à le penser, on se propose de créer, l'année prochaine, sur les grandes lignes, des *trains de plaisir*, uniquement composés de motrices humaines qui transporteront, pour un prix ridiculement bas, nos Parisiens à la mer tout en leur assurant un exercice hygiénique dont la sportivité est au-dessus de tout éloge.

———

A l'approche des villégiatures, il faut signaler tout particulièrement les nouveaux *isolateurs-gommés* qui se vendent dans une petite boîte que l'on peut facilement mettre dans la poche. Ces *isolateurs-gommés*, analogues aux pains à cacheter, imitent, en chromolithographie, les pustules des maladies contagieuses telles que la rougeole ou la scarlatine. Au moment de monter en wagon, il suffit de s'en coller une dizaine sur la figure pour être tranquille pendant la durée du voyage. Dans les trains de plaisir les plus encombrés, ce petit procédé permet de rester seul dans son compartiment durant tout le trajet. Les *isolateurs-gommés* s'enlèvent facilement ensuite au moyen d'une éponge imbibée d'eau. Ils sont de meilleur goût que les boules puantes, le savon épileptique ou les faux chiens enragés, actuellement en usage.

―――――――

A signaler, sur les boulevards, la première *limousine pour cul-de-jatte;* c'est une petite voiture du modèle ordinaire, mais entièrement fermée et à conduite intérieure, que les mendiants riches ont adoptée pour l'hiver.

―――――――

On sait que, depuis des années, des chiens bassets, spécialement dressés, sont chargés par les Compagnies de tramways du nettoyage des rails engorgés pendant la journée par la circulation parisienne. Le *basset nettoyeur de rails* est muni d'une ceinture qui porte un petit soc en acier du calibre du rail. Le basset, excité par un gardien, parcourt la voie, nettoie le rail et, lorsqu'une résistance inattendue se produit à un endroit déterminé, il peut recourir à des moyens naturels, sur lesquels nous n'insisterons pas, pour attendrir l'obstacle. Ces petits chiens bassets vont être remplacés par une nettoyeuse électrique, qui fera le même travail en dix fois moins de temps. C'est un peu du vieux Paris pittoresque qui s'en va, et tous les noctambules regretteront ces intelligents petits animaux qu'ils rencontraient la nuit, précédés d'un gardien portant un falot, au long des lignes de tramways.

Par contre, nos *frères inférieurs* ne perdant jamais leurs droits, ce sont des hérissons que l'on emploiera désormais au nettoyage des canalisations souterraines des tramways électriques. Ces canalisations de dimensions fort exiguës, sont difficiles à nettoyer et le hérisson est merveilleusement outillé pour ce genre de travail. Ou lui fera parcourir toute la ligne en lui offrant un insecte dont il est très friand et qu'on laissera pendre au bout d'un fil par la fente du rail.

Le hérisson a ce précieux avantage d'augmenter de volume à la rencontre de chaque obstacle et d'assurer ainsi un nettoyage parfait.

Étant donné les progrès toujours plus considérables de l'obésité dans les classes riches, nos

13.

grandes compagnies de chemins de fer vont faire installer dans les wagons de première classe des *soutiens-ventre*, qui compléteront utilement les appuis-bras qui se trouvent déjà dans tous les compartiments. Pour les compartiments de dames seules, on a prévu un soutien-gorge, qui sera d'un modèle fort élégant.

On évitera ainsi les fâcheux effets des trépidations du train sur les personnes obèses.

VII

MODES — ÉLÉGANCES — VÊTEMENTS
INGÉNIOSITÉS SOMPTUAIRES

La robe secrète à double agrafage. — Tuyau de poêle à clef. — Skating à mouches vitré. — Postiches pour chiens. — Valise diplomatique pour chiens. — La glace vergognosa. — Mouchoirs aimantés. — Mœurs et vêtements tyroliens. — La bague byzantine. — Chaussette entonnoir pour écoliers. — Feutre artificiel. — Le vestiaire des petits cabots. — Les pique-pockets. — Fermé. — Le silencieux pour dames. — La cape gorgone viperine. — Oiseaux vivants pour modes. — Pigeons pour chapeaux de courses. — Le dogcar Westinghouse. — Chaussures à écoulement d'eau. — Brodequins-requins. — Vêtement thermocapte à circulation d'eau. — Le kanguroo réticule. — La fraude sur les cols. — Jupe balai-mécanique pour vieilles dames obèses. — Le rat d'égout zibeline. — Le bouton de col Le Présent.

Signalons avec plaisir la nouvelle *robe secrète à double agrafage pour dames du monde*, que lance un grand couturier parisien, pour sa seule clientèle. Cette nouvelle robe s'agrafe normalement dans le dos, comme la plupart des autres robes, mais elle possède sur le côté un second système d'agrafes, entièrement dissimulé sous un minuscule galon.

Cette robe est destinée à donner toute satisfaction à certains maris soupçonneux qui désirent, le matin, agrafer eux-mêmes la robe de leur femme, pour la dégrafer eux-mêmes le soir et constater ainsi que rien n'a été modifié dans la journée aux petites combinaisons fantaisistes qu'ils ont cru devoir apporter personnellement dans l'agrafage. La nouvelle robe permet, grâce au second agrafage, de ne rien changer aux dispositions prises et donne ainsi satisfaction à tout le monde. C'est là un innocent subterfuge, analogue au double allumage si apprécié des automobilistes, et qui sera bien accueilli de tous. Il mettra quelque union, cette année, nous en sommes convaincu, dans la plupart de nos ménages parisiens.

———

Une des reines de l'élégance londonienne a bien voulu m'écrire pour me signaler une nouvelle mode qui sera lancée cette année par les clubmen anglais. Il s'agit du *tuyau de poêle à clé*. Ce chapeau est exactement construit comme les tuyaux de poêle ordinaires mais il est muni d'une clé modératrice. La clé, dont la poignée est placée sur le côté, permet à volonté d'aérer l'intérieur du chapeau à haute forme, en faisant simplement tourner le fond sur son axe. Cela permettra à nos élégants de conserver cette coiffure un peu lourde par les temps les plus chauds sans en être incommodés.

———————

Notons également le *nouveau chapeau melon vitré pour skating à moûches*, que préconise, pour l'été, la Société Protectrice des Animaux. On sait, en effet, que les mouches aiment se livrer à l'innocent divertissement du patinage sur des crânes bien polis. Elles sont forcées de suspendre leurs exercices lorsque la présence d'un chapeau fait l'obscurité sur la piste. Avec le *nouveau chapeau vitré*, les mouches pourront continuer à patiner par tous les temps et à tout moment comme dans un véritable hall.

———————

Les faux cheveux ne se portent presque plus, et nos élégantes étaient désolées de ne pouvoir utiliser les innombrables *chichis* qu'elles avaient achetés l'an dernier. Une mode nouvelle va les tirer fort heureusement d'embarras. Depuis plusieurs semaines, en effet, on vient de lancer au Bois les *faux cheveux pour chiens* et des essais fort concluants donnent déjà les plus heureux résultats. Nous avons vu, entre autres, des *carlins-lions* véritablement surprenants et des *levrettes Louis XIII* délicieusement coiffées. C'est là une mode qui prendra très certainement cette année et qui est, en somme, beaucoup plus logique que celle des faux cheveux pour dames.

A propos de chiens, recommandons le nouveau *pardessus pour chiens* en osier tressé, affectant exactement la forme d'une valise dont on aurait enlevé le fond.

Ce *pardessus* permet de faire voyager les chiens en franchise, sans attirer l'attention des employés de chemin de fer. Une courroie passée sous le ventre maintient l'appareil sur le dos du chien. La valise marche toute seule et il suffit de la tenir par l'anse pour avoir l'air de la porter tout en dirigeant le chien.

C'est pratique et peu encombrant.

On vante beaucoup dans les milieux élégants la *nouvelle petite glace limousine*, que les modistes adjoignent aux grands chapeaux de leurs clientes. Elle leur permet de voir les gens qui les suivent, de même que les chauffeurs d'automobile, grâce à la même petite glace, peuvent voir les voitures qui sont derrière eux. C'est ingénieux, coquet, et permet de conserver une attitude digne tout en recueillant des renseignements indispensables.

Plus gracieux, plus délicat paraîtra, sans doute — toujours dans le domaine de la mode — le nouveau *mouchoir à chiffre brodé en fils d'acier*, qu'une grande maison de blanc propose aux personnes obèses. Ce mouchoir se vend dans un carton, avec le parapluie à bout aimanté qui est son complément indispensable. Les dames qui, commençant à grossir, craignent les brusques mouvements pour la solidité de leur corset et n'ont plus confiance dans la galanterie des jeunes gens, comprendront toute l'utilité d'un pareil dispositif qui leur permet de ramasser leur mouchoir avec le parapluie aimanté, lorsqu'il tombe à terre, sans faire le moindre geste pour se baisser.

On s'est étonné, en Europe, d'une façon générale, du manque de résistance des Tyroliens à l'offensive italienne. Nous avons aujourd'hui la clef de ce mystère. Les troupes tyroliennes n'étaient pas prêtes. C'est un journal de Vienne, le *Rosafrançoi-josepha illustrichiche Gatozich Blatter*, qui nous l'explique en donnant à ce sujet des justifications qui peuvent sembler, au premier abord, assez laborieuses.

Il paraît, en effet, d'après ce journal, que les Tyroliens ont pour habitude d'habiller les enfants, au moment de leur première communion, d'une façon riche, solide mais définitive. On leur fait faire *un bon costume pour leur vie durant.*

Naturellement, lorsque le jeune homme grandit, ses bas lui viennent aux mollets, ses pantalons trop courts remontent bien au-dessus des genoux, les manches de sa veste aux coudes et la chemise passe entre la ceinture du pantalon et le bas du veston. Quant au chapeau, ce n'est plus qu'une petite galette posée sur le sommet du crâne. On s'arrange tant bien que mal pour faire aller tout cela au moyen de ficelles et de lacets de plus en plus longs.

Pareil équipement ne pouvait convenir, on le conçoit, en temps de guerre et l'on s'empressa de rhabiller tous les Tyroliens adultes avec des vêtements faits à leur taille.

Signalons, en passant, aux musicographes, que la

chanson tyrolienne, elle-même, s'inspirait, paraît-il, des disproportions curieuses de la mode tyrolienne.

———

La nouvelle bague byzantine pour quémandeurs, sera, paraît-il, cette année, fort à la mode. Cette bague ressemble à une bague ordinaire, à cette différence près que le chaton, au lieu d'être placé sur le dessus de la main, est fixé du côté de la paume. On le voit ainsi plus souvent.

———

La nouvelle chaussure entonnoir pour écoliers à bords évasés, permet de retrouver les billes et les sous qui tombent naturellement par les poches trouées d'un pantalon. C'est une sérieuse économie pour les familles. L'appareil est simple. Il se compose d'un fil de laiton passé dans le bord évasé de la chaussette et maintenu au moyen d'un support pincé sur la bottine.

———

On s'étonnait depuis quelque temps des tarifs extraordinairement bas des compagnies de nettoyage par le vide. Pour quelques francs, on peut aujourd'hui faire nettoyer une maison entière!

Une revue scientifique nous donne la clef de ce mystère. La poussière des tapis, recueillie par aspiration, est projetée sur des formes de chapeaux melons en papier, recouvertes de colle forte. On obtient ainsi, en quelques minutes, un feutre magnifique de teinte claire qui, garni par un chapelier, peut être vendu au public sans éveiller l'attention.

———

Pour l'époque des premiers froids, il nous faut signaler une œuvre particulièrement touchante : celle du *vestiaire des petits cabots*. Toutes les personnes ayant des chiens de luxe sont priées d'adresser les vieux manteaux hors d'usage qu'elles possèdent à cette œuvre, qui se charge de vêtir les chiens pauvres ou errants. On est prié seulement de vouloir bien supprimer les couronnes ducales ou princières, ainsi que les petites poches pour mouchoirs en dentelles qui se trouvent, en général, sur les manteaux des chiens de luxe. Cela pourrait blesser, en effet, la modestie des pauvres chiens errants. On est prié également de joindre à l'envoi un peu de ficelle pour permettre de lacer le manteau sur son nouveau propriétaire, les chiens pauvres étant, hélas! en général beaucoup plus gros que les petits chiens très riches.

———

On nous écrit de Londres qu'un grand tailleur du Strand vient de lancer une mode qui fera fureur cet hiver. Il s'agit des nouvelles *pique-pockets* ou pique-poches dont sont déjà munis tous les pardessus d'hiver de nos élégants.

L'intérieur de chaque poche est formé par deux petites plaques de cuir recouvertes d'une carapace de fines aiguilles dont la pointe est tournée vers le bas. Lorsque l'on met la main dans une poche ainsi établie, on éprouve, en descendant, une douce sensation, comparable à celle que procure le toucher de la soie; mais, si l'on veut retirer la main, les aiguilles s'enfoncent profondément dans la chair et empêchent l'indiscret de faire le moindre mouvement de retraite. On peut ainsi faire arrêter immédiatement les indélicats gentlemen qui n'hésitent pas à entreprendre de fructueux voyages d'exploration dans les poches des passants.

Les détectives sont dans la joie; mais il faut bien reconnaître que l'usage des poches ainsi modifiées demande un peu de prudence. Les premiers

temps, en effet, on peut encore, par inadvertance,
mettre les mains dans ses propres poches : on se
trouve soi-même pris au piège et forcé de rentrer
chez soi les mains dans les poches sans saluer personne. Mais ce n'est là qu'une affaire d'habitude,
et nos policiers amateurs se montrent enchantés de
cette mode nouvelle.

———————

. Notons pour cet hiver une mode véritablement
bien curieuse et très parisienne, celle des plastrons
de chemise de soirée portant, imprimé en grosses
lettres, le mot FERMÉ. Cette mode s'inspire — et
c'est là le plus amusant — des pancartes que mettent les employés des bureaux de poste devant
leurs guichets, lorsqu'ils veulent qu'on les laisse
tranquilles. Beaucoup de Parisiens qui sont appelés à circuler tous les soirs dans les théâtres ou dans
les grands restaurants, qui revoient toujours les
mêmes personnes et désirent passer une soirée tranquilles sans cependant se montrer impolis, n'auront qu'à porter le plastron indiquant le mot
FERMÉ. Tout le monde comprendra; on ne leur
adressera pas la parole et ils seront dispensés de
toute politesse. C'est une mode fort intelligente,
qui sait concilier les exigences du monde avec les
besoins de solitude que nous éprouvons parfois.

———————

A signaler, dans les jolies créations qui peuvent constituer un gracieux cadeau d'étrennes, le nouveau *silencieux pour dames*, en soie rose chatertonnée, qui s'adapte exactement sur la bouche et est vendu, prêt à être posé, dans un élégant emballage.

Ce silencieux est analogue à celui que l'on emploie pour les voitures automobiles. Il évite tout bruit, toute discussion, toute conversation fatigante, sans empêcher pour cela la dame qui le porte de dire tout ce qui lui plaît. Le silence le plus absolu est obtenu, et c'est là l'essentiel. Le silencieux pour dames préserve, l'hiver, des grippes, des maux de gorge. Il se rejette élégamment sur l'épaule, comme un boa, et son élégance séduira toutes les femmes.

Ajoutons, à titre documentaire, qu'il existe une variante du *silencieux pour dames* : le *rustre silencieux pour hommes*. Mais on nous dispensera d'en parler dans ce recueil entièrement consacré à la science, aux élégances et au bon goût.

Malgré son nom un peu prétentieux, la *cape gorgone vipérine* est appelée, je crois, à rendre d'utiles services à toutes les personnes soigneuses qui voyagent et qui n'aiment pas voir un étranger

14.

s'asseoir brusquement sur leur chapeau, en wagon ou au restaurant.

La *cape gorgone vipérine* est un chapeau melon du modèle habituel, terminé par une pointe, qui commande un minuscule appareil phonographique placé dans la coiffe.

Lorsqu'un balourd s'apprête à s'asseoir sur un chapeau, un triple avertissement lui est tout aussitôt donné : c'est d'abord la petite pointe acérée qui lui donne une fondamentale *sensation de piqûre*. C'est en même temps le petit phonographe qui fait entendre distinctement un *sifflement* et articule le mot : *Vipère*.

Ces trois avertissements simultanés ont un effet réflexe immédiat sur le rustre, qui bondit tout aussitôt et évite ainsi d'aplatir l'infortuné chapeau sur lequel il allait s'asseoir.

Ce petit instrument est discret, peu encombrant, et assure la protection efficace du chapeau.

Émues par les légitimes protestations de la Société Protectrice des Animaux concernant le massacre des oiseaux fait annuellement par les maisons de mode, nos élégantes viennent de lancer, pour cet été, le *nouveau chapeau de paille avec oiseaux vivants*, qui fera fureur dans toutes nos stations balnéaires. L'oiseau (perroquet ou faisan) est retenu à la paille du chapeau par une élégante chaînette. Il se pose de lui-même d'une façon gracieuse, toujours variée, et qui donne chaque jour, au même chapeau, un aspect de nouveauté. C'est une économie notable pour le budget familial, c'est aussi une idée touchante, car les jolies bestioles sont comblées, on s'en doute un peu, de gâteries et de prévenances.

On parle également de lancer la mode des *chapeaux de courses avec pigeons*. Ces intelligents animaux, détachés au dernier moment, reviendront à la maison et pourront apporter le résultat complet des courses au père de famille resté seul pour garder les enfants. Les mêmes pigeons pourront être envoyés séparément par la voie aérienne au moment des déplacements et villégiatures, et les garnitures de chapeaux n'encombreront pas ainsi les malles de nos mondaines.

———

Le *Dogcar Westinghouse* est une jolie petite invention, très pratique, qui fera la joie de nos élégantes promeneuses. Il s'agit d'une petite planchette à roulettes sur laquelle on pose les petits chiens de luxe pour leur éviter de marcher dans la boue et que l'on traîne au moyen d'une ficelle.

Les deux pieds de devant et le pied gauche arrière du petit animal sont fixés sur la planchette au moyen de lacets; seul, le pied droit arrière n'est pas retenu et peut se lever.

Lorsque le chien accomplit le mouvement naturel de lever la patte, il porte le poids du corps sur le pied avant gauche; ce pied repose sur une pédale, qui actionne un frein énergique agissant sur les roues du petit véhicule et l'arrêtant instantanément. La propriétaire du chien sent ainsi une résistance au bout de la ficelle; elle s'arrête, se retourne et laisse à son chien le moment de répit qu'il lui demande.

C'est propre, gracieux et d'un prix de revient des plus bas.

Par les temps d'averses printanières, beaucoup de gens se plaignent d'avoir constamment les pieds mouillés et de contracter ainsi tous les rhumes imaginables. On sait, en effet, que les chaussures, petit à petit, laissent pénétrer l'eau et que cette eau, ne sachant ensuite par où sortir, séjourne dangereusement à l'intérieur des bottines.

Frappé de cet inconvénient, un grand bottier du boulevard vient de lancer une nouvelle chaussure, portant sous la semelle un trou large comme une pièce de deux francs, permettant à l'eau de s'écouler immédiatement au dehors lorsqu'elle a pénétré dans la chaussure. C'est là une innovation des plus intelligentes et que nous avons plaisir à signaler.

Ajoutons enfin que d'industrieux militaires, qui avaient adopté cette chaussure, l'ont munie d'un simple bouchon. On enlève le bouchon pour vider l'eau du soulier; on le remet pour l'empêcher d'entrer. C'est pratique et peu coûteux.

Dans un ordre d'idées plus terre à terre, il nous faut signaler, pour leur côté pratique, les nouveaux *petits rateliers en boîte à sardines découpée pour chaussures qui bâillent*, qu'adoptent avec enthousiasme la plupart de nos mendiants de grand chemin. L'aspect hostile de la chaussure écarte, en effet, paraît-il, les chiens de garde, qui n'osent approcher du vagabond. Cette invention amusante est, on le voit, tout en même temps, éminemment philanthropique.

Le nouveau vêtement américain en caoutchouc thermocapte est à double paroi. On le remplit d'eau chaude, et l'on a ainsi un pardessus préservant instantanément des rigueurs de l'hiver. Vide, il ne tient que peu de place dans une valise.

Voici une nouvelle mode venue d'Australie. Elle fait fureur en ce moment à New-York, et il faut s'attendre à la voir adoptée bientôt par nos élégantes Parisiennes. Il s'agit du *kanguroo réticule*, qui remplacera désormais, le matin au Bois, ou dans les courses à travers la ville, le petit chien d'autrefois passé de mode. Celui-ci n'offre pas, en effet, ce caractère pratique indispensable aujourd'hui et qui fait le succès du kanguroo.

On sait qu'avec les modes actuelles qui interdisent l'usage des poches, les femmes sont obligées de porter dans un petit sac tous les objets inutiles qui leur sont indispensables; grâce au kanguroo, ce sac encombrant devient superflu, l'heureuse propriétaire de cet animal familier n'ayant qu'à mettre ou à prendre dans la poche naturelle de l'animal, les objets dont elle a besoin. Pour que ces objets ne tombent pas en route, étant donné la marche saccadée du kanguroo, la poche abdominale est munie d'un simple bouton à pression, que l'on a soin de faire poser au préalable, l'opération ne présentant pas plus de difficultés qu'un simple percement d'oreille. Ajoutons que ce bouton à pression peut être enrichi d'un diamant ou d'un rubis et que la poche naturelle du kanguroo peut être garnie intérieurement de soie ou de batiste.

———

On parle discrètement, dans les milieux judiciaires, d'une enquête faite actuellement par le laboratoire municipal chez de très grands chemisiers de Paris. Ceux-ci, paraît-il, au lieu de vendre des cols véritables, vendaient par milliers, depuis très longtemps, des *faux* cols ! C'est une affaire de fraude qui passionnera l'opinion.

———

A propos des tricycles crottineurs dont nous parlions plus haut, il faut mentionner une nouvelle mode qui en dérive : celle des *jupes balai-mécanique pour vieilles dames obèses*. La jupe balayeuse, au lieu de soulever une épaisse poussière, comme les autres robes longues, est munie dans le bas d'un balai rotatif qui rejette dans une poche intérieure tout ce qui se trouve sur le sol. De là une plus grande propreté de nos trottoirs.

Mais l'avantage principal, pour les vieilles dames obèses, c'est de pouvoir retrouver, dans cette poche intérieure, sans avoir à se baisser, les objets qu'elles laissent tomber par terre. Plus de corsets cassés, plus d'efforts provoquant l'apoplexie. La vieille dame obèse n'a qu'à repasser dédaigneusement à l'endroit où elle a laissé tomber quelque chose pour que l'objet soit tout aussitôt enlevé par la balayeuse rotative. C'est simple, hygiénique et commode.

Nos fourreurs sont dans la joie. On vient de réussir le croisement tant cherché depuis des années de la martre-zibeline et du rat d'égout. Le *nouveau rat d'égout-zibeline* est d'une teinte un peu plus foncée que la zibeline vulgaire. Sa fourrure est cependant merveilleuse et d'un prix véritablement insignifiant. Comme tout métis, le *rat d'égout-zibeline* ne se reproduit pas, mais, au moyen de croisements multiples on pourrait cependant peupler tous nos égouts de bêtes à fourrure admirables, dont la vente serait faite au profit de la Ville de Paris. C'est une ressource inespérée pour notre budget municipal, qui permettra de réduire l'an prochain, dans de notables proportions, les contributions qui nous accablent.

Plus futile, plus insignifiant en apparence, mais d'un usage journalier, le nouveau bouton de col *le Présent!* est appelé, je crois, à rendre d'utiles services.

Lorsqu'il tombe à terre, ce bouton de col bascule sur son patin et prend la forme d'un vulgaire clou à tête plate. Il suffit alors, pour le retrouver, de se déchausser et de marcher de long en large sur le tapis où le bouton vient de tomber. Au bout de quelques minutes, une vive douleur révèle l'endroit où il se trouve, et il suffit de l'arracher du pied pour le remettre en place. On évite ainsi de longues recherches toujours énervantes pour les hommes d'affaires qui s'habillent en hâte le matin.

VIII

LA MAISON — L'AMEUBLEMENT
LES USTENSILES DE MÉNAGE

La machine à compter le linge. — Recettes pour enlever le vert-de-gris et les taches de soleil. — Chaînes pour chiens de garde. — Le Xavier de Maistre électrique. — Serrure entonnoir pour ivrognes. — Passoire à un seul trou. — Moustiquaires. — Le dog cleanser. — Le voltaire à minuterie. — Ressorts à pompe pour sommiers. — L'utilisation des marées. — Le plafond damier. — La Louis XVI. — Le drap store. — Le train domestique. — Le fer à repasser électrique. — Le pétard mignon réveille-matin. — Le piano pour débutants. — Dallage en caoutchouc. — Cuiller à niveau constant. — Lit anti-procuste. — Biscuits de cire pour chiens. — Le Redoutable. — Fabrication ingénieuse de passoires dans la zone.

Que vaut, au juste, la *nouvelle machine à compter le linge* que l'on essaie de lancer en ce moment? Il serait difficile de le dire. Qu'il nous suffise de savoir que cette machine est plus grande et plus encombrante qu'un piano à queue, pour douter dès maintenant de son succès.

Autrement ingénieuse nous paraît être la *nouvelle machine à compter sur les autres* qu'Edison est en train de mettre au point, et dont quelques modèles seront en circulation à Paris dès l'été prochain.

———

Durant un récent voyage que je fis au bord de la mer, j'ai pu recueillir une recette qui me paraît infiniment pratique et simple pour nettoyer les casseroles de cuivre couvertes de vert-de-gris. La voici, telle qu'un cuisinier d'auberge me l'a communiquée : *Prenez des moules, enlevez toutes les rocailles, lavez à plusieurs eaux, mettez dans la casserole avec oignons, persil, ciboule hachée très fine, faites sauter sur feu vif jusqu'à ce que les moules soient bien ouvertes. Ajoutez un bon morceau de beurre, et servez.*

Après cette opération la casserole de cuivre est aussi nette et aussi propre que lorsqu'elle était neuve.

———

Je voudrais, par la même occasion, signaler la façon d'effacer les taches de soleil qui se produisent parfois sur les objets pendant l'été. Il suffit de les retirer du voisinage des arbres et de les exposer en pleine lumière. Les taches disparaissent tout aussitôt.

––––––

Signalons aux nouveaux riches, propriétaires de villas en banlieue, les *nouvelles chaînes pour chiens de garde en saucisses-imitation.* Ces chaînes. légères, en aluminium peint, analogues à celles des mitrailleurs boches, sont du meilleur effet; elles donnent un aspect riche à la propriété et leur prix de revient est des plus modestes.

––––––

On ne saurait trop recommander, les *nouveaux murs et plafonds électro-aimants* proposés pour les logements étroits et insalubres. Ce dispositif que j'appellerai volontiers le *Xavier de M. istre électrique,* permet au locataire muni de semelles en fer de se promener tout autour de sa chambre et de marcher indifféremment contre les murs ou au plafond. Ce dernier détail n'est pas sans importance pour la propreté de l'immeuble, le locataire pou-

15.

vant ainsi facilement écraser avec son pied, tout en marchant, une araignée qui se promène au plafond.

Il nous faut bien reconnaître hélas! la parfaite utilité du *nouveau trou de serrure entonnoir phosphorescent* pour ivrognes, qui permet de rentrer chez soi, sans hésitation, après de nombreuses libations. Le *trou de serrure entonnoir phosphorescent* se trouve dans toutes les bonnes serrureries d'art. Il se fait en deux modèles : le modèle ordinaire et le modèle renforcé pour « delirium tremens ».

Le modèle renforcé est identique au modèle ordinaire; il en diffère seulement en ceci que le trou de la serrure est *aimanté.* L'aimantation peut être simple pour diriger uniquement la clé vers la serrure. Elle peut être provoquée également par un électro-aimant de grande taille, fixé derrière la porte, pour redresser l'ivrogne qui tient sa clé en main, même s'il vient à rouler sur le tapis de l'escalier. C'est une invention pratique, simple, et dont l'exécution artistique est du meilleur effet. Un très volumineux courrier qui parvient chaque jour à l'Académie des sciences sur cet intéressant sujet montre bien à quel point cette invention intéresse de nombreuses familles bourgeoises. Aussi bien, me vois-je obligé d'en préciser les moindres détails.

D'une façon générale, les mères de famille se montrent toutes soucieuses de savoir *comment, une fois la clé placée dans la serrure, on peut assurer la rotation de l'ivrogne*, qui permettra d'ouvrir la porte. Rien n'est plus simple (je parle ici, bien entendu, pour les personnes sérieuses qui me lisent et non pas pour les plaisantins qui voient de grossières allusions dans les rapports techniques les plus sérieux). On assure *la rotation de l'ivrogne* de la façon la plus simple. Supposez, par exemple, une serrure s'ouvrant en tournant la clé à droite. On munit le poignet droit de l'ivrogne d'un élégant bracelet, auquel est suspendue la clé. Comme cela, l'ivrogne, en rentrant, est obligé de se servir de la main droite pour ouvrir la porte. Au moment où la clé est placée dans la serrure, un courant électrique passe, qui allume, à droite, un petit tableau lumineux représentant un grand verre de cognac. Instinctivement, l'ivrogne, qui a très soif après avoir gravi plusieurs étages, veut prendre le verre, et, comme sa main gauche est seule disponible, c'est celle-là qu'il avancera à droite, par-dessus l'autre main engagée vers la serrure. *Il n'en faut pas plus pour que la rotation se produise* et que la porte s'ouvre.

Un serrurier d'Argenteuil écrivait également pour demander comment l'ivrogne peut retirer sa clé de la serrure aimantée, une fois la porte ouverte. Rien de plus simple : lorsque la serrure est ouverte, le courant électrique qui commande l'électro-aimant

ne passe plus et le seul poids de l'ivrogne retire la
clé de la serrure. Tout cela est d'une description
assez compliquée, mais d'une simplicité d'application véritablement enfantine.

Parmi les objets usuels de ménage, citons la
nouvelle passoire à un seul trou, infiniment pratique, et qui permet de passer instantanément les
objets les plus divers et les plus résistants. La passoire se compose d'un manche portant à son extrémité un simple cercle en métal.

Signalons, pour la saison d'été, une nouvelle
moustiquaire qui ne mesure que cinq centimètres
de côté. Au lieu de réserver, comme on le faisait
jusqu'à présent, une toute petite place pour la
personne qui couche dans la chambre sous la
moustiquaire, et d'abandonner le reste de la pièce
à de petits insectes, il est plus logique, en effet, de
placer les moustiques dans une toute petite boîte
de gaze et de réserver la chambre à coucher pour

l'être humain qui l'habite. Cette modification sera accueillie avec allégresse dans les pays du Midi.

Après quelques années de succès, il parait que le *vacuum cleaner*, que l'on appliqua, on le sait, aux usages les plus imprévus (vols de coffres-forts, absorption des huîtres dans les grands restaurants, etc.), serait sur le point d'être détrôné, pour les usages domestiques, par le *dog cleanser*, d'un usage plus pratique et plus familier. Certains inventeurs avisés auraient remarqué, parait-il, l'extraordinaire pouvoir d'aspiration que possèdent les chiens lorsqu'ils sentent un tapis ou un vêtement et, tout naturellement, ils ont appliqué cette curieuse faculté des chiens au nettoyage des habits et des parquets. Pour assurer le fonctionnement parfait de cette méthode deux moyens sont proposés : on peut se contenter de saupoudrer les bas de pantalons ou les tapis d'une simple poudre, dite « *poudre de rat* », qui dégage une odeur perçue seulement par les chiens et qui active, dans des proportions prodigieuses, leur pouvoir d'absorption.

Une autre méthode, plus délicate à décrire, consiste à appliquer sur les yeux du chien de petites lunettes, dites « Oculaires à postérieur peint ».

On me dispensera d'insister sur l'attrait tout

spécial que cette vue exerce en général sur les chiens et sur la façon dont elle provoque des renifle-ments prolongés. C'est là, en tout cas, une méthode peu coûteuse et facile à appliquer.

———————

Le *Voltaire à minuterie* est un nouveau fauteuil pour audiences qui rendra les plus utiles services aux personnages pressés qui reçoivent beaucoup de monde dans la journée. C'est un fauteuil qui se place devant le bureau du ministre ou du person-nage influent qui reçoit et sur lequel prend place le solliciteur. Dès qu'il est assis, son poids déclanche un mouvement d'horlogerie et le fauteuil, monté sur pivot, commence à tourner lentement. Il fait un demi-tour en cinq minutes. Après deux ou trois minutes de conversation, l'importun commence à comprendre qu'il est assis de profil; il est obligé de tourner la tête pour continuer à parler. Bientôt, la gêne devenant excessive, il se lève et l'on en profite pour faire semblant de croire qu'il prend congé. Si par hasard on se trouve en présence (si je puis dire, après cinq minutes de conversation) d'un raseur incorrigible qui reste assis et vous parle en tour-nant le dos, il est facile de s'éclipser et lorsque, cinq minutes après, le solliciteur se trouve de nou-veau face au bureau, il constate que son interlocuteur est parti. C'est là un système discret, élégant, pour éconduire les raseurs. Il sera très apprécié dans toutes les grandes administrations.

Voici une invention que me communique l'Académie de médecine et qui est destinée à révolutionner le monde — le monde et le demi-monde, ajouteront certains plaisantins comme il s'en trouve toujours lorsqu'il s'agit d'examiner les plus surprenantes découvertes de l'esprit humain. Il s'agit du nouveau *ressort à pompe pour sommiers élastiques.*

On imagine difficilement, en effet, ce que représente, dans une grande ville, comme Paris par exemple, la somme d'énergie inutilement gaspillée, chaque nuit, par les innombrables mouvements de va-et-vient de tous les sommiers élastiques. Ajouter à chaque ressort une petite pompe aspirante et foulante, quoi de plus simple, de plus ingénieux et aussi de plus utile? L'énergie ainsi emmagasinée dans un réservoir commun peut être utilisée de mille manières.

Un chauffeur ou un cycliste, en se réveillant le matin après une nuit agitée, n'aura plus qu'à ouvrir un simple robinet pour gonfler ses pneus à la pression voulue. Dans d'autres cas, on pourra utiliser le travail des pompes à monter l'eau lorsque la distribution sous pression n'est pas assurée dans le cabinet de toilette.

Plus simplement encore, la pompe peut actionner un ventilateur durant la canicule et procurer une fraîcheur bienfaisante aux dormeurs agités. Dans certains immeubles parisiens, la force ainsi produite pourra être employée pour actionner l'ascenseur et permettre à un époux retardataire et légèrement éméché, de remonter chez lui pour tranquilliser sa femme, que son absence inquiète et qui s'agite fébrilement dans son lit.

Dans tous ces cas, remarquez-le bien, la production de l'énergie est proportionnée aux besoins, le calme se rétablissant de lui-même lorsque les exigences de chacun sont satisfaites. C'est là, je vous le répète, une petite invention fort simple, fort pratique et dont seront munis sous peu, tous les sommiers parisiens.

———

Il faut noter, parmi les découvertes récentes, une utilisation fort remarquable de la force des marées *pour le débouchage des bouteilles*. Il suffit, à marée basse, d'attacher le tire-bouchon fixé sur la bouteille, à un câble relié lui-même à un navire amarré dans le port. A la marée montante, le bouchon se trouve arraché tout naturellement, à condition, bien entendu, que la bouteille soit fortement fixée sur le quai.

N'est-il pas amusant de constater qu'il y a de cela peu d'années encore, l'Institut déclarait que l'on ne pourrait jamais utiliser pratiquement la force des marées!

———————

L'ameublement moderne se perfectionne chaque jour. C'est ainsi que l'on propose, pour chambre à coucher, le *nouveau plafond en damier noir et blanc.* Les deux personnes qui occupent la chambre, une fois couchées dans des lits placés à chaque extrémité de la pièce, peuvent jouer aux échecs sur le plafond, sans faire aucun effort, au moyen d'un jeu de petites lampes électriques placé sous la main, et qui projette sur le plafond, en ronds lumineux, l'image exacte des pions. Les pièces lumineuses sont blanches pour un partenaire et rouges pour l'autre. Aucune confusion ne peut ainsi se produire, et l'on peut jouer tranquillement, étendu sur le dos, interrompre la partie quand le sommeil vient, et la reprendre en cas d'insomnie. C'est le dernier mot du confort moderne.

———————

16

Signalons aux domestiques de grande maison la nouvelle ventouse pour serrure dite *la Louis XVI*, qui est appelée à rendre d'utiles services dans le monde des serviteurs de bon ton. *La Louis XVI* est une ventouse en caoutchouc qui s'applique sur les serrures et qui porte au centre un verre grossissant. De vieux maîtres d'hôtel, affaiblis par l'âge, ne sont plus ainsi exposés à contracter de dangereuses ophtalmies dues aux courants d'air qui se produisent infailliblement par les trous de serrure. Le verre grossissant leur permet également de voir ce qui se passe dans la chambre sans effort si leur vue baisse. *La Louis XVI* sera bientôt, dans les maisons bien tenues, le monocle élégant des gens de maison.

Le nouveau *drap-store* est bien le plus pratique des réveille-matin. Il a ce grand avantage d'être silencieux et de ne pas éveiller inutilement les voisins. L'appareil se compose d'un ressort robuste, commandé par un mouvement d'horlogerie placé au pied du lit et actionnant un rouleau de bois auquel sont attachés les draps. Lorsque l'heure du réveil a sonné, le ressort se détend et les draps s'enroulent instantanément, découvrant le dormeur; celui-ci a beau geindre et invoquer les plus vains prétextes, il est bien forcé, après quelques minutes, de se rendre à l'évidence.

Il est spécialement recommandé aux gens qui font usage du drap-store de se coucher normalement, la tête haute dans leur lit. Quelques accidents se sont produits, en effet, lors des premiers essais. Des dormeurs ayant eu les pieds engagés dans l'engrenage ont été enroulés eux-mêmes autour du réveil avec leurs draps. C'est un pénible accident qu'il est facile d'éviter en prenant quelques précautions.

———

A notre époque de déménagements perpétuels, on appréciera le *nouveau mobilier automobile* que vient de lancer une grande maison d'ameublement. Ce mobilier forme un train complet qui peut se déplacer par ses propres moyens et évite ainsi de recourir à des voitures de déménagement. La voiture motrice est constituée par un fourneau de cuisine mobile qui peut se transformer à volonté en tracteur à vapeur. On accroche derrière lui, au moyen de chaînes fort élégantes, les buffets à roulettes, les wagons-lits, les fauteuils et les chaises, également munis de roues solides. En quelques minutes, un déménagement peut s'effectuer. Il suffit de former le *train domestique* dans la rue et d'en répartir les éléments à l'arrivée dans les différentes pièces du nouvel appartement.

———————

Parmi les petites inventions utiles présentées par les camelots à l'occasion du jour de l'An, il faut signaler le *nouveau fer à repasser électrique*, dont le mécanisme est simple et ingénieux. Il se place, en guise d'ornement, au bout d'un cordon de sonnette ordinaire. Il suffit, lorsque l'on veut se débarrasser de visiteurs gênants, de faire passer dans le morceau de fer qui pend ainsi au bout de la sonnette un courant électrique emprunté aux fils de lumière. Les créanciers ou les indiscrets n'ont pas plus tôt mis la main sur le fer de la sonnette qu'ils le lâchent et comprennent immédiatement qu'on leur demande de repasser. C'est simple et peu coûteux.

———————

On m'a demandé quelques renseignements sur le *nouveau pétard-mignon-réveille-matin pour gros dormeurs* que vient de lancer une maison boche. Ce système, du reste assez brutal, ne présente rien de bien nouveau. Le pétard, placé le soir dans l'une des narines du dormeur, est enflammé à l'heure fixée par une simple lentille exposée au soleil. On en règle la position sur un cadran solaire qui communique avec le pétard par un cordeau Bickford. A l'heure fixée, le pétard fait explosion et, en général, le dormeur se réveille immédiatement. C'est là un système grossier, applicable peut-être à des brutes, mais que nous ne saurions préconiser pour les gens du monde.

On ne saurait trop recommander le *nouveau piano électrique pour débutants*, que l'on impose aujourd'hui dans tous les immeubles modernes. Ce piano d'étude ne comporte que le clavier, dont chaque note est reliée électriquement avec la caisse du piano placée dans la cave. Un casque-microphone, placé sur la tête de l'élève, lui permet d'entendre seul le bruit du piano souterrain; les voisins ne sont plus incommodés, et l'élève peut ainsi poursuivre, sans interruption, ses études jour et nuit.

Hâtons-nous d'ajouter qu'il ne faut établir aucune relation, comme on l'avait dit tout d'abord, entre cette invention et les nombreux cas de folie que l'on a signalés ces temps-ci parmi les tonneliers et les ouvriers chargés de l'entretien des calorifères dans les caves.

Indiquons à toutes les ménagères, soucieuses de la bonne conservation de leur matériel, le *nouveau dallage en caoutchouc pour cuisines*, permettant aux objets de rebondir sans se briser.

Parmi les nouveautés pratiques de cette année, il faut signaler la nouvelle *cuillère à potage à niveau constant* pour enfants. Son manche est creux et permet de renverser la cuillère en tous sens, sans laisser tomber sur la nappe une seule goutte de potage.

Certaines personnes se plaignent, lorsqu'elles sont couchées, d'avoir trop de place au-dessus de leur tête et pas assez pour étendre leurs jambes. Recommandons à ce propos les nouveaux sommiers construits par une grande maison de literie et qui sont plus longs du côté des pieds que du côté de la tête. C'est là une nouveauté très utile qu'il faudrait faire adopter par tous les hôteliers.

Signalons pour les personnes que cette invention

n'intéresse pas et qui ont l'habitude de se coucher en chien de fusil, *les nouveaux lits ronds de milieu*, pouvant se placer au centre de la chambre et dégageant agréablement la circulation.

———————

C'est pour moi un véritable plaisir que d'annoncer la très jolie et très élégante petite invention d'un pharmacien de banlieue, qui lance un *biscuit de cire à base de térébenthine, pour les petits chiens d'appartement*. On nous dispensera d'appuyer plus que de raison sur ce sujet. Tous les possesseurs de petits chiens d'appartement comprendront les heureux résultats — résidus pourrions-nous dire — que l'on peut attendre d'une pareille alimentation: plus de taches à craindre pour les parquets perpétuellement régénérés; plus de discussions toujours fâcheuses avec les concierges. Un coup de brosse, et l'appartement ou l'escalier sont, en quelques-minutes, transformés en véritables miroirs.

———————

Le *Redoutable* est un joli cadeau à faire aux enfants à l'occasion du nouvel an. Il se compose

d'une boîte d'accessoires permettant d'équiper en
quelques minutes un piano à queue en vaisseau
cuirassé du plus merveilleux effet. Une cheminée et
deux mâts de combat sont vissés sur le dessus du
piano. Un piston, placé à l'intérieur, imite le bruit
de la machine en frappant sur les grosses cordes.
Un vilbrequin permet de percer des trous dans les
côtés du piano, pour faire passer des gueules de canons et des cordes d'ancre. L'éclairage électrique
peut être également posé sur les mâts de guerre.
C'est un jeu qui est assuré d'un grand succès auprès
des enfants, et qui développe en eux ces qualités
militaires que toute famille patriote doit être en-
chantée d'inculquer à ses enfants.

On imagine difficilement l'ingéniosité dont font
preuve les pauvres gens pour se loger, pour se
nourrir et même pour se procurer les ustensiles de
cuisine qui leur sont indispensables.

Voici, entre autres, un procédé fort curieux
employé couramment dans *la zone* pour fabriquer
une passoire et que peu de gens connaissent dans les
quartiers riches.

Pour fabriquer une passoire, on cherche tout
d'abord, dans les tas d'ordures, une vieille casserole dont le fond est à peu près en bon état. Puis, le

soir venu, on guette le retour du père de famille, et on l'invite gentiment à éternuer au fond de la casserole, ce à quoi l'alcoolique consent généralement sans se faire prier. On laisse ensuite les petites taches de vitriol faire leur œuvre toute la nuit, et, le lendemain matin, la passoire est prête, percée de mille trous symétriquement répartis.

C'est on ne peut plus simple, on le voit, et si le procédé peut répugner aux gens du monde, il n'en est pas moins fort ingénieux.

IX

AUTOMOBILISME — AVIATION — ALPINISME
SPORTS CYNÉGÉTIQUES

L'écureuil pour le montage des pneus de 135. — Le projet Vag. — Plaques indicatrices. — Le phare-cinéma pour agents. — L'auto alibi à pannes commandées. — L'eau peut remplacer l'essence. — Carnier grossissant pour chasseurs. — Le mont Eiffel. — Les 24/30. — Balle cri-cri de tennis. — Voile rigide pour petites voitures. — Le percement des aiguilles alpestres. — L'hélicominet à bouchons. — La lutte contre le clou. — Arbres caoutchouc. — La peur des chevaux entiers. — Breloques américaines pour chaînes d'auto. — Collier-montre pour chiens. — Pédales automobiles pour pianos. — Le faucon réclame pour aviateurs. — Vers luisants pour l'éclairage des bestiaux. — La vaccination des châssis de course. — Le fromage automobile. — Le petit nécessaire de réparation pour toutes les pannes.

Les automobilistes sont dans la joie. Une maison d'accessoires vient de lancer un nouveau petit écureuil apprivoisé pour le montage des pneus de 135. Avant de remettre la chambre à air en place, le petit écureuil est roulé soigneusement

dans une boîte remplie de talc, puis lâché dans
l'enveloppe encore entr'ouverte. En quelques
secondes il fait plusieurs fois le tour du pneu, déposant avec sa queue, le talc nécessaire sur les parois
de l'enveloppe. Il suffit de prier ensuite l'écureuil
de bien vouloir sortir et de monter la chambre à
air. On évite ainsi une opération toujours festi-
dieuse et qui salit celui qui la fait. Ajoutons enfin
que, par son caractère enjoué, l'écureuil domestique est un délicieux petit compagnon de route,
qui amuse les dames par ses gentilles manières et
que l'on peut mettre l'hiver dans un manchon pour
se réchauffer les mains. Il serait, en effet, inique,
après s'en être servi, de rejeter brutalement le petit
écureuil talqueur dans la boîte à outils, avec les
leviers de démontage. Ce précieux auxiliaire de
l'automobiliste se vend tout dressé dans une boîte,
avec une provision de pommes de pin qui permet
de le nourrir durant plusieurs semaines.

Un monsieur Vag (d'où le nom de *projet
Vag*) m'a envoyé un long mémoire concernant la
navigation aérienne. D'après cet inventeur, il
serait facile, au moyen de vapeurs de soufre déco-
lorantes de tracer en blanc les noms de villes
sur le bleu du Ciel. Comme cela, les aviateurs
pourraient facilement trouver leur chemin. Un
mélange de phosphore (dangereux toutefois en

temps d'orage) suffirait à rendre l'inscription lumineuse la nuit.

J'enregistre ce projet sans avoir le temps de le discuter. Toutefois, quelques objections me viennent immédiatement à l'esprit. Tout d'abord, si nous utilisons de pareilles inscriptions sur le ciel, qui nous garantit que la publicité ne s'emparera pas demain de ce nouveau moyen de réclame? Il en résulterait un enchevêtrement disgracieux d'annonces et de renseignements géographiques. Ne serait-il pas plus simple d'utiliser la position des étoiles en la rectifiant légèrement d'une façon plus logique? On sait, en effet, que si l'étoile Polaire est bien placée au-dessus du pôle, le Lion n'est pas exactement au-dessus de cette ville, ni Orion au-dessus de la Villette. Quelques modifications d'emplacements seraient faciles à réaliser en utilisant, comme on le sait, la curieuse propriété qu'ont les télescopes de rapprocher ou d'éloigner à volonté les étoiles.

———

Ce n'est pas sans étonnement qu'en sortant de Paris dernièrement, certains automobilistes ont pu voir, par exemple, sur un poteau indicateur la mention suivante : *snozeb-enneragal*. Il s'agissait tout simplement d'une plaque marquant la direction de *La Garenne-Bezons*. Ce nouveau système de notation va être étendu à toutes les routes. Étant donnée la vitesse toujours croissante des voitures, il est plus rationnel, en effet, d'inscrire les noms dans le sens de la marche pour qu'on puisse les lire plus rapidement. Cette innovation est, depuis longtemps, appliquée en Angleterre, particulièrement sur la route de Newhaven. Il est vrai que cette localité a été surnommée par nos voisins : *Newhaven*-Harbour, tout simplement parce qu'on peut lire, à peu de chose près, son nom indifféremment dans les deux sens.

Toujours à propos des plaques indicatrices pour automobilistes, il faut signaler dans certains villages quelques plaques supplémentaires fort amusantes. On sait qu'un peu partout, à l'entrée des agglomérations, se trouvent des plaques par exemple ainsi conçues : *Prière de ralentir, rapport au maire qui se fait un peu vieux.* Puis, à la sortie, se trouve une autre plaque portant ce simple mot : *Merci!* Quelques chauffeurs amis de la vitesse ont fait placer après cette dernière plaque, une plaque supplémentaire ainsi libellée : *Il n'y a vraiment pas de quoi!* Ces nouvelles affiches ont, tout au moins, le mérite de la sincérité.

Le *phare-cinéma* est une heureuse invention qui fera la joie de tous les chauffeurs et leur évitera de nombreuses contraventions. Au moyen d'un petit mécanisme branché avec une courroie sur le ventilateur, le phare de l'automobile se transforme à volonté en cinéma et projette des vues sur le sol.

Le film adopté pour éviter la contravention représente un gros serpent python fuyant sur le sol devant la voiture. Lorsque les agents voient arriver l'automobile poursuivant le terrible ophidien qui se convulse désespérément sur la route, ils s'écartent avec crainte et ne songent pas à dresser contravention. C'est simple, mais encore fallait-il y songer.

Ajoutons que d'autres vues peuvent charmer les voyageurs durant leurs excursions. On peut projeter la nuit des scènes comiques sur les murs, dans la campagne, pendant que l'on répare un pneu; on peut également utiliser comme écran la bâche d'une voiture de maraîcher lorsque le conducteur sommeille et que l'on est forcé de rouler lentement derrière la carriole durant plusieurs kilomètres.

On parle beaucoup, dans le monde de l'automobile, d'un nouvel *auto-alibi à pannes commandées*, qui serait exposé au prochain Salon. Une pédale supplémentaire permet d'obtenir discrètement et au moment voulu, une panne d'allumage qui arrête la voiture au point désiré. On peut ainsi stationner sans affectation durant des heures sous les fenêtres d'une dame à qui l'on veut du bien, ou s'arrêter en pleine forêt avec la même dame lorsqu'elle monte, quelques jours après, dans la voiture. C'est discret et d'un goût véritablement très français.

———

Aux approches de l'été, nombreux sont les automobilistes qui apprendront avec joie que l'on peut *remplacer l'essence par de l'eau pour l'alimentation d'un moteur.* Cela supprime, on le conçoit, toute chance d'incendie, et quelle économie! Tous les chauffeurs me comprendront, Mais comment faire?

Le procédé est assez simple. Il me fut révélé au cours d'une récente excursion aux environs de Paris. Il suffit, pendant que l'on déjeûne, de charger le chasseur du restaurant de mettre de l'eau dans le radiateur. Neuf fois sur dix — l'expérience le prouve — lorsque l'on sort de table et que l'on examine l'automobile, on constate que le réservoir d'essence a été soigneusement rempli d'eau. Le procédé, on le voit, est facile et peu coûteux. Quant au résultat pratique, il est des plus simples : l'auto ne marche plus : mais la méthode est connue, et c'est là l'essentiel.

———

Recommandons aux chasseurs le *nouveau carnier* dont le couvercle est formé d'un verre grossissant. On peut ainsi rapporter chez soi de petits moineaux ou d'infimes souris sans s'attirer les rires des employés du chemin de fer, qui croient désormais que l'on rapporte un lièvre ou un perdreau.

———

C'est à partir de l'an prochain que vont commencer les grands travaux destinés à transformer la tour Eiffel en mont Cervin. Depuis longtemps, les sports pratiqués en Suisse faisaient une concurrence regrettable à la saison parisienne. Au moyen de décors en ciment armé, la tour Eiffel reproduira exactement la cime du mont Cervin. Des ascensions s'organiseront sur ses flancs et les alpinistes connaîtront toutes les sensations de vertige et de danger qu'ils cherchent en montagne. Sur les côtés en pente douce des quatre pieds de la tour Eiffel on aménagera des glissières pour toboggans. On conservera enfin, tout autour, la voirie parisienne telle qu'elle est aujourd'hui, pour donner aux alpinistes les sensations chaotiques d'une promenade en montagne.

L'automobilisme, le croirait-on? aura cette année une heureuse influence sur la politesse française et les usages mondains. De même que l'on désigne *en chevaux* la force variable des moteurs par deux chiffres accouplés, on désignera dans nos salons l'âge des dames de la même façon. D'une jeune fille à marier, on dira volontiers : *c'est une 18/24*; d'une jeune femme: *c'est une 24/30*. La désignation 30/40 sera réservée aux dames qui sont encore dans tout l'épanouissement de leur beauté. Au delà de ces chiffres, on se contentera de simples désignations de fantaisie, un peu plus vagues. On dira : *c'est une grosse limousine très confortable pour la ville*, ou : *une voiture légère de course assez forte*. On évitera naturellement les expressions désobligeantes telles que : *vieux tacot* ou *Paris-Amsterdam à brûleurs*. Les expressions de *double-allumage* pour les dames mariées, de *suspension souple*, et d'autres encore, pourront servir à compléter discrètement certains renseignements plus intimes, pour les dames dont l'essence, je veux dire les sens, parlent plus haut que la raison.

Une petite invention qui sera fort goûtée de tous nos jeunes gens en villégiature, c'est celle de la *nouvelle balle de tennis renfermant, dans un petit logement intérieur, un modeste cri-cri.* Lorsque la balle s'égare dans les hautes herbes, il suffit d'écouter pour savoir où elle se trouve, et cela évite des recherches toujours longues et fatigantes.

Rappelons à ce propos que l'on attire et capture le cri-cri en remontant une montre.

Nous ne saurions trop recommander aux propriétaires de petites voitures automobiles peu rapides : *le nouveau chapeau de dame à voile de gaze rigide* qui fera fureur cet été. Quelle que soit la vitesse du véhicule et l'absence complète de vent, le voile de gaze, soutenu par une armature en fil de fer, paraît flotter horizontalement en arrière du chapeau, donnant ainsi aux spectateurs une illusion absolue de vitesse. Cette apparence suffit à sauvegarder l'amour-propre

du conducteur de la voiture lorsque celle-ci ne
dépasse pas le dix à l'heure.

Le Club Alpin Français s'est ému des nombreux
accidents survenus cette année dans l'Alpe homi-
cide et une commission a été nommée pour prendre,
dans le plus bref délai, les mesures de sécurité
nécessaires. Après enquête, on a constaté que la
plupart des accidents de'montagne se produisaient
au cours de l'ascension des aiguilles. Pourquoi? la
raison en est simple : ces aiguilles de pierre, très
primitives, ne sont pas, en effet, percées à leur extrémité comme les aiguilles ordinaires vendues dans
le commerce et fabriquées par des usines modernes
pour les besoins de la couture.

Il suffirait de percer toutes les aiguilles de montagne pour éviter toute chance d'accident et des
travaux ont été entrepris immédiatement en ce
sens aux frais du Club Alpin.

Une fois l'aiguille percée, il sera facile, en effet,
aux Alpinistes, de passer dans le trou une corde
qui permettra aux uns de monter tandis que les
autres descendront. Il est véritablement navrant
que ce perfectionnement indispensable n'ait pas
été réalisé plus tôt. Mais que dire de l'indifférence
de nos alpinistes qui, depuis des années, ne s'étaient

même point avisés que les aiguilles des Alpes n'étaient pas percées et enroulaient leur corde d'une façon barbare autour de la pointe du rocher.

Je ne cite que pour mémoire la présentation qui vient d'être faite à l'Académie des sciences, par un quartier-maître de la marine, d'un petit aéroplane, dénommé par son inventeur l'*Hélico-minet à bouchons*. L'hélice de cet aéroplane est actionnée par deux petits chats qui courent après deux bouchons suspendus par des ficelles aux ailes de l'hélice. C'est, en somme, un simple jouet scientifique. Il a beaucoup diverti les membres de la docte assemblée, mais son utilisation pratique est évidemment illusoire.

Le T. C. F. vient de prendre d'utiles mesures pour faire disparaître, autant que possible, les clous qui se trouvent un peu partout sur les routes et menacent nos pneus de bicyclette. Quarante mille fers aimantés ont été distribués aux paysans pour ferrer gratuitement leurs chevaux. D'autre part,

six cents autruches ont été données au service des
promenades de la Ville de Paris et l'on compte sur
ces intéressants animaux pour avaler et digérer les
clous de nos avenues tout en donnant un indiscutable cachet d'élégance aux principales promenades de Paris.

———

L'administration des ponts et chaussées s'est
enfin émue des multiples accidents d'automobile
qu'entraîne la présence des arbres sur les bas-côtés
de nos routes nationales. Une voiture qui, sans un
arbre, serait délicatement allée se poser dans les
choux voisins, se brise contre le tronc rigide d'un
platane, et les accidents mortels ainsi occasionnés
ne se comptent plus. D'autre part, il est bien difficile de priver les piétons, durant l'été, de l'ombre
fraîche à laquelle ils ont droit.

Une fort heureuse solution vient d'être proposée
qui, chose curieuse, fera la fortune de nos grandes
exploitations coloniales. Il s'agit — vous l'avez
peut-être deviné déjà — de remplacer les platanes,
les marronniers et les robinias habituels par de
simples *caoutchoucs*, dont les feuilles ombrageront
tout aussi bien la route et dont le tronc saura se
plier aux chocs les plus violents des automobiles.
La voiture, ainsi freinée par le tronc du caout-

chouc, sera repoussée élastiquement en arrière et replacée automatiquement sur la route.

———

Nos automobilistes qui possèdent aujourd'hui des 14, 24 ou 60 HP se demandent souvent, avec étonnement, pour quelle mystérieuse raison on construisit, à l'origine, des moteurs *d'un cheval un quart*, de *deux chevaux trois quarts* ou *d'un cheval trois quarts*. Pourquoi ces chiffres batards? personne ne saurait le dire. Un curieux article d'un magazine scientifique anglais vient nous en donner la raison. Elle est des plus drôles et amusera bien, j'en suis persuadé, tous ceux qui s'intéressent à l'histoire de l'automobilisme.

Lorsque l'on connaissait encore mal les nouvelles voitures sans chevaux et que l'on s'effrayait fort des accidents qu'elles pouvaient provoquer, mille petites légendes absurdes circulèrent dans le monde des constructeurs et de leurs clients. Le nom seul de moteur *à explosion* faisait peur à tout le monde. Le bruit absurde se répandit à ce moment-là que rien n'était plus dangereux pour une voiture que d'avoir un moteur avec des *chevaux entiers* et l'on n'accepta que des fractions de cheval, qui semblaient ne présenter aucun danger. C'était là, évidemment une absurde con-

fusion qui s'établissait dans l'esprit [des clients
plus habitués aux chevaux véritables qu'aux che-
vaux-vapeur. Elle n'en eut pas moins une curieuse
influence sur la construction des moteurs. Ce sont
là de ces absurdités comme on en trouve toujours à
l'origine des inventions nouvelles et qu'il était
intéressant de signaler.

A ce propos, la même revue nous explique pourquoi les voitures automobiles *à chaînes* ne réus-
sirent pas tout d'abord en Amérique. Il paraît
que les habitants du Nouveau Monde s'obstinèrent
au début à accrocher aux chaînes de leurs voitures, par habitude, d'énormes breloques qui se
prenaient dans les engrenages et empêchaient
l'automobile de marcher. Il fallut des années pour
que l'on comprit, là-bas, la différence qu'il y avait
entre une chaîne d'automobile et une chaîne de
montre. La confusion était, du reste, assez difficile à dissiper, la grosseur de ces chaînes étant
alors exactement la même.

Il convient je crois d'indiquer tout spécialement
aux chasseurs le nouveau *collier-montre pour chiens.*

Ce collier est analogue aux bracelets-montre que portent actuellement toutes les dames et nos plus notoires sportsmen. Le *collier-montre*, plus robuste, permet de placer sur le cou du chien une véritable petite horloge incassable, solidement construite, comme nos réveille-matin, et qui contient une bruyante sonnerie. Le chasseur, voyageant avec son chien et désirant se lever de bonne heure, est réveillé en temps utile par la sonnerie du réveille-matin, et son chien est debout avant lui. Le collier-montre est également fort utile pour les longues journées de chasse, lorsque l'on veut savoir l'heure à tout moment sans se déranger. Avec le collier-montre, plus de chasseurs en retard, plus de trains manqués.

Il est indispensable, toutefois, de bien s'assurer, avant de commencer la chasse, que le collier-montre ne sonnera pas au moment précis où opère un chien d'arrêt. Mais c'est là un tout petit inconvénient qu'il est facile d'éviter.

———

Malgré le respect de la tradition, les facteurs de pianos ont dû céder aux demandes toujours plus pressantes de leur clientèle. Presque tout le monde, aujourd'hui, fait de l'automobile et il en résulte de fâcheuses confusions. Lorsqu'un chauffeur s'assied

devant un piano, instinctivement, lorsqu'il fait une
fausse note, il débraye, c'est-à-dire qu'il appuie sur
la pédale-douce, ce qui est parfait, mais, lorsqu'il
veut, dans un cas grave, arrêter brusquement, il
freine vigoureusement en appuyant sur la pédale
forte. Pour remédier à ce défaut, il suffit de placer
la pédale forte tout à fait à droite, à la place
occupée habituellement par la pédale de l'accélé-
rateur. Cette modification est insignifiante. Elle
apportera plus de sûreté dans l'exécution.

Qu'auraient dit nos aïeux s'il leur eut été
donné de prévoir l'usage commercial que l'on
ferait, de nos jours, du noble faucon réservé jadis
aux chasses princières? C'est dimanche dernier
que le nouveau *faucon réclame* a fait son apparition
aux environs d'Étampes. Dressé par d'ingénieux
commerçants, il porte aux aviateurs de passage des
cartes de la maison indiquant les terrains d'atterris-
sage, des petits bidons d'essence de cinq cents
grammes. un mouchoir ou des cigarettes. Le
faucon réclame peut se charger également du pos-
tage des lettres. Il vient docilement se poser sur le
poing du mécano du garage, lorsque son travail est
achevé.

Annonçons avec plaisir les nouvelles *lanternes à ver luisant*, que l'on se propose d'imposer, l'an prochain, à tous les bestiaux qui circulent la nuit sur route.

Signalons aussi les curieux essais de *vaccination des châssis de course*, qu'un médecin de Paris vient de réussir fort heureusement. On sait que les châssis des voitures de course sont particulièrement exposés aux suites disgracieuses de la petite vérole et qu'ils restent presque toujours percés de trous un peu partout; d'où, on le conçoit, de dangereuses chances de rupture. La vaccination écarte définitivement, paraît-il, ce réel danger. Ajoutons enfin que, pour alléger sa voiture, un coureur aura toujours la ressource d'engager spécialement pour la course un mécanicien marqué de la petite vérole. Cela diminue d'autant le poids de la voiture et n'en compromet point la solidité.

L'automobilisme, depuis longtemps, envahit tout, et nos hôteliers ne savent que faire pour flatter leur clientèle de chauffeurs. C'est ainsi que plusieurs excursionnistes, qui reviennent de Normandie, nous ont décrit la façon amusante, dite *à la chauffeur*, dont on présente maintenant le fromage à table d'hôte dans tous les grands hôtels. Deux couteaux

sont plantés sur le côté, l'un représentant le levier
des vitesses, placé verticalement au point mort,
l'autre le levier de frein, incliné fortement. C'est
un rien, évidemment; mais cette innocente plaisanterie, faite aux dépens du fromage, fait toujours rire les dames au moment où elles se mettent
à table.

Une grande maison d'accessoires pour automobiles de l'avenue de la Grande-Armée, à qui
nous devons déjà la *pompe* pour grosses voitures,
branchée directement sur le porte-monnaie du
chauffeur (ce qui évite bien des opérations intermédiaires, fatigantes et inutiles), vient d'inventer un
nouveau petit nécessaire de réparation qui remplace
avantageusement le formidable outillage que l'on
était obligé d'emporter, jusqu'à présent, dans les
coffres de la voiture.

Ce nécessaire se compose uniquement d'un élégant étui de cuir en chien écrasé, contenant une
petite pancarte sur laquelle est tracée, en caractères très apparents, la petite inscription suivante:
« *Prière aux agents de ne pas me dresser contravention s'ils trouvent cette voiture abandonnée
jusqu'à ce soir. Je suis allé chercher du secours aux
environs de Paris.* »

Muni de ce simple *nécessaire de réparation*, le
chauffeur n'a plus aucune inquiétude à avoir. S'il

est surpris par la panne la plus noire, s'il ne comprend rien à l'enchevêtrement des fils de sa magnéto, si de brusques retours de manivelle sont à craindre à chaque essai de mise en marche, peu lui importe. Il sort l'écriteau de son étui et le pose délicatement sur le capot de la voiture. Puis il s'éloigne à quelques mètres de là et, derrière une porte-cochère ou un kiosque à journaux, il attend tranquillement.

Dans une ville bien organisée comme Paris, il ne se passe pas dix minutes sans que d'habiles cambrioleurs s'approchent de la voiture et lisent l'inscription. Tout aussitôt, avec une habileté remarquable et un tour de main que l'on attendrait vainement des plus habiles ouvriers-saboteurs d'un garage, ils tripotent les manettes, manœuvrent les leviers, rajustent les fils, se glissent sous la voiture et remettent tout en place.

Lorsque le ronronnement significatif du moteur prouve suffisamment au chauffeur que tout est en état, il n'a plus qu'à s'avancer et à reprendre tout naturellement possession de sa voiture définitivement réparée.

Suivant son caractère, il pourra négliger de regarder les cambrioleurs vexés qui s'éloignent prudemment. Il pourra, s'il a un peu de cœur, leur donner le juste pourboire qui leur revient. C'est là une affaire de tact et de sentiment.

X

ARCHITECTURE CIVILE ET RELIGIEUSE

Les colonnes des temples antiques. — Le moteur à gaz privé. — Chauffage terrestre central. — La transformation de la Madeleine. — Le chantier pousse-pousse. — Les maisons-ascenseurs. — Le fil à plomb rigide. — Ailes pour villas. — L'Excelsior Phénix. — La cure d'altitude du faubourg Montmartre. — Clôtures musicales. — La concierge-grue centrale. — Le water-gamme. — Les yachts à ciel de Broadway.

D'après un rapport qui fut présenté à l'Académie de Berlin, il paraît que les colonnes des temples antiques n'auraient été que de simples échafaudages destinés à disparaître une fois le monument terminé. Voilà qui va renverser singulièrement toutes les conceptions architecturales que nous pouvions avoir des monuments antiques, et l'archéologie ne laissera subsister bientôt aucune de nos illusions. Bornons-nous à reconnaître toutefois, en passant, que les échafaudages d'autrefois avaient une autre allure que les nôtres!

On nous permettra, dans ce recueil réservé au public raffiné, de ne point nous appesantir sur.le *nouveau moteur à gaz pauvre alimenté par la fosse d'aisances*. C'est là une invention démocratique, .utile pour les habitations à bon marché, économique pour l'industrie, mais qui manque, on en conviendra de délicatesse.

On s'est étonné des travaux de forage considérables entrepris dans un grand hôtel actuellement en construction à Paris. Renseignements pris, il s'agit, paraît-il,, de poser une canalisation qui aura exactement quinze cents mètres de profondeur, et qui ira chercher l'air chaud nécessaire au chauffage de l'établissement dans les entrailles mêmes de la terre. C'est là, on l'avouera, un procédé de *chauffage central* essentiellement moderne et des plus hardis.

Ces temps-ci vont commencer ces grands travaux tant attendus par la société élégante et qui vont faire de la Madeleine une église répondant à tous les besoins modernes. Signalons pour, commencer que les colonnes de pierre qui entourent la Madeleine vont être remplacées par d'immenses colonnes creuses en fonte, spécialement aménagées en tuyaux d'orgue. On obtiendra ainsi, pour les grands mariages, des effets musicaux véritablement surprenants. Ce seront sans nul doute les plus grandes orgues qui aient été construites jusqu'à présent. On compte beaucoup sur cette attraction pour provoquer une augmentation considérable du nombre des mariages parisiens l'an prochain.

Depuis quelque temps déjà, les méthodes de construction de nos immeubles modernes semblaient bouleversées, grâce aux grues centrales mécaniques et aux échafaudages métalliques.

Tout cela, cependant, paraîtra enfantin lorsqu'on appliquera, pour la première fois à Paris, le nouveau système américain de construction familièrement appelé : *Le chantier pousse-pousse*.

Tout le chantier se trouve placé dans le sous-sol. On construit un étage, puis, au moyen de presses hydrauliques, lorsque l'étage est terminé, on remonte la maison de quelques mètres. C'est ainsi qu'au ras du sol on voit paraître tout d'abord les mansardes, puis le sixième, puis le cinquième étage. Cela permet de louer immédiatement et plus facilement les étages supérieurs, que l'on visite avec agrément, puisqu'ils sont placés provisoirement au rez-de-chaussée ou à l'entresol.

La maison s'élève petit à petit, sans que les travaux du sous-sol gênent en rien les habitants.

A propos de ce système de construction ascensionnel on sait qu'il n'est bruit, dans le monde des architectes, que d'une *nouvelle maison-ascenseur*, que livrera bientôt une grande usine de ciment armé de Long-Island. L'immeuble tout entier, tel qu'il est conçu par les ingénieurs américains, forme un immense ascenseur qui s'enfonce à volonté dans le sol, jusqu'au ras du trottoir. Il serait trop long d'énumérer les innombrables avantages que présente un pareil dispositif : suppression des escaliers intérieurs ou des ascenseurs pour gratte-ciels, hauteur indéfinie des constructions qui, même à Paris, malgré tous les règlements de police en vigueur, pourront s'enfoncer dans le sol jusqu'à la hauteur nécessaire lorsque surviendra un inspecteur des services d'architecture.

Pour *monter les lettres*, le concierge n'a qu'à sortir dans la cour, à appuyer sur un bouton et à faire descendre l'étage désiré en face de lui. Les visiteurs également, du trottoir, commandent la maison, qui descend devant eux à l'étage où ils désirent se rendre. Plus de vaines démarches, plus d'ascensions inutiles. Le premier visiteur venu peut amener devant lui l'étage qu'il désire. De même pour les réparations : peintures de la façade, couverture des toits, les travaux s'exécutent du trottoir ou de la cour sans aucune difficulté.

Les gens intelligents apprécieront tout particulièrement ce dispositif, qui leur permet de se débarrasser d'un visiteur en toute tranquilité en le repoussant vers le trottoir et en remontant seuls vers le ciel.

Évidemment, dans ces nouveaux immeubles, les boutiques seront fréquemment plongées dans l'obscurité et certains propriétaires ont objecté la diminution des loyers qui pourrait en résulter. Le prospectus de la *maison américaine* nous explique que c'est là une redoutable erreur. L'éclairage électrique, suffit en effet, à assurer automatiquement la lumière voulue, et quant aux disparitions subites de la devanture dans le sol, elle ne font qu'accroître le mouvement des affaires. Les clients qui hésitent sur le trottoir, avant d'acheter un objet, se hâtent de pénétrer dans la boutique lorsqu'ils entendent résonner la sonnette électrique de l'immeuble-ascenseur, et, lorsqu'ils se trouvent enfermés dans le magasin à vingt mètres sous terre, il leur est bien difficile de sortir sans rien acheter. Prochainement, plusieurs immeubles-ascenseurs vont être construits à Paris dans des voies nouvelles. Il paraît même qu'un grand magasin, ainsi reconstruit, projette d'installer sur le toit un square, qui sera à la disposition du public le dimanche, au ras du sol. C'est là une heureuse solution donnée à la si angoissante question des espaces libres à Paris.

———

Tous les ouvriers du bâtiment savent combien de temps l'on perdait inutilement avec les anciens fils à plomb à fil souple, qui se balançaient interminablement avant de rester immobiles. Le *nouveau fil à plomb à tige rigide* supprime ce fâcheux inconvénient.

———

On parle beaucoup, pour cet été, de nouvelles *ailes mobiles en plumes pour villas.* Ces « ailes de bâtiment » remplacent l'ancien toit en tuiles ou en zinc. Au moyen d'un mécanisme ingénieux, la maison agite ses ailes le matin pour aérer. Elle les referme le soir pour maintenir la chaleur nécessaire aux habitants qu'elle couve.

L'aspect général est charmant, pittoresque et d'une simplicité bon enfant qui convient bien à une habitation rustique.

———

Où s'arrêtera-t-on dans les détails d'aménagement de nos immeubles modernes? Un architecte me signalait dernièrement un nouveau dispositif : l'*Excelsior-Phénix* qui, malgré son titre ambitieux et un tantinet ridicule, peut rendre de très utiles services. C'est, en somme, un petit monte-charge qui prend dans la cave les bouteilles une à une et les élève jusque dans l'appartement, évitant ainsi une fatigue inutile pour le personnel. Le fonctionnement de ce monte-charge (et c'est là ce qui lui vaut son surnom de *Phénix*), n'entraîne aucun frais pour le propriétaire. *L'Excelsior* est actionné, en effet, par un contre-poids alimenté par les eaux résiduaires des cabinets de toilette et des water-closets. Le fonctionnement en est d'une régularité absolue et proportionné, si je puis dire, aux besoins. Rien n'est plus propre, plus hygiénique et plus moderne que cet appareil automatique.

A ce propos, démentons énergiquement le bruit que des concurrents mal intentionnés avaient fait courir lors des premiers essais et suivant lequel des *retours* du contre-poids seraient à craindre. Un cliquet de sûreté à crémaillère interdit à l'appareil toute marche arrière et toute erreur de distribution est rigoureusement impossible.

L'Hôtel-Sanatorium-Cure-d'Air du Faubourg Montmartre et de l'Himalaya sera, l'an prochain. une des curiosités de Paris. L'administration de ce nouveau *palace* a obtenu l'autorisation d'entretenir en permanence, au-dessus de lui, un ball a captif à trois mille deux cents mètres de hauteur. Des tubes d'aspiration suspendus au ballon déverseront dans l'hôtel l'air pur des cimes. Des paysages de montagne seront peints dans les puits d'air. Pour tout le reste, l'illusion sera complète : le mauvais temps empêchant comme d'habitude les voyageurs de sortir pour faire des excursions et la végétation cessant faubourg Montmartre comme à partir de deux mille mètres.

Voilà une innovation qui va révolutionner, n'en doutez pas, l'industrie hôtelière alpestre.

Signalons aux riches propriétaires de villas de nouvelles *grilles de clôture en tuyaux d'orgue* dont l'effet est merveilleux dès que le moindre vent s'élève.

A côté de ce modèle pour châteaux, il en existe un autre pour demeures plus modestes, je veux parler de la *clôture champêtre en mirlitons*, avec *barrière d'entrée rustique en flûte de Pan.* C'est élégant, amusant et bon marché.

La *concierge-grue centrale* est une mode américaine que nos architectes parisiens vont lancer la saison prochaine. Au lieu d'enlever, après achèvement, la grue centrale qui sert à construire un immeuble, on la laisse subsister et on loge le concierge dans la cabine supérieure. Placé à quarante ou cinquante mètres du sol, le concierge surveille tout ce qui se passe dans l'immeuble et tout particulièrement les allées et venues de ses locataires. Grâce à la grue centrale, dont il assure la manœuvre, il monte à chaque étage les lettres, les paquets, les visiteurs, les habitants de la maison; cela supprime l'ascenseur, le monte-charge et même l'escalier. Ajoutons enfin que le concierge peut exercer une utile surveillance sur le personnel domestique de l'immeuble et repêcher dans la rue, au moyen d'un crochet de fer, une bonne qui s'attarde à bavarder ou que le garçon boucher veut détourner de ses devoirs. C'est là une invention dont le caractère moral n'échappera à personne.

————————

Avec les maisons modernes en ciment armé, on se plaint un peu partout du bruit que font les chutes d'eau des water-closets. Ce bruit est sans inconvénient lorsqu'il s'agit de grands hôtels de montagne : il fait croire aux voyageurs qu'il existe encore dans les environs quelque belle cascade épargnée par les turbines d'une usine génératrice. Mais à Paris il en est autrement : et ce bruit perçu à tous les étages finit par être gênant et, qui plus est, parfaitement inconvenant. La Société des architectes de France vient d'adopter définitivement un très joli petit dispositif de water-chute qu'on vient de lui proposer et qui supprime cet inconvénient. Il s'agit du *water-gamme*. Sur le réservoir de chasse est monté un petit piano sommaire, actionné par la chute d'eau. Chaque fois qu'on l'utilise, l'appareil fait entendre deux ou trois gammes, imitant à s'y méprendre le bruit que fait une jeune fille en prenant sa leçon de piano. Ce bruit, familier aux familles bourgeoises, couvre celui de la chute d'eau; il n'éveille que des idées artistiques, il donne tout de suite à l'immeuble un ton général de distinction et de richesse que le bruit du water-closet ne suffisait pas à lui assurer. C'est un rien, je le sais, mais c'est par ces mille riens que notre bourgeoisie affirme chaque jour davantage son désir d'élégance et de bon ton.

Le dernier courrier de New-York nous apporte de bien curieux détails sur les nouvelles maisons *Sky-milkers*, que l'on est en train de construire dans Broadway.

Les *Sky-milkers*, que l'on a déjà baptisés à Paris d'une façon assez vulgaire du nom de *Vaches-à-ciel*, sont dus à l'inspiration géniale d'Edison.

Leur ravitaillement se fera presque entièrement par en haut, et c'est au ciel que ces immeubles géants s'adresseront pour les besoins ordinaires de la vie. Grâce à des antennes ingénieusement disposées, les *Vaches-à-ciel* emprunteront aux nuages l'électricité nécessaire à l'éclairage et à l'alimentation en force motrice de l'immeuble.

De puissants aspirateurs suceront les nuages et en retireront l'eau nécessaire pour la vie journalière des habitants. L'aspirateur, captant naturellement, tout en même temps, les oiseaux de passage, un triage automatique sera effectué à l'intérieur de l'aspirateur, et la répartition des oiseaux capturés sera faite entre les différentes cuisines de l'immeuble. Chauffage, éclairage, alimentation, force motrice, lavage, hygiène, tout sera donc assuré dans les immeubles *Vaches-à-ciel* par les propres moyens du bord, sans recourir aux Compagnies urbaines.

Les New-Yorkais comptent du reste beaucoup sur ces nouveaux immeubles pour transformer agréablement le climat de toute la contrée. Tous les nuages étant définitivement aspirés pour les besoins de la vie, le ciel sera toujours d'une propreté parfaite et n'aura plus rien à envier au ciel africain.

La création des maisons *Vaches-à-ciel* matérialise d'une façon fort intéressante les aspirations idéalistes de nos amis d'Amérique.

XI

OLICE — TRIBUNAUX — VOIE PUBLIQUE

Empreintes digitales moulées. — Cul-de-jatte balai méca-
nique. — Les agents fillettes. — Les Cerbérines. — Ruse de
contrebandiers. — Réverbères en caoutchouc. — Les taxipal-
frois. — Contrefaçon d'asphalte. — Postes d'aimantation.
Mendiants artistiques. — Alignements artificiels. — Trot-
toirs roulants. — Agents flottants. — La petite houille
blanche.— Chiens camouflés.— Chaises Janus.— Gyroscope
Paoli. — Paons balayeurs. — Escroquerie de charbon. —
L'extincteur souricier. — Le blessé artificiel pour phar-
maciens. — Le singe à queue prenante. — L'œil de verre
détective.

La police vient d'opérer une descente fort intéressante dans une maison de gants de Montmartre
dont l'enseigne caractéristique : *Au doigt dans l'œil,*
aurait dû, depuis longtemps, attirer son attention.

L'aventure est assez curieuse. Depuis plusieurs
mois le service anthropométrique constatait avec
stupéfaction que la plupart des empreintes digitales relevées sur les pièces à conviction, sur les

meubles et sur les murs, après des assassinats sensationnels, n'étaient autres que les empreintes bien connues des principaux chefs de la Sûreté, souvent même du préfet ou du procureur général. Il y avait là, on l'avouera, de quoi déconcerter nos plus fins limiers. C'est seulement, au cours de la perquisition dont nous parlons plus haut, que l'on a découvert dans la curieuse maison tout un stock de *gants en caoutchouc moulé* portant les empreintes digitales des plus notoires personnages de notre République. Ces gants, vendus aux malfaiteurs, leur permettaient d'accomplir leurs forfaits sans courir le moindre risque.

———

Malgré la défense qui nous est faite de jeter par terre des prospectus, les trottoirs de Paris ne sont pas encore suffisamment propres et les amis de notre ville ont demandé que des balayages plus fréquents fussent effectués sur les trottoirs. Comment faire? Les balais ordinaires soulèvent un intolérable nuage de poussière; les balais mécaniques automobiles ne peuvent circuler sur les trottoirs.

On désespérait de trouver une solution élégante, lorsqu'un inventeur est venu proposer au conseil municipal un nouveau dispositif véritablement fort ingénieux, analogue à celui que l'on emploie un peu partout pour balayer les tapis au moyen d'un balai mécanique à boîtes retenant la poussière.

Il s'agit d'utiliser pratiquement nos intelligents culs-de-jatte en munissant le dessous de leur petit véhicule d'un double balai ainsi construit. Leur circulation sur les trottoirs de notre ville suffira pour en assurer la plus minutieuse propreté. C'est tout en même temps la suppression partielle de cette mendicité qui déshonore encore, quoi qu'en disent les écriteaux, le département de la Seine. Les culs-de-jatte seront désormais des fonctionnaires municipaux, ayant l'uniforme de la Ville, et, toutes les heures, ils iront faire vider leur boîte par le cantonnier de service. Les *culs-de-jatte-balais* feront fureur cette année à Paris.

C'est seulement au début du printemps, que seront mis en service les nouveaux *agents-fillettes*, destinés, comme on le sait, à débarrasser définitivement le Bois de Boulogne des immondes satyres qui le déshonorent.

Peut-être eût-il mieux valu tenir cette mesure parfaitement secrète surtout dans la presse car, à la suite des repas sur l'herbe que font le dimanche des familles parisiennes, les satyres eux aussi, peuvent lire des fragments de journaux. Mais enfin, l'indiscrétion est commise, et il est trop tard pour l'étouffer.

Peut-être aussi peut-on blâmer le choix qui fut fait d'agents des brigades centrales pour jouer le rôle d'*agents-fillettes* au Bois de Boulogne? Sera-t-il bien facile de dissimuler la forte stature et les moustaches noires de nos braves agents, sous un déguisement féminin? A cela, on a répondu en haut lieu qu'une vigueur physique considérable était nécessaire pour assurer l'arrestation des délinquants.

N'insistons pas... C'est là, du reste, un sujet particulièrement délicat, et toutes les mesures prises seront bonnes si elles aboutissent, même si l'on adopte les *pièges-mannequins* dont on avait parlé tout d'abord.

Un public ému se pressait ces temps derniers autour des premières *Cerbérines* pour chiens que l'on vient d'élever sur les boulevards. Ces petits kiosques ressemblent, en réduction, aux *Vespasiennes* du type normal pour passants, et, comme elles, on les a dotées d'un nom classique dont la discrétion n'offense pas le bon goût.

Ces petits édifices étaient devenus indispensables depuis quelque temps. On sait, en effet, qu'avec la

nouvelle réglementation en vigueur, de sévères
contraventions sont dressées contre les chiens qui
s'oublient sur le trottoir. La situation était devenue
pour eux intenable. On ne saurait donc trop applau-
dir à la généreuse initiative du conseil municipal,
qui a voulu montrer qu'il savait être, lui aussi, *bon
pour les animaux*, et qu'il tenait compte des
moindres besoins de nos frères inférieurs.

Ce qu'il y a de véritablement piquant et de nouveau dans cette organisation, c'est la création rendue
indispensable d'une nouvelle brigade de *chiens
édicules* qui seront chargés tous les jours *d'amorcer*
dès cinq heures du matin, les petits édifices municipaux. On sait, en effet, que les chiens manquent
d'initiative en pareil cas et qu'ils préfèrent suivre, à
l'endroit indiqué, un exemple déjà donné par leurs
congénères.

Où s'arrêtera l'ingéniosité malfaisante des contrebandiers? On est en droit de se le demander avec
inquiétude. Ils n'hésitent pas à utiliser aujourd'hui
les derniers perfectionnements de la science
moderne et à mettre en danger la vie de braves serviteurs de l'État pour obtenir, en somme, des résultats financiers fort médiocres. Une enquête menée
récemment, fort discrètement, dans un départe-

ment de l'est nous apporte à ce sujet d'étonnantes révélations.

Depuis longtemps, on remarquait que les contrebandiers, sans essayer de traverser la frontière, n'hésitaient pas à tirer de nombreux coups de revolver, de fusil ou de carabine contre les douaniers. Ils se sauvaient ensuite sans demander leur reste. Les malheureux douaniers étaient tout aussitôt transportés à l'hôpital d'une ville voisine, dont provisoirement nous tairons le nom, et là on extrayait les balles qu'ils avaient reçues. En général, le douanier, atteint superficiellement, était bientôt sur pied. L'analogie que présentaient tous ces attentats, la curieuse disparition des projectiles après leur extraction, attirèrent bientôt l'attention de la police, et c'est avec une stupéfaction légitime que l'on a découvert, il y a de cela quelques temps seulement, les agissements frauduleux du petit personnel de l'hôpital. Tranchons le mot : les balles reçues étaient simplement de petites balles de tabac qui passaient ainsi la frontière en échappant à tous les droits. L'affaire fait scandale dans toute la région. On parle d'arrestations. Est-il besoin d'ajouter que la direction médicale de l'hospice se défend énergiquement de toute complicité avec le petit personnel.

Devant une commission de conseillers municipaux, on vient d'essayer le *nouveau bec de gaz en
caoutchouc armé*, qui a fait merveille.

Un autobus lancé à toute vitesse a pu passer
sur le bec de gaz, qui s'est ensuite redressé naturellement grâce à son ressort à boudin intérieur, sans
que les glaces, en mica, aient été endommagées.

Que ne peut-on, hélas! construire également des
piétons en caoutchouc armé!

———

Les auto-taxis n'ont qu'à bien se tenir : voici que
le cheval ressuscite, on nous annonce en effet le
curieux lancement du nouveau *Taxipalfroi* que
prépare à Paris une Société d'éleveurs. C'est dans la
banlieue que cette société des *taxipalfrois* équipe
son nouveau moyen de transport et une indiscrétion d'un habitant de Levallois nous permet seule
de dévoiler aujourd'hui cet intéressant complot.

La société des *taxipalfrois* se propose, après
entente avec le préfet de police, de laisser circuler
en liberté dans Paris six mille chevaux de selle
d'une humeur égale, d'un caractère facile, qui porteront une *selle taximètre* dont le centre sera muni
d'une petite pique ou *pal* qui, sortant au repos de la
selle, rentrera tout aussitôt à l'intérieur lorsque l'on

20

mettra une pièce de vingt sous dans l'appareil enregistreur. Le premier passant venu pourra utiliser ainsi le cheval de selle pour ses courses urgentes. Dix minutes après, une petite sonnerie se fera entendre, le pal ressortira automatiquement de la selle, à moins que l'introduction d'une nouvelle pièce de vingt sous dans l'appareil n'assure encore au cavalier, pour dix nouvelles minutes, l'usage du cheval.

C'est là un système fort économique et qui aura nous n'en doutons pas, une vogue considérable. Nos élégants et nos élégantes aimeront à faire leurs courses et leurs visites à cheval. Toute discussion sera supprimée avec les intermédiaires et le pourboire, absolument facultatif, pourra être représenté par un simple morceau de sucre. De son côté, la compagnie encaisse tous les bénéfices et n'a plus à craindre aucune grève. Les chevaux, bien dressés, stationneront d'eux-mêmes au bord des trottoirs lorsque leur cavalier les abandonnera et des instructions ont été données à l'octroi de Paris pour qu'on ne les laisse pas sortir des barrières. Quant au danger que présente dans Paris l'existence de nombreux restaurants, il est illusoire, car la société des *taxipalfrois* n'emploie que des chevaux usagés, impropres à l'alimentation.

On se préoccupe beaucoup, toujours dans les services municipaux, d'une affaire de contrefaçon qui aurait, paraît-il, des suites retentissantes. Un entrepreneur aurait profité des dernières gelées pour fournir, en guise d'asphalte, de l'eau gelée mêlée de poussière de charbon, Au premier soleil, la rue tout entière se serait écoulée le matin dans les égouts.

Démentons par contre le bruit ridicule que l'on a fait courir et suivant lequel on se proposerait de faire pousser du *poil sur les becs de gaz* pendant l'hiver pour les empêcher de geler. Il s'agit simplement de revêtements en feutre grossier imitant le poil de chameau et destinés à protéger les canalisations contre la gelée.

———

On étudie en ce moment, à la préfecture de police, l'installation de nouveaux *postes d'aimantation*, qui seront posés aux carrefours les plus fréquentés de nos quartiers populeux et dont la forme extérieure rappellera celle des postes d'appel pour incendie. L'appareil contiendra à l'intérieur un électro-aimant très puissant, capable d'attirer tous les objets en fer qu'on lui présentera. Depuis quelque temps, en effet, les services de nos hôpi-

taux sont absolument débordés et nos chirurgiens
ne peuvent suffire à extraire tous les couteaux
qui s'implantent chaque jour dans le derme des
passants. Grâce à ces *postes d'aimantation*, il
deviendra inutile de déranger le médecin. Le blessé
sera placé en face de l'électro-aimant, ou il s'y
placera lui-même s'il veut éviter les indiscrétions
de la police. Le couteau sera extrait immédiatement et, dans la journée, nos ménagères pourront
également utiliser le *poste d'aimantation* pour
enlever les morceaux d'aiguille ou les brins de
paille de fer qu'elles pourront avoir dans les
doigts. C'est là une mesure que réclamait l'Assistance publique depuis longtemps et qui déchargera
nos médecins officiels d'une façon fort appréciable.

––––––

Un bon point à notre préfet de police, qui vient
d'interdire dans Paris l'usage des enfants loués que
portaient dans leurs bras de vieilles mendiantes.
Ces enfants seront remplacés par des *gosses artistiques*, fort amusants, dont les modèles viennent
d'être dessinés par nos plus spirituels caricaturistes.
Ces enfants, en drap peint, attireront du reste
l'attention des passants et leur cachet artistique
sera digne d'une ville telle que Paris. Ajoutons que,
moyennant un droit de stationnement supplé-

mentaire, l'enfant artificiel pourra être muni d'un appareil imitant à s'y méprendre les vagissements d'un malheureux petit être en bas âge.

Une invention ingénieuse va permettre à la Ville de Paris de réaliser d'importantes économies. Au lieu d'acheter les immeubles qui ne sont pas à l'alignement, on va faire placer sur le pignon de chacun d'eux des glaces d'angle qui reflèteront les rues à l'alignement. La perspective des rues de Paris sera ainsi parfaite et cela n'entraînera que quelques frais insignifiants de miroiterie.

Le syndicat des concierges et gérants d'immeubles s'est ému d'une récente enquête de commodo et incommodo concernant l'installation de trottoirs mobiles dans les principales rues parisiennes. Comment, dès lors, prendre le frais tranquillement, en s'asseyant devant sa porte sans risquer d'être transporté immédiatement à quelques centaines de mètres plus loin? Que nos braves concierges se rassurent, rien n'est plus simple. Il leur suffira de

20.

faire l'achat d'une chaise à roulettes qu'ils place-
ront sur le trottoir, et qu'ils n'auront qu'à attacher,
au moyen d'une forte corde, au bouton de la porte.
Ils pourront ainsi passer d'agréables soirées d'été,
en fumant leur pipe, sans abandonner la garde de
l'immeuble qui leur est confié.

————————

On s'écrasait dernièrement sur les berges de ia
Seine, près du Pont-Neuf, pour assister aux coura-
geux essais des nouveaux agents de la brigade
fluviale, que vient de recruter notre actif préfet de
police. Ces nouveaux agents, chargés de secourir les
désespérés ou les promeneurs qui tombent par
accident dans le fleuve, ne savent pas nager, mais,
ce qui est mieux : *ils ont été choisis parmi des agents
ayant un rein flottant.* Ils sont assurés ainsi de
rester sur l'eau et ils conservent l'usage de leurs
mains pour porter secours aux victimes. C'est là
une initiative particulièrement intelligente, et
l'enthousiasme de la foule, en voyant les agents,
dans l'eau boueuse du fleuve touchait au délire.

————— ·· ·—·

Nous sommes décidément toujours envahis par l'industrie boche. Ne nous annonce-t-on pas que la puissante compagnie germanique des chutes du Rhin qui, on le sait, utilise, partout où elles se trouvent, les forces de la houille blanche, vient, grâce à des intermédiaires, d'acheter à la Ville de Paris la concession de toutes les chutes d'eau qui peuvent se trouver dans le département de la Seine. Pour commencer, le croirait-on, l'importante compagnie, sous le nom bien caractéristique de *Société Française des français pour chutes d'eau françaises* s'est avisée de transformer en travail utile les minuscules chutes d'eau qui se produisent dans certains édicules de la voie publique. Cette force motrice actionnera des panneaux-réclame qui se substitueront l'un à l'autre, aux yeux charmés du spectateur attentif. C'est là une idée bien allemande, sur laquelle il nous serait pénible d'insister.

————

On s'est étonné, lors des derniers exercices de tir de la police sur un ennemi supposé, de ne pas voir entrer en ligne ces fameux chiens de police dont on nous parle chaque jour. On n'a pas remarqué que, dans les environs, stationnait un bouvier conduisant de petits veaux et un berger qui, avec une branche d'arbre, guidait quelques moutons. Ces petits veaux et ces petits moutons n'étaient autres que des chiens de police habilement *camou- flés*, sous la direction d'agents également déguisés. La silhouette des chiens de police est, en effet, trop connue aujourd'hui pour que l'on puisse utilement se servir de ces intelligents animaux au cours de recherches. On a donc décidé de les coudre, suivant leur taille, dans des peaux de mouton ou dans des peaux de veau et de les grimer suffisamment pour que le subterfuge passat inaperçu. De cette façon un mouton peut, sans en avoir l'air, trotter stu- pidement le long d'un chemin de traverse, un petit veau peut brouter devant une maison suspecte, personne n'y voit rien. Ai-je besoin de le dire, ce sont là toutefois des moutons qui ne craignent point la casserole et qui reprennent avec joie leur aspect habituel, le soir, au poste de police.

C'est à partir du mois prochain que seront mises en service, sur nos promenades publiques. les *nou- velles chaises Janus* à double face, permettant de supprimer le modeste emploi des loueuses de chaises. Le siège, à bascule, est garni d'un côté d'un élégant rembourrage, de l'autre de piques acérées. Il suffit d'introduire dix centimes dans le

dossier de la chaise pour que le bascule fonctionne et que le rembourrage remplace les piques.
Lorsque l'on quitte la chaise, les piques reprennent automatiquement le dessus.

——————

Plusieurs lecteurs me demandent de leur
décrire le nouveau *Gyroscope Paoli*, déposé dans
plusieurs postes de police et dont les premiers essais
ont été tenus cachés. Il s'agit tout simplement
d'un casque gyroscopique que l'on fixe sur la tête
de l'ivrogne au moment de le conduire au poste.
Grâce au gyroscope, préalablement remonté,
l'ivrogne ne tombe jamais et peut être conduit
facilement jusqu'au violon, malgré d'invraisemblables inclinaisons, en avant, en arrière ou sur les
côtés.

——————

Encore un peu du vieux Paris qui disparaît.
Après les balayeuses automobiles, après les *culs-
de-jatte balai mécanique* pour trottoirs, dont nous
signalions plus haut l'apparition, voici que notre
conseil municipal, en veine de modernisme et

d'élégance, vient de faire l'achat de cinquante paons de toute beauté qui seront chargés désormais de balayer les ruisseaux des Champs-Élysées et de l'avenue du Bois. Au moment où l'eau commencera à couler, les cantonniers se contenteront de jeter dans le courant un kilo de graines fraîches. Puis ils laisseront les paons accomplir tout seuls leur travail. Attirés par les graines et suivant le courant, les paons descendront l'avenue les pieds dans l'eau, piquant les graines de-ci de-là, tandis que leurs queues, traînant dans le ruisseau, de droite et de gauche, assureront un balayage parfait.

Sans doute. bien des artistes ne manqueront pas de pousser les hauts cris : employer ainsi le magnifique oiseau, orgueil de Junon, aux plus basses besognes d'édilité! quel sacrilège!! Mais enfin, il faut bien vivre avec son temps, et nous devons reconnaître franchement que cette descente matinale des paons balayeurs au long de nos avenues sera digne d'une ville d'art telle que Paris. Elle remplacera avantageusement la vision quotidienne des braves gens armés de balais qui étaient chargés d'accomplir ce pénible travail.

————

Depuis quelque temps on s'étonnait de voir, le matin principalement, tous les voyageurs de banlieue se pencher, durant le trajet, au dehors des portières et regarder attentivement la voie dans la direction de la locomotive. Craignaient-ils un accident? Désiraient-ils tout simplement prendre l'air? Une pareille manœuvre intriguait vivement tous les employés. On vient d'avoir la clé de ce mystère. La Sûreté arrêtait dernièrement à la gare Saint-Lazare, au moment où ils donnaient leur billet, trente-cinq voyageurs venus par un train ouvrier et qui, tous, étaient porteurs d'un morceau de charbon logé dans l'œil. Ces voyageurs ont fait des aveux complets. Craignant une nouvelle hausse du charbon ils désiraient s'approvisionner le plus rapidement possible au détriment de nos grandes compagnies de chemins de fer. Ils seront poursuivis, comme bien on le pense, la Compagnie se proposant de faire un exemple.

Que dira la Société protectrice des animaux du nouvel *extincteur souricier*, que l'administration a fait placer dans les bois sujets à incendie? Les fumeurs sont priés de jeter leur allumette enflammée dans un petit récipient, dont la base est formée par une souricière du modèle ordinaire. La souris, prise au piège, en recevant l'allumette sur

le dos, éternue et l'éteint. C'est un procédé barbare, mais qui donne, paraît-il des résultats certains.

———————

En raison de la concurrence, le commerce des
pharmaciens périclite chaque jour davantage.
Comment attirer le public dans telle ou telle
pharmacie? Les vers solitaires n'intéressent plus
personne et les verres de couleur ont fait leur
temps.

D'ingénieux pharmaciens ont découvert un
amusant procédé pour attirer la foule dans leur
boutique. Ils paient à la journée un *blessé artificiel*
qui, la figure couverte de couleur rouge, est porté
dans la boutique, par des aides. La foule, tout aussitôt, entre chez le pharmacien pour voir le blessé,
et comme il faut bien acheter quelque chose pour
expliquer sa présence, les bénéfices réalisés par la
pharmacie sont en quelques heures considérables.

———————

On vient d'arrêter dans un de nos grands maga-
sins de nouveautés une dame qui faisait ses achats
en tenant sous son bras un joli petit singe de la race

dite *à queue prenante*. De nombreux vols avaient
été déjà ainsi commis sans attirer l'attention des
chefs de rayons.

———————

On parle à mots couverts, dans le service de la
police de sûreté, d'une nouvelle invention qui serait
appelée à rendre les plus grands services. Il s'agit
du nouvel *œil de verre détective*. Cet œil artificiel ne
peut être porté, naturellement, que par un agent
borgne ayant déjà un œil artificiel.

Semblable à un œil de verre ordinaire, *l'œil de
verre détective* est formé, en réalité, d'un petit
appareil photographique muni, au fond, d'une
plaque sensible ordinaire. L'appareil, chargé, est
mis en place dans une chambre noire. L'agent
ferme l'œil, ouvre le bon et part à la recherche de
l'individu soupçonné. Il se place en face de lui,
ouvre l'œil photographique, le referme en cal-
culant le temps de pose et rentre à la préfecture.

Son œil lui est enlevé dans la même chambre
obscure. Il suffit de développer le cliché pour avoir
ensuite la photographie de la personne soupçonnée.
L'invention est pratique. Elle n'éveille pas l'attention, elle nécessite seulement un peu d'habitude de
la part de l'agent.

———————

XII

BEAUX-ARTS — THÉATRE — PRESSE

Tableaux vivants. — Fauteuils pneumatiques pour cinéma. — Un nouveau quotidien : La Conscience. — Les modèles de la place Pigalle. — Cadre pour peintures cubistes. — Nouveau contenancier. — Société du Cinema-Métro. — Couronnes d'immortels. — Un scandale cubiste. — Plantes grimpantes pour monter les lettres. — Protection des paysages. — Le miroir orthoptique. — Le salon du daltonisme. — Fers à cheval réclame. — Location de statues. — Résumés cinématographiques. — La maison du Vase Brisé. — Le thémisophone. — L'école trépidante. — L'hermaphrodite au théâtre. — Fatigué d'être Boche. — Le revolver musicographe pour casinos

Les bourgeois, qui se moquent trop facilement de certaines peintures actuelles, ignorent les difficultés que rencontrent bien souvent les artistes. Certains, dénués de ressources, sont forcés de se loger au rabais dans des rues où passent les autobus. De là un léger tremblement de la main qui se retrouve dans leurs tableaux. D'autres, faute de capitaux, sont contraints de voler aux balayeurs des toiles à laver et de peindre avec de l'huile échappée des taxi-autos. De là une certaine rudesse dans leurs œuvres et une couleur parfois déplaisante.

Ce que les bourgeois ignorent surtout, — il faut bien le dire, — c'est la façon dont il convient de regarder un tableau moderne. C'est ainsi que des profanes rient stupidement devant les toiles cubistes, tout simplement parce que l'on a commis la faute impardonnable de les accrocher au mur pour les exposer, comme on le faisait pour les toiles d'autrefois. Le cubisme, en effet, n'est qu'une application du cinématographe à la peinture. Il faut donc que la toile *soit en mouvement* pour que le geste, fractionné, se recompose. Un de nos grands amateurs d'art les plus connus l'a bien compris, et sa splendide galerie de *tableaux rotatifs* est actuellement une des merveilles de Paris. Cette galerie est composée de *tableaux remuants* qui tournent sur un pivot à la manière de anciens kinétoscopes. C'est ainsi que l'on voit, au long des murs, des nymphes se baigner, sortir de l'eau, puis entrer à nouveau dans le bain, des chiens faire le beau, des chevaux courir indéfiniment sur un hippodrome. Dans quelques années, c'en sera fait des *tableaux morts* que nous accrochons actuellement dans nos salons. On ne voudra plus que des *tableaux vivants* dignes de ce nom, actionnés au moyen de petites dynamos branchées sur la canalisation électrique. C'est là une véritable révolution dans la peinture. Nos amateurs feront bien d'y prendre garde.

———————

Jusqu'à ce jour, les directeurs de cinéma se plaignaient de la difficulté qu'ils éprouvaient à faire évacuer la salle après chaque séance.

Les *nouveaux fauteuils pneumatiques*, entièrement en caoutchouc, que l'on vient de construire, tournent élégamment cette difficulté.

Après chaque séance, on ouvre le robinet d'air comprimé, les fauteuils se dégonflent, les spectateurs s'en vont d'eux-mêmes et il suffit de regonfler les fauteuils pour que la salle soit tout aussitôt prête pour une nouvelle séance.

———————

Nos grands quotidiens n'ont qu'à bien se tenir. On annonce la prochaine création à Paris d'un nouveau journal intitulé *La Conscience*, qui, merveilleusement adapté aux besoins de la vie moderne se propose de supplanter tous les journaux existants.

La Conscience sera imprimée sur une petite feuille élastique et assez mince de caoutchouc

21.

blanc; l'impression sera microscopique, permettant
un format des plus réduits, *la Conscience* pourra
être mise ainsi facilement dans une poche de gilet
sans gêner l'acheteur ni déformer son vêtement.
Cette première qualité pratique sera particulièrement appréciée de tous les élégants.

La Conscience étant imprimée sur caoutchouc,
on pourra, sans inconvénient, lire ce journal en
faisant sa toilette et même en prenant un bain,
seconde qualité particulièrement appréciable à
une époque où l'hygiène fait, chaque jour, de
sérieux progrès.

Mais, me direz-vous, ces caractères micros-
copiques seront d'une lecture difficile, particulièrement pour les gens qui ont la vue faible? Quelle
erreur est la vôtre! La page du journal étant en
caoutchouc élastique, il suffira de la tendre au
moment de la lecture pour obtenir l'exacte grosseur de caractère requise par les yeux du lecteur.
Les gens qui ont bonne vue n'auront qu'à tirer un
peu sur le journal, ceux qui ont une vue faible
n'auront qu'à l'allonger considérablement pour
obtenir une impression énorme. Plus de lorgnons,
plus de loupes pour lire le journal! *La Conscience*
fera la joie des personnes âgées.

Ajoutons, en un temps où les sports sont fort en
faveur, que cet exercice de lecture aura les conséquences les plus heureuses, l'effort fait avec les
deux mains pour distendre le journal remplaçant
avantageusement tous les *exercisers* actuellement

dans le commerce. Notons à ce propos qu'un *supplément pour athlètes*, imprimé sur caoutchouc fort, sera mis à la disposition du public. L'athlète qui voudra terminer la lecture d'un passionnant feuilleton fera tous ses efforts pour distendre le journal et s'entraînera sans ennui.

Ce n'est pas tout : l'encre employée pour l'impression de *la Conscience* sera sinapisée, et le journal, une fois lu, pourra former un excellent cataplasme qui, placé sur la poitrine, préservera utilement des rhumes et des bronchites. Ce cataplasme, après usage, pourra former un *excellent papier à mouches* qu'il suffira de placer sur un meuble pour être débarrassé, quelques heures après, de ces dangereuses bestioles.

Est-ce tout? Pas encore. Ce papier à mouches, garni d'insectes, est racheté au prix de vente par le journal *la Conscience*, qui fabrique, avec les bouillons ainsi garnis, d'excellents plum-puddings de ménage donnés en prime, aux abonnés.

C'est le dernier mot du journalisme moderne et l'on nous annonce que *la Conscience* élastique nous réserve encore d'autres surprises!.

Véritablement le rôle de la grande presse est aujourd'hui admirable.

————————

On s'est étonné, depuis quelque temps, de voir la place **Pigalle** transformée en véritable cour des

Miracles. A l'endroit même où les modèles sta-
tionnaient autrefois, en attendant les peintres
désireux de les embaucher, se trouvent aujourd'hui
en permanence d'extraordinaires estropiés : des
borgnes, des manchots, des culs-de-jatte, d'infortunés ouvriers ayant eu la moitié de la figure
emportée dans un engrenage où la colonne vertébrale prise dans une courroie de transmission. Une
rapide enquête nous a permis de nous assurer qu'il
s'agissait bien toujours là du marché des modèles
qui se tient autour du bassin de la place Pigalle.
Seulement, depuis quelques années, la peinture a
évolué, des écoles nouvelles ont pris la première
place, les cubistes et les futuristes sont à l'ordre du
jour. Ils ne sauraient plus s'accommoder, cela se
conçoit, des figures du Père Éternel ou de la Ma-
done que leur offraient les Italiens classiques. Il
leur faut des modèles appropriés à leur genre de
peinture, et c'est ce qui a transformé radicalement
l'aspect du marché aux modèles.

C'est là un curieux signe des temps.

———

Un encadreur de la rive gauche est sur le point
de faire fortune en lançant un *nouveau cadre pour
peintures cubistes*. Ce cadre est tout naturellement
formé de six côtés entièrement dorés. Il contient

l'œuvre qui est enfermée à l'intérieur. Cette façon
d'encadrer les œuvres cubistes suffit à les rendre
particulièrement attrayantes.

On parle beaucoup, dans les salons littéraires,
d'un petit *Tristan Bernard amulette*, avec longue
barbe artificielle, qui se porte à la main ou dans le
manchon pendant les récitations poétiques réservées aux femmes du monde. On a remarqué, en
effet, que l'auditoire, en pareil cas, ne savait
quelle contenance prendre. Il est bien difficile de
rester immobile en présence d'une dame qui rugit
et se passionne pour des détails insignifiants. Le
petit *Tristan Bernard de poche* permet, au contraire, d'avoir une attitude : on caressera ou on tres-
sera gentiment la barbe de cette petite poupée
durant toute la récitation, sans affectation, et l'on
aura ainsi l'attitude intelligente et attentive qui
convient.

C'est une très grosse affaire de publicité que cette
nouvelle *Société du Cinéma-Métro* que l'on vient
de former, et je n'accepterais point d'en parler

dans ce recueil uniquement consacré à la science pure, si cette affaire industrielle ne se doublait d'une innovation technique des plus séduisantes.

On sait, en effet, que la *Société du Cinéma-Métro* vient de louer en toute propriété la publicité des murs du tunnel qui sont compris entre chaque station. Sur ces murs seront placées de petites images lumineuses empruntées à des films cinématographiques considérablement agrandis et chaque image lumineuse sera séparée de la voisine par une mince cloison noire. Lorsqu'une rame de métro sera en vitesse entre deux stations, les voyageurs pourront contempler avec une admiration étonnée des scènes cinématographiques qui se joueront au long des murs du métro. Il est bien évident, hélas! que ces scènes seront consacrées à vanter tel ou tel produit, à démontrer les heureux résultats d'un remède ou d'une lotion. Tirons un voile sur ce côté commercial de l'affaire, mais signalons cette heureuse application du vieux kinétoscope qui fera la joie de tous les mélancoliques voyageurs du métro.

Tout se modernise, même l'Académie. Il paraît que l'Institut a décidé en effet de ne plus décerner, comme précédemment, à ses lauréats, des couronnes d'immortelles, d'un aspect un peu funèbre.

L'immortelle sera remplacée par un élégant mélange de chêne et de laurier-sauce, d'un aspect plus coquet, qui aura le mérite de ne pas effrayer inutilement les jeune littérateurs que couronne l'Académie et qui ont généralement dépassé la soixantaine.

C'est un grand scandale qui se prépare dans le monde des peintres, des collectionneurs et des marchands de tableaux. Il paraît que certaines toiles cubistes et futuristes, vendues ces temps derniers, seraient tout bonnement des agrandissements de photographies prises au microscope d'une goutte d'eau de Seine. Ces agrandissements coloriés auraient été vendus au public sous des titres divers : *Portrait de Mme X...* ou *du Général Y...*

On sait que dans certains villages de province très éloignés de notre fiévreuse vie parisienne *on utilise les plantes grimpantes pour monter les lettres.* Lorsque le facteur passe, il accroche le courrier aux glycines, au lierre ou à la vigne vierge de la porte, et, quelque temps après, la lettre arrive au premier étage, à la portée de la main. C'est là une coutume qui étonnera bien des Parisiens, mais qui semblera toute naturelle à certains provinciaux.

Cet usage charmant va être repris et introduit à Paris par l'œuvre du Jardin de Jenny l'ouvrière, qui se propose, on le sait, de fleurir les fenêtres de nos midinettes. C'est au moyen de plantes grimpantes que seront apportées aux jeunes filles, les lettres d'amour de leurs soupirants et les adhérentes de la ligue s'engageront à n'en point recevoir par d'autre voie. Cela donnera à chacun le temps de la réflexion et l'on peut penser que seules les amours sérieuses pourront résister à cette épreuve. Tout a été prévu en cette affaire par les organisateurs, et l'on comprend qu'une lettre, ainsi envoyée, devra mettre plus de temps pour arriver entre les mains d'une jeune fille habitant au sixième qu'entre celles d'une femme ayant déjà un petit entresol.

Dans la gouttière, ce seront les pigeons qui, en levant leurs pattes, auront pour mission d'arracher la lettre arrivée à destination. Cet usage paraîtra aux gens sceptiques un peu vieillot, un peu 1830; il introduira, reconnaissons-le, un peu de charme dans la vie trépidante de nos grandes villes.

La *Société pour la protection des paysages* vient de racheter, pour une somme considérable, tous les vieux décors réformés de nos grands théâtres subventionnés. Ces décors seront placés devant les annonces qui déparent nos belles campagnes, et les touristes auront ainsi devant leurs yeux, soit quelques arbres d'une forêt séculaire, soit la tourelle d'un palais, soit le mur de fond d'un salon richement meublé.

———

A la Sorbonne, les professeurs de littérature nous enseignaient que l'expression *se voir comme dans un miroir* signifiait, pour les Grecs et les Latins, se voir fort mal, puisque le miroir était jadis de métal poli. La remarque était juste, mais elle était, je crois, insuffisante. Les anciens, qui étaient philosophes, avaient également remarqué qu'on ne se voit jamais tel que l'on est dans un miroir, puisque la droite du corps est à gauche et réciproquement. C'est même pour cette raison que nous ne pouvons jamais nous faire peur à nous-mêmes en nous menaçant dans une glace, car, lorsque nous levons le bras droit, c'est simplement le bras gauche que notre image dresse, inoffensif, devant vous.

22

C'est pour cela qu'à nos propres yeux nous sommes toujours bons.

Frappée de cette imperfection, une grande maison française de glaces vient de construire un nouveau *miroir orthoptique* qui nous permet de nous voir tels que nous sommes. Ce miroir se compose d'un jeu de glaces, d'un projecteur, d'un « looping the loop » pour redressement de l'image photographique et enfin d'une fausse glace définitive, dite d'examen, qui ressemble, en somme, à une vitre dépolie sur laquelle se projette notre image cinématographique. *Ce miroir merveilleux, nous permettant de nous voir tels que nous sommes,* est encore d'un prix fort élevé. Il est muni d'un interrupteur et d'un rideau permettant de faire disparaître instantanément l'image, en cas de déception de la part du client.

———

La vie devient bien difficile, aujourd'hui, pour les peintres. Ils sont forcés, chaque jour, de se singulariser ou de se spécialiser pour vivre. C'est ainsi que l'on va inaugurer prochainement le *Nouveau Salon du daltonisme,* où l'on n'exposera que des peintures sans vert, ni rouge, ni bleu, capables de séduire les amateurs atteints de daltonisme.

Au surplus, les œuvres qui ne seront pas vendues

à ce Salon seront encore bonnes pour le Salon d'automne, où elles pourront être exposées sous une autre étiquette.

———

On sait que certaines grandes maisons de publicité ont eu l'idée de faire imprimer, par temps sec, sur les chaussées en asphalte, des réclames au moyen de chevaux munis de « fers » à cheval... en caoutchouc. Le procédé était défectueux en ce sens que ces timbres humides ne pouvaient être encrés aisément. On vient de tourner la difficulté en faisant appel à des chevaux vicieux ayant la mauvaise habitude de ruer perpétuellement. Derrière le *cheval rueur* et devant le cocher, le garde-crotte habituel est remplacé par un tampon humide destiné à encrer les sabots en caoutchouc du cheval chaque fois qu'il rue. L'annonce se trouve donc imprimée sur le sol un nombre considérable de fois. Il suffit d'arrêter le cheval rueur, attelé à sa voiture, au milieu d'une place très fréquentée et d'exciter l'animal en faisant semblant de le contenir.

———

Devant l'encombrement toujours plus grand des statues érigées dans Paris, le Conseil municipal a décidé de faire élever quelques statues-types en redingote, à cheval ou dans un fauteuil, avec tête et inscription mobiles.

Suivant le goût du jour, le grand homme sera changé et la concession du monument ne sera accordée que pour dix ans. Ajoutons enfin que les souscripteurs n'auront à payer que les frais de la tête et la location du corps.

Pour satisfaire aux goûts des spectateurs modernes, plusieurs grands théâtres des boulevards viennent d'avoir une idée fort pratique. Désormais, le rideau sera remplacé par un écran sur lequel on donnera à chaque entr'acte le résumé cinématographique des actes précédents. On pourra ainsi venir en retard au théâtre sans inconvénient. Il est question, d'autre part, pour les spectateurs habitant la banlieue et désirant partir tôt, de donner sur le même écran, au dernier entr'acte, un résumé du dénouement.

Le théâtre ainsi transformé n'aura désormais plus rien à envier au cinéma.

A l'occasion des étrennes la *Maison du Vase Brisé* nous prie de rappeler à sa nombreuse clientèle qu'elle vient de renouveler les importants traités qui la lient aux grandes manufactures françaises et italiennes, de porcelaine et de cristaux.

La *Maison du Vase Brisé* peut toujours livrer, pour quelques sous, de splendides cadeaux représentant une valeur s'élevant parfois à quelques milliers de francs.

On sait, en effet, que la *Maison du Vase Brisé* rachète aux grandes manufactures les objets d'art cassés accidentellement ; elle en emballe habilement les morceaux dans des caisses et les envoie à l'adresse de la personne à qui l'on veut faire un cadeau.

Ses porteurs spéciaux, admirablement dressés, paraissent en état d'ivresse manifeste, et l'on ne s'étonne point, en ouvrant la caisse, de trouver l'admirable objet d'art brisé en mille morceaux. On peut ainsi, pour une somme des plus modestes, faire semblant d'avoir donné un objet de prix et tout le monde est satisfait.

La *Maison du Vase Brisé* nous prie également de rappeler discrètement à sa clientèle qu'elle n'a pas à craindre, cette année, les fâcheuses erreurs qui se sont produites l'an dernier : les morceaux d'un même objet d'art ayant été emballés trop soigneusement, chacun dans un papier séparé. C'était là une erreur de manutention qui ne se reproduira pas, on peut en être certain, cette année.

————

Une des grandes curiosités des nouveaux aménagements du Palais de Justice sera le *Thémisophone*, qui sera mis à la disposition de tous les abonnés au téléphone moyennant un supplément de 400 francs par an. Des récepteurs seront posés devant la barre du tribunal correctionnel et l'on pourra, chez soi, confortablement assis dans un fauteuil, suivre ces débats dont le récit fit la réputation de Jules Moinaux.

Ce sera une distraction légitime pour les honnêtes gens; ce sera un salutaire avertissement pour les millionnaires.

Ce sera surtout une source de profits pour la justice, qui touchera 50 p. 100 sur les abonnements.

Ajoutons que nos juges, se sachant écoutés, seront enclins à plus de justice et feront montre, chaque fois qu'ils le pourront, de tout leur esprit.

————

Tout le succès de la nouvelle Exposition des Indépendants ira cette année à *l'école trépidante*, dont les envois seront fort remarqués

On sait que les peintres trépidants refusent d'accrocher leurs toiles aux murs et de les laisser par conséquent immobiles. Les tableaux des trépidants seront exposés sur le dos de porteurs spéciaux, choisis parmi les alcooliques notoires ou les malades atteints de la danse de Saint-Guy.

L'école trépidante, se réclame, en effet, des théories bergsoniennes, si fort à la mode. Elle ne conçoit pas la peinture à l'état statique, et les immobiles balbutiements des cubistes ne peuvent que la faire sourire.

Les peintres trépidants comptent sur le mouvement perpétuel du porteur pour mélanger les lignes et les couleurs et provoquer l'effet cherché, un peu à la manière du cinématographe. C'est là une tentative des plus intéressantes, qui caractérise bien notre peinture et notre philosophie modernes, mais qui paraissait tout d'abord compliquer singulièrement la tâche des collectionneurs.

Fort heureusement il n'en est rien. Nous venons d'apprendre, en effet, que de grands collectionneurs de peinture moderne ont eu l'excellente idée de louer des appartements dans les rues sillonnées chaque jour par des centaines d'autobus. Les tableaux accrochés aux murs, dans ces nouvelles galeries, seront perpétuellement en mouvement, répondant ainsi au désir bergsonien exprimé par la nouvelle *école trépidante*.

Voilà une plus-value des loyers sur laquelle les propriétaires n'avaient certes pas compté.

———

Le bruit se confirme qu'à la rentrée la Comédie-Française nous donnera plusieurs pièces nouvelles où figurera un curieux personnage, jusqu'à présent trop négligé au théâtre. Je veux parler de l'*hermaphrodite*. En utilisant uniquement les hommes et les femmes, les situations dramatiques étaient toujours les mêmes. Grâce à l'hermaphrodite, qui pourra, suivant l'action, changer de sexe, les pièces nouvelles présenteront une infinie variété de situations et un imprévu tout à fait saisissant.

———

Fatigué d'être Bochel tel est le titre d'un roman que publiera prochainement un de nos financiers les plus connus.

———

Voici une nouvelle mode qui fait fureur en ce moment et que certains snobs voudraient introduire chez nous pendant la saison estivale. Elle consiste, dans les casinos de bains de mer ou les cafés élégants, à tirer des coups de revolver dans les pages de la partition qui sont devant le chef d'orchestre de l'établissement. Le chef d'orchestre, bien stylé, doit jouer ou faire jouer la note imprévue ainsi portée sur sa musique et qui est formée par le petit trou que laisse derrière elle la balle du revolver. Lorsque la note est jouée d'une façon satisfaisante, l'enthousiasme des spectateurs ne connaît plus de bornes et le chef d'orchestre reçoit tout aussitôt un pourboire important.

Ce procédé est peut-être fort amusant en Amérique, mais on nous permettra de penser qu'il serait mal à sa place dans un nation civilisée.

XIII·

ANTHROPOLOGIE — ETHNOGRAPHIE
OCCULTISME — VOYAGES

Le voyage du conquérant. — Le bal des scaphandriers. — Le soldat de Marathon. — Le bénédisiphon. — La boucherie humaine. — Fontaines Wallace lumineuses. — Noël? — Bons conseils. — Le nouveau tatouage blanc. — Les plongeurs. — Procédés d'orientation dans le Far-West. — Verres en tôle. — Plages de sable artificielles. — Le Paterpolitain. — L'élargissement des prisonniers. — Statues utiles. — Plaques tournantes pour prussiens. — Coloration des fantômes. — Le crabe précurseur. — L'Ange Gabriel à dix-huit places. — Matérialisation de beefsteacks.

Tout le monde sait qu'un liquide placé dans un verre ne change pas de place si l'on fait tourner ce verre dans un sens ou dans l'autre. Ce principe était connu des anciens, nous dit l'Académie des sciences morales. Il permettait, en cas de voyage, de remplacer la boussole aujourd'hui en usage. Avant de partir, le conquérant prenait à la main une coupe remplie de vin. Sur la surface du liquide, on plaçait un petit morceau de bois la pointe tournée dans la direction du nord. Le conquérant gardait à la main cette coupe pendant tout le voyage, et cela lui permettait de s'orienter. Quand il avait trop soif, il succombait parfois, et buvait le vin. De là l'expression vulgaire : « Perdre la boussole. » Tout cela est fort curieux et nous explique certains gestes de nos veilles légendes.

———————

C'est une touchante coutume que celle du *bal des scaphandriers* qui a lieu tous les ans à Brest, le soir du 14 juillet. On sait que les scaphandriers prennent part à ce bal en costume de travail avec leurs lourdes semelles de plomb. Mais on ignore peut être que la municipalité profite de cette coutume pour situer le lieu du bal dans une rue que l'on est en train de repaver. C'est une façon véritablement ingénieuse de joindre l'utile à l'agréable.

———————

Saviez-vous que le fameux soldat de Marathon était boiteux? Un savant rapport fait à l'Académie des incriptions et belles-lettres nous l'apprend.

Il paraît, en effet, que les boiteux courent plus vite que les autres en raison de la chute en avant que provoque leur jambe plus courte. Un boiteux seul pouvait accomplir cet exploit. Cette observation scientifique méritait d'être notée. Démentons à ce propos la légende qui prétend que le soldat de Marathon fut le premier fuyard grec.

————

Le *bénédisiphon* est un accessoire de luxe qui, depuis quelque temps, remplace l'ancien goupillon dans nos grandes églises de Paris. Sa forme extérieure rappelle exactement celle de l'instrument sacré. Un bouton à pression permet au public élégant de se servir de l'instrument comme d'un siphon, avec la même précision et la même sûreté. L'Église, on le voit, se modernise.

————

De nombreuses personnes m'ont demandé d'une façon pressante quelques explications concernant la *nouvelle boucherie humaine* que l'on vient d'installer sur les grands boulevards. On sait qu'au travers des grilles rouges de cette boucherie fantastique, les passants épouvantés distinguent des fragments de corps humain suspendus aux crochets, des bras, des jambes, des têtes alignées sur des dalles de marbre.

Rassurons nos lecteurs. Les débris humains ainsi exposés sont en cire, et il ne s'agit là que d'un coup de publicité américaine, un peu hardi, c'est évident, mais destiné à faire quelque bruit. Dans quelques jours, des affiches révéleront au public que « c'est livrer son corps à la boucherie que de ne point acheter les pilules dépuratives Globales », et la foule en sera pour ses frais d'émotion.

———

C'est à partir du mois prochain que nous verrons à Paris les *nouvelles fontaines Wallace lumineuses.* C'est un grand philanthrope américain, président de plusieurs sociétés antialcooliques, qui vient de faire don à la Ville de Paris des sommes nécessaires pour réaliser l'entière transformation des anciennes fontaines de ce bon M. Wallace. Grâce à une projection électrique rouge, le jet d'eau de la fontaine Wallace sera coloré la nuit, et rappellera les teintes les plus séduisantes du vieux vin de Bourgogne. Les ivrognes attirés par ce spectacle délaisseront le cabaret et se précipiteront sur les fontaines Wallace, pour leur plus grand bien. Étant donné leur état de complète ébriété on espère qu'ils ne s'apercevront pas de la substitution et feront ainsi une cure d'eau, préférable pour eux à celle de nos meilleures stations thermales.

———————

Serons-nous privés, cette année, de la traditionnelle fête de Noël? Des renseignements de source sûre, venus de la préfecture, nous apprennent en effet qu'une enquête a été ouverte par la police contre le nommé Noël. On aurait découvert, paraît-il, en haut lieu, que ce nom n'était autre que celui de Léon prudemment retourné et on recherche ce mystérieux Léon. Voilà encore une affaire qui promet bien des surprises et de nouveaux scandales inattendus.

———————

Émues par l'initiative de la Ligue des Amis du Cheval, plusieurs sociétés philanthropiques ont obtenu de la municipalité parisienne l'autorisation de munir les réverbères de notre ville d'inscriptions prodiguant d'utiles conseils à la population. Prochainement, ces plaques seront posées à côté de celles qui nous conseillent d'être bons pour les animaux. Les inscriptions seront infiniment variées : « *Soyez bons pour vos parents* », « *pour votre belle-sœur* », « *pour votre cousine germaine* ». « *Ne mangez pas comme de véritables porcs* » conseilleront d'autres plaques placées devant les restaurants. Des ligues de puériculteurs apposeront également des plaques sur les réverbères devant les écoles : « *Ne fourre pas tes doigts dans ton nez, petit sale* », « *veux-tu te moucher* », « *Je le dirai à tes parents* ». Paris deviendra bientôt une ville charmante et d'une moralité au-dessus de tout éloge.

———————

Les dermographes sont dans la joie. On vient d'inventer un *nouveau tatouage blanc*, écartant définitivement l'emploi toujours dangereux du blanc de céruse, et répondant exactement au cahier des charges imposé aux concessionnaires par le ministère des colonies. On sait, en effet, toute l'importance prise durant ces dernières années par la question du *tatouage des nègres* dans nos affaires coloniales. Grâce au *tatouage blanc*, l'instruction peut se répandre rapidement dans notre empire africain, et les bienfaits de la civilisation sont mis à la portée de tous, en quelques semaines, sans que l'on soit forcé pour cela d'engager des dépenses exagérées.

Sur le dos des nègres, il suffit de tatouer l'alphabet, la table de Pythagore, des préceptes d'éducation physique ou des déclarations enthousiastes en faveur de la France. Les nègres ainsi tatoués deviennent d'utiles agents d'instruction publique. Ils répandent les lumières de la science au hasard de leurs promenades dans le continent noir. On sait également que le tatouage blanc est utilisé sur le dos des nègres astreints à séjour, pour indiquer aux voyageurs le nom de la localité dans laquelle ils se trouvent. Ajoutons enfin que les grands chefs nègres, qui ont bien mérité de notre administration, reçoivent, toujours tatouées, d'importantes et splendides décorations du nouvel ordre colonial du Double-Blanc. C'est là un procédé de vulgarisation qui pourra faire rire les métropolitains, mais qui passionne en ce moment tous ceux qui connaissent à fond les nécessités pratiques de la colonisation.

On s'est ému, paraît-il, en haut lieu, de ce récent accident survenu à un plongeur de restaurant qui se noya en tombant dans un baquet. On a même prétendu que le malheureux était en état d'ébriété.

Cette accusation, bien que fondée, n'allait pas sans
quelque injustice, le malheureux ayant eu la tête
perdue par le fumet des vins se dégageant des bouteilles vides. Quoi qu'il en soit, le préfet de police a
décidé que désormais tous les *plongeurs* de grands
restaurants seraient tenus de revêtir le *scaphandre*
réglementaire au moment de prendre leur service.
Il est inouï de penser, en effet, que les plongeurs de
nos grandes villes en sont encore réduits à exercer
leur profession sans aucune protection, à la façon
des pêcheurs de perles de Ceylan. Il y avait là
une lacune à combler. Ce sera chose faite dès le
mois prochain, et les costumes de scaphandriers
sont déjà commandés.

———

Signalons un curieux procédé d'orientation
employé, paraît-il, par les chasseurs du grand Nord
et de l'Ouest américains, pour s'orienter en cas de
brouillard. Il leur suffit de trouver un mouton et
d'en tâter la laine dans la brume. Cette laine est
toujours beaucoup plus épaisse du côté du Nord
et le hardi chasseur, grâce à cette précieuse indication, retrouve facilement sa route. Le mouton
est le meilleur instrument d'orientation. Toutefois,
les vieux chasseurs qui ont un longue habitude
du pays reconnaissent également leur chemin dans

le brouillard en tâtant la barbe d'un vieillard ou d'un autre chasseur. Mais il faut pour cela une finesse de tact que ne possèdent pas tous les explorateurs du Far-West.

Un explorateur nous signale les *verres de lampe en tôle*, en usage dans les bars d'Amérique. La tôle est employée, non pas tant, comme on pourrait le croire, par mesure d'économie, pour remplacer le verre trop cassant au cours des rixes, mais bien parce que la tôle noire provoque l'obscurité et empêche les combattants de se jeter l'un sur l'autre. Il est toujours temps, les jours de calme, de remplacer la tôle ordinaire par de la tôle blanche étamée pour y voir clair.

On s'inquiète dès maintenant, pour la saison prochaine, sur nos côtes bretonnes, de la création de nouvelles plages de sable, plus appréciées, on le sait, par les baigneurs que les plages de galets. Des milliers de homards et de crabes ont été parqués sur une de nos plus importantes plages de galets et l'on espère que, grâce au travail incessant de leurs pinces broyant des coquillages, on obtiendra dès le mois de juin, une plage de sable très présentable. C'est là un essai qu'il était tout au moins intéressant de signaler.

On se souvient peut-être de ce membre de l'Institut, célèbre cependant, qui, sur ses vieux jours, se mit à collectionner les lettres autographes de Marie-Madeleine à Jésus et de Cléopâtre à son bien-aimé Antoine, que lui fournissait un habile escroc. Cette histoire nous revient à la mémoire en enregistrant ajourd'hui la mort passée inaperçue de M. Duval-Duval, de l'Académie des inscriptions et belles-lettres.

L'histoire des dernières années de ce grand archéologue est demeurée inconnue. Elle est cependant fort touchante. Depuis bien longtemps, Duval-Duval avait perdu ses brillantes qualités de jadis, et c'était sa vieille gouvernante qui s'était chargée, avec un dévouement digne du prix Montyon, d'entourer d'illusions sa vieillesse défaillante.

Dès le début des travaux du Nord-Sud, elle conduisit son maître sur les chantiers en construction et lui annonça que des fouilles importantes venaient d'être entreprises pour mettre à jour un réseau de galeries antiques dénommées le *Pater-politain*. Lorsque les premiers travaux furent achevés, ce fut avec une joie délirante que le vieil archéologue constata l'existence indéniable de voûtes romaines, que les fouilles avaient enfin dégagées du sous-sol parisien. Plus tard, sa stupéfaction fut considérable en constatant que les Romains connaissaient déjà l'usage du rail pour le transport des lourdes charges et que les galeries devaient servir très certainement au passage de trains entiers! Lorsque ces trains furent dégagés à leur tour, M. Duval-Duval manqua mourir de joie. C'est à ce moment qu'il commença son grand ouvrage sur le *Paterpolitain*, ouvrage que la mort vient d'interrompre, mais dont la publication serait certainement l'une des plus curieuses qui aient été faites jusqu'à présent dans le monde de l'archéologie.

———

C'est une coutume vieillotte et un peu barbare que celle de l'*élargissement* des prisonniers le jour de leur libération. Quelle utilité trouve-t-on à élargir ces malheureux au moment où leur peine est finie? Est-ce pour faire croire à la bonne nourriture des prisons? Nous ne pourrions le dire. Quoi qu'il en soit, constatons que le ministre de l'Inté-

rieur vient, par une circulaire, d'abolir définitivement cet usage absurde et cruel.

———————

On va modifier prochainement d'une façon
fort ingénieuse les différentes statues de nos philanthropes qui ornent nos places publiques. Les
redingotes seront à basques mobiles; elles formeront portes d'armoire et permettront aux cantonniers de loger facilement leurs balais. Les semelles
des chaussures seront entr'ouvertes; on pourra y
puiser, pour les besoins de la circulation, le sable
qui sera versé, au préalable, dans les jambes. Les
statues, enfin, serviront ainsi à quelque chose.

———————

On fait grand bruit dans plusieurs petites villes
prussiennes autour de nouvelles plaques tournantes que les municipalités viennent de faire
placer à chaque extrémité de la promenade. Les
bourgeois, le dimanche sont ainsi délivrés de
toute hésitation et ne sont plus forcés de faire un
effort pénible pour changer de direction. Arrivés
au bout de la promenade, ils se placent sur la

plaque tournante, actionnée par un simple ressort. Il peuvent ensuite reprendre leur promenade en sens inverse, sans effort et sans détruire l'harmonie de leur marche rectiligne.

———

On se préoccupe beaucoup, dans certains milieux de la coloration des fantômes au moyen des vapeurs d'aniline. Des fantômes ainsi colorés ont déjà été utilisés avec succès dans certains théâtres parisiens pour garnir la salle. On propose de les utiliser également pour remplir, le matin, la Chambre des Députés. C'est là une très curieuse découverte scientifique dont les applications peuvent être innombrables. Dès maintenant les compagnies de chemins de fer ont donné des instructions aux employés pour qu'un voyageur désirant rester seul dans son compartiment ne le garnisse pas de fantômes colorés.

La science a de ces surprises véritablement déconcertantes. Qui eût pensé, il y a de cela quelques années seulement, que les fantômes seraient aujourd'hui d'un usage quotidien, familier, disons le mot : domestique.

———

Les naturalistes nous révèlent, chaque jour davantage, que l'homme, malgré toutes ses prétentions, n'a pas inventé grand'chose; les animaux, même les plus inférieurs, l'ont devancé bien souvent et font d'instinct, depuis des siècles, ce que l'homme découvre seulement après de nombreuses recherches.

C'est ainsi que nous avons tous remarqué la façon dont les cochers de fiacre se réchauffent l'hiver sur leur siège en frappant en cadence leurs biceps avec les paumes de leurs mains. Eh bien, le croiriez-vous, les crabes en font autant depuis les origines du monde; un rapport présenté à l'Académie des sciences en fait foi.

Un naturaliste ayant pris ses vacances prématurément a observé le fait sur une plage normande. Lorsqu'il fait froid, et que les crabes restent sur le sable, exposés au vent glacial, ils agitent en les croisant, leurs pattes de devant pour se réchauffer, exactement comme nos braves cochers de fiacre.

Encore un geste de civilisés qui ne nous appartient pas.

———

Le bureau Julia, qui est en communication, comme on le sait, avec les Esprits, nous signale que d'importantes modifications, dues aux progrès de l'aviation, viennent d'être apportées dans le royaume des anges. Jusqu'à ce jour, en effet, les anges s'étaient montrés très supérieurs au reste de l'humanité, volant de droite et de gauche, se déplaçant dans l'air sans difficulté.

Depuis que nos modernes aviateurs enlèvent jusqu'à cinq et six personnes, la comparaison devenait désobligeante. Aussi vient-on, paraît-il, de créer, dans le ciel, le *nouvel ange Gabriel à dix-huit places*, pouvant, à la rigueur enlever dix-neuf et vingt personnes.

Faut-il attacher une grande importance à ces révélations d'allure fantaisiste? Nous ne le pensons pas.

————

Jusqu'à présent, nos médiums les plus réputés n'avaient pu réaliser que des matérialisations de bouquets, de fleurs, de têtes de défunts ou de filaments impropres à la consommation.

Grâce aux efforts accomplis ces temps derniers par une grande société charitable, plusieurs médiums, convenablement préparés, sont arrivés à réaliser des matérialisations de macaroni, de beefsteacks ou de poulets. Les produits du spiritisme ainsi obtenus sont distribués aux familles nécessiteuses dans les quartiers pauvres.

24

C'est là une application pratique du spiritisme qui convaincra plus rapidement les incrédules que de longs discours. Le geste est, en même temps, d'une élégance que tous les philanthropes apprécieront.

XIV

SCIENCE PURE ET APPLIQUÉE

Le cadran lunaire. — Pulsomontre de voyage. — Les cirons industriels. — Parapluie pour cigare. — Muscasonne antivibrateur. — La lumière noire. — Photographies sans retouches. — Colonnes monocylindriques. — Le pas de vis pour monocles. — Réforme musicale des pendules. — Poucettes rotatives. — Nouveau mètre court. — Gants à écrire. — Parapluie rotatif lumineux. — Négatifs pour nègres. — L'heure exacte. — Protège-pointe pour moustiques. — Cure-oreille électrique. — Un scandale aux Longitudes. — Le phonographe pour sourds-muets. — Machine à coudre sans fil. — Routes aériennes. — Le nouveau funiculaire à grenouilles. — Le gaz misérable. — L'équilibreur de tartines.

Quelque bien que les poètes aient dit de la lune, il faut reconnaître que l'*astre des nuits* demeurait jusqu'à présent parfaitement inutile et cette inutilité tournait au scandale dans un monde machiné et utilitaire comme le nôtre.

Cette anomalie poétique et ridicule va cesser, espérons-le, grâce aux efforts prodigieux d'une compagnie de cinématographe, qui met à l'étude,

en ce moment, au profit d'une grande maison
d'horlogerie anglaise, un projet véritablement
colossal.

Il s'agit, grâce à un foyer lumineux d'une puis-
sance inconnue jusqu'à ce jour, de projeter ciné-
matographiquement sur le cadran lunaire l'image
d'une horloge donnant l'heure toute la nuit aux
terriens. Inutile de dire que le mouvement de
l'appareil sera calculé de telle sorte que la projection suivra le mouvement de la lune. L'heure
adoptée sera celle de Greenwich.

On comprendra facilement, sans que nous y
insistions, les services incalculables que rendra à
des milliers d'humains une pareille horloge nocturne.
Regrettons seulement que la maison qui fait les
frais de cette étonnante projection ait trouvé
bien légitime d'inscrire son nom au milieu du cadran. C'est là une nécessité de la publicité moderne
à laquelle nous ne saurions échapper. On l'oubliera
volontiers, si l'on songe aux résultats grandioses
d'une pareille entreprise.

————

La *pulsomontre de voyage réveille-matin* sera
fort appréciée de tous les explorateurs qui passent
de longs mois loin de toute horloge, et aussi des

gens peu fortunés qui ne peuvent faire l'achat d'une montre ordinaire.

La pulsomontre, dont le prix de revient est des plus bas, se place sur le poignet, comme une montre de sport à bracelet de cuir; elle est actionnée par le battement du pouls, que règle un échappement, comme dans une montre ordinaire.

Sans mécanisme compliqué, sans ressort exposé à se briser, la montre marche tant que la personne vit.

Ajoutons, bien que ce détail soit un peu macabre, qu'elle indique exactement l'heure de la mort.

La pulsomontre peut être munie d'un réveille-matin, toujours utile pour MM. les voyageurs de commerce.

———————

Une importante fabrique de crayons vient de dresser spécialement plusieurs milliers de ces intelligents insectes appelés *cirons* qui percent le bois et qui se trouvaient sans emploi depuis que les marchands de meubles anciens ont remplacé leurs services par l'usage plus rapide de fusils de chasse chargés à petits plombs. Les cirons sont utilisés, on le devine, par les marchands de crayons pour percer très exactement le bois à l'endroit où l'on placera ensuite la mine de plomb.

24.

Ils sont soigneusement élevés et choisis parmi les cirons ayant exactement le calibre de cette future mine de plomb.

Ce qu'il y a d'intéressant dans cette petite invention, c'est la simplicité avec laquelle, sans dispositions spéciales, le bois est exactement percé en ligne droite. Il suffit de placer très rigoureusement le ciron dans l'axe du crayon qu'il doit percer. Comme le bois de ce crayon est de qualité supérieure et que sa dureté est partout la même, le ciron n'a aucun intérêt à aller à droite ou à gauche pour trouver une route plus facile. Au contraire, comme le fait de se détourner de son chemin réclamerait de lui un effort supplémentaire, le ciron continue tout droit, sans jamais dévier de sa route. Le procédé est d'une simplicité enfantine, on le voit, mais encore fallait-il le trouver.

Ajoutons enfin que la grande manufacture, qui vient de s'assurer ce brevet pour vingt années, l'a complété d'une façon fort heureuse. Non seulement le ciron est chargé de percer le bois, mais on lui attache la mine de plomb au bout de la queue au moyen d'une ficelle et, lorsque son travail est terminé, la mine de plomb se trouve mise en place à l'intérieur du crayon. Il suffit alors de couper l'amarre et le ciron est de nouveau disponible.

Malheureusement, il faut bien le dire, la Société protectrice des animaux, une fois de plus, s'est émue de ce procédé. Par l'intermédiaire du commissaire de police, elle a fait signifier aux industriels

intéressés que ce traitement lui paraissait barbare
et qu'elle enjoignait que l'on eût désormais à utiliser de petits colliers pour la traction de la mine de
plomb. Elle exige également l'emploi de lunettes
pour que les cirons ne soient point aveuglés par la
sciure de bois. N'est-ce point là pousser un peu loin
l'amour des bêtes?

Signalons à tous les sportsmen un nouveau
parapluie pour cigare, qui est une petite merveille
d'orfèvrerie et de mécanique.

Ce petit parapluie, très léger et de dimensions
minuscules, se pose sur le cigare au moyen d'une
bague. Il est muni à sa base d'un petit cric mû par
un métal dilatable qui actionne une petite roulette
permettant à la bague de reculer progressivement.

Chaque fois que le feu du cigare se rapproche, le
métal se dilate, le parapluie recule et le métal, en se
refroidissant, se rétracte, prêt à une nouvelle
extension.

L'ensemble est des plus légers et ne gêne en
aucune façon le promeneur. Le cigare se fume de
bout en bout sans être éteint par la pluie.

Le *Muscasonne antivibrateur* est un nouveau piège à mouches et à moustiques de conception très scientifique. Son utilité pratique sera appréciée particulièrement. Il est constitué par un appareil sonore destiné à émettre dans l'air des vibrations *contrariant* celles des ailes des mouches qui volent. La mouche, *désunie*, comme disent les coureurs cyclistes, tombe à terre, se traîne péniblement, et le talon de l'homme fait le reste.

Le *Muscasonne* peut être également employé sans inconvénient et à tout moment comme instrument dans une orchestration de musique moderne ou comme avertisseur d'automobile. Il joint ainsi l'utile à l'agréable.   •

———————

Si nous en croyons le récent rapport fait à l'Académie des sciences, *la lumière noire* serait définitivement trouvée. On devine facilement les conséquences extraordinaires que des projections de lumière noire peuvent avoir, en cas de guerre, par exemple, pour dissimuler des régiments entiers. Malheureusement la lumière noire, actuellement, a un grave défaut : en altérant les ondes lumineuses, on les transforme en ondes sonores et la lumière noire fait, paraît-il, un bruit épouvantable; espé-

rons que de nouveaux perfectionnements permettront d'éviter cet inconvénient pratique.

———————

Le monde des photographes est dans l'émoi.
Plus de retouches longues et coûteuses, plus de
portraits exacts et peu flatteurs qui découragent
la clientèle. Au moyen de petits projecteurs en-
voyant sur telle ou telle partie de la figure des
rayons diversement colorés, on *retouche* à l'avance
la figure du client au moment de la pose, un peu
comme, dans certain cabaret montmartrois, on
changeait au moyen de projections la tranquille
figure du client en tête de mort. Seulement, chez le
photographe, c'est tout justement l'opération contraire et l'on transforme, avec un peu de doigté, les
personnes les plus laides : on rectifie les nez de
travers, on agrandit les yeux, on diminue
la bouche. La photographie, prise ainsi *d'après
nature*, ne comporte aucune retouche et l'enthousiasme de la clientèle fait plaisir à voir.

———————

On sait qu'une société soi-disant française a été
sur le point d'obtenir ces temps-ci de l'État, la

concession des colonnes Vendôme et de Juillet. Tous les journaux en ont parlé. Il s'agissait — le côté technique seul de l'affaire nous intéresse — de transformer ces deux colonnes, sans rien changer à leur aspect extérieur, en deux *moteurs mono-cylindriques à gaz pauvre*, destinés à fournir, au moyen de fortes dynamos, l'électricité nécessaire à de grandes maisons de commerce voisines. Le moteur monocylindrique aurait eu, dans les deux cas, à peu de chose près les mêmes dimensions : trente mètres de course sur trois mètres d'alésage. Les gros moteurs à explosion de la marine eux-mêmes n'auraient pu être comparés à ces formidables monocylindres.

Mais laissons ces détails purement scientifiques et félicitons les bureaux de s'être émus, à la longue, de la destination que l'on se proposait de donner à deux monuments qui représentent les plus pures gloires de la France. Austerlitz et la Grande Armée, les journées de Juillet, tout cela mis au service des plus bas intérêts du commerce local! C'eût été là, disons-le hautement, une véritable infamie.

Nos snobs sont dans la joie. Une conférence internationale vient d'être tenue afin d'unifier le sens du pas de vis pour les monocles. On sait que jusqu'à présent les monocles anglais se vissaient à gauche et les monocles français à droite, d'où une grande difficulté dans l'assortiment. On adoptera probablement le pas de vis anglais à gauche pour toutes les nations. En somme, si cela fait plaisir à nos élégants, cela ne fait de mal à personne.

———

Au xxe siècle, personne ne s'aviserait de tenir une comptabilité sérieuse en écrivant le chiffre 12, par exemple, de la façon suivante : IIIIIIIIIIII? C'est là un procédé que nous avons abandonné depuis l'âge de pierre.

Si l'œil saisit le chiffre douze ainsi écrit : 12, il n'en est pas de même, cependant, de l'oreille, qui est bien moins exercée sur ce point que celle des animaux et ne peut percevoir l'heure aux horloges publiques qu'au moyen de coups séparés : *ding, ding, ding, ding, ding, ding, ding, ding, ding, ding, ding, ding,* faut-il le dire? lorsque l'on veut exprimer cette idée si simple : *midi* ou *minuit!*

Ce vestige innommable de barbarie a fort justement ému un jeune Écossais mélomane qui se propose de remplacer l'énumération ancienne des heures par *un seul coup,* au besoin répété, mais reproduisant une des notes de la gamme, en redescendant des notes aiguës aux notes graves, d'une heure du matin à minuit : *mi, ré, do, si, la, sol, fa, mi, ré, do, si, la, sol, fa, mi, ré, do, si, la, sol, fa, mi, ré, do.*

D'après son système, *midi* donne le *la*, aisément reconnaissable, et minuit s'exprime par une même note, deux fois répétée sur un ton grave : *do-do.* Il sera très facile à l'oreille de reconnaître les notes qui deviendront de plus en plus graves au fur et à mesure que la journée s'avancera, et qui tinteront brusquement, claires et hautes, à partir d'une heure du matin. Nul doute que ce système soit bientôt adopté pour toutes les horloges publiques. Il complétera fort utilement l'éducation musicale des jeunes Français.

Nos bijoutiers sont enchantés. On vient d'inventer une nouvelle double bague à roulement à billes, qui se placera sur chaque pouce. Ce nouveau dispositif, bien réglé, permettrait de se tourner les pouces durant des heures sans la moindre fatigue et sans danger d'échauffement. Cette mode nouvelle sera bien accueillie, on peut en être persuadé, par tous les rentiers désœuvrés.

Une jolie petite invention, très simple mais très ingénieuse, c'est celle du *nouveau mètre de poche ne mesurant que dix centimètres de long.* Lorsque l'on veut s'en servir, il suffit de le poser dix fois de suite sur l'objet à mesurer pour obtenir la longueur d'un mètre. Ce mètre portatif sera très apprécié par les architectes, les maçons et les peintres qui étaient obligés jusqu'à présent de transporter dans leur poche des mètres volumineux.

———

Les *nouveaux gants à écrire* en caoutchouc sont en train de révolutionner le monde de la dactylographie. Ces gants, en caoutchouc moulé, portent en relief, au bout des doigts, les lettres de l'alphabet, les chiffres et signes de ponctuation. Il suffit de mettre cette paire de gants pour pouvoir écrire tout aussitôt sans avoir recours è une machine à écrire, toujours encombrante. Les lettres les plus usuelles sont placées à l'extrémité des doigts, les autres en dessous; les signes d'un usage exceptionnel, placés au-dessus des ongles, se font avec le doigt replié. L'encrage s'obtient au moyen d'un tampon placé dans la paume du gant. Il suffit de serrer les poings après chaque ligne pour que toutes les lettres se trouvent encrées. Seul, le point

d'exclamation est placé sur le coupant de la main.
Il se fait en frappant le papier du poing fermé. Ce
nouveau système demande une grande précision
pour que les signes soient tracés à leur bonne place.
Mais cette précision s'obtient après quelques
semaines d'exercice et l'on voit d'ici le précieux
avantage de ce nouveau procédé qui permet
d'emporter dans la poche, en voyage, sa machine
à écrire, comme une paire de gants, sans être
en aucune manière encombré.

Il faut signaler, pour les temps de pluie, le *nouveau parapluie rotatif lumineux* que l'on met en
vente un peu partout. Ce parapluie ressemble
beaucoup aux parapluies ordinaires, avec cette différence, toutefois, que l'armature est montée à
billes et peut tourner librement, actionnant ainsi
une minuscule dynamo qui alimente une petite
lampe électrique placée dans le manche. La nuit,
par temps d'orage ou de grand vent, le parapluie
tourne sur lui-même et engendre l'énergie nécessaire pour l'éclairage de la lampe. C'est là une
invention qui sera bien accueillie, surtout à la
campagne.

Faire une véritable petite fortune en vendant à des nègres mégalomanes des *négatifs photographiques*, telle est l'heureuse aventure qui couronna les quotidiens efforts de l'honorable Hosanna, photographe à Asnières (Connecticut). Le plus curieux, c'est que l'ingénieux industriel vendit même ces négatifs sous le nom de *photographies en couleur*. La joie puérile des nègres, en se voyant, ainsi photographiés *en blanc*, était indescriptible et le succès fut immense. C'est là un curieux chapitre scientifique qu'il faut ajouter à l'histoire de la campagne antiesclavagiste.

Nous sentions bien que la réforme de l'heure, réalisée par les grandes Compagnies de chemins de fer dans leurs indicateurs, ne pouvait pas être définitive. Noter les heures de zéro à vingt-quatre, cela n'empêchait point de recourir aux chiffres supplémentaires des minutes, en négligeant cependant les secondes. Ce système de notation était, on en conviendra, des plus démodés et peu scientifique. A dater du 1er septembre les indicateurs mentionneront, non plus *l'heure* du jour légal, mais plus simplement *la seconde* exacte de la journée, le jour sidéral de vingt-quatre heures com-

prenant, on le sait, 86.400 secondes. Avec l'ancien
système, on disait, par exemple : « Vous prendrez le
train de 8 h. 47 qui vous déposera à Saint-Mihiel
à 9 h. 22 ». Aujourd'hui, nous disons : « Vous prendrez le train de 20 h. 47 qui vous déposera à Saint-
Mihiel à 21 h. 22 ». Demain, ce sera beaucoup plus
simple. Nous nous contenterons de dire : « Vous
prendrez le train de 74.820 secondes, qui vous
déposera à Saint-Mihiel à 76.920 ». Comme cela, un
seul nombre suffira pour indiquer la seconde
exacte de la journée. On ne dira plus : « Quelle
heure est-il? », mais : « Quelle seconde est-il? » C'est
là une réforme véritablement digne de notre
époque, toute d'exactitude et de précision.

Cette réforme simplifiée destinée au gros public
ne pouvait pas cependant suffire à nos savants.
C'est ainsi que j'ai reçu dernièrement du Bureau
des longitudes une lettre fort intéressante datée de
« *Paris :* 60.308.722.800 *secondes* ». Il paraît en effet
que, dans le monde scientifique, on se propose
désormais de noter l'année, le mois, le jour, l'heure,
la minute et la seconde en un seul chiffre. Ainsi au
lieu de dire : « Vous prendrez le train de 74.820 se
condes le 15 septembre qui vous déposera à Saint-
Mihiel à 76.920 », on dira prochainement : « Vous
prendrez le train de 60.325.961.220 secondes, qui
vous déposera à Saint-Mihiel à 60.325.963.320 secondes ». Cette nouvelle notation, basée sur *la
seconde de l'ère chrétienne*, apportera une grande
précision dans notre vie journalière. Elle pourra

être utilisée pour la correspondance ou pour les affaires. Remarquons toutefois qu'on ne pourra l'appliquer aux indicateurs de chemins de fer qu'à la seule condition de publier un nouvel indicateur *chaque jour*, ce qui est, en somme, fort peu de chose à obtenir. Signalons enfin, mais pour les seuls spécialistes, la nouvelle notation, basée toujours sur l'ère chrétienne, mais *en cinquièmes de secondes*, pour le chronométrage des grandes épreuves sportives. C'est encore ce que l'on a fait actuellement de plus simple en matière de réformes scientifiques.

Les Italiens viennent de lancer une très jolie petite invention : *le protège-pointe pour moustiques*. Ce protège-pointe est construit au moyen de petites perles de verre que l'on trouve dans le commerce et dont le trou central est bouché au moyen d'un simple mélange de poix et de beefsteack haché. Il suffit de laisser quelques petites perles ainsi armées exposées sur les meubles de la chambre. Le moustique se jette sur la perle, enfonce son dard dans le beefsteack central et ce dard reste fixé au moyen de la poix. Le moustique, ainsi muni du protège-pointe, est désormais inoffensif. Il peut voler tout à son aise et rien n'est plus joli que le miroitement, dans le soleil, de ces milliers de moustiques garnis de perles multicolores.

————

Dans le domaine pratique, il faut signaler une très jolie petite invention, qui fera la joie de nos faubourgs. On connaît ces établissements philanthropiques situés un peu partout, dans lesquels le premier passant venu peut, pour la modeste somme de dix centimes, se nettoyer les oreilles avec deux petits tubes de verre retenus au mur par des élastiques. Cette opération hygiénique se faisait sans gaieté.

On a eu l'heureuse idée de relier ces deux tubes de verre à un phonographe qui, pendant toute l'opération, fera entendre des airs variés d'opéra ou d'opéra-comique. On pourra procéder ainsi aux soins de sa toilette tout en écoutant une musique délicieuse.

————

De graves mesures disciplinaires seraient sur le point d'être prises dans le monde de nos météorologues officiels. Un désordre inouï régnait, paraît-il, depuis quelque temps, dans les prévisions de la température. Des orages non annoncés auraient éclaté subitement; des chaleurs non prévues auraient dérouté toutes les prévisions. Ce scandale atteindrait, paraît-il, le Bureau des longitudes, où, fait particulièrement grave, des latitudes auraient été accordées à tout venant. On ne parle que de cela, à mots couverts, dans le monde de nos savants officiels.

———

Dans un genre, il faut bien le dire, très mélancolique, ils nous faut signaler le nouveau *phonographe articulé* pour sourds-muets. Ce phonographe se compose de deux mains automatiques qui reproduisent tous les gestes du langage des sourds-muets et débitent ainsi des monologues ou récitent des scènes entières de nos chefs-d'œuvre classiques.

———

En réponse à certains articles publiés par le journal *le Temps* je me bornerai à rappeler ici que le principe de la *machine à coudre sans fil* est des plus simples. L'aiguille, à chaque piqûre, dépose un peu de colle dans le trou qu'elle fait. Mais ce n'est pas très solide.

Quant au projet de *Société de routes aériennes en air comprimé*, c'est une simple combinaison financière qui ne repose sur aucun principe scientifique sérieux.

———

Il n'est bruit dans le monde des ingénieurs, que du *nouveau funiculaire barométrique* que l'on est en train de construire entre le lac de Genève et le rocher de Naye. Ce nouveau chemin de fer de montagne est, du reste, d'une ingéniosité parfaite. Construit comme les autres funiculaires, il prévoit deux voitures, l'une montante, l'autre descendante, reliées par un câble passant, au sommet, sur un tambour. Il comprend, en plus, une toute petite échelle de bois, parallèle à la voie, et qui va depuis le lac jusqu'au sommet.

Sur cette échelle, *lorsque le temps sera beau*, grimperont d'innombrables grenouilles barométriques qui, en temps ordinaire, stationneront sur la rive du lac. Une fois arrivées au sommet, ces grenouilles, sous la conduite attentive d'un employé, seront placées dans la voiture descendante et formeront le contrepoids nécessaire pour élever la voiture montante. Les grenouilles, du

reste, ne serviront que d'appoint, puisque le poids
des voyageurs qui descendent est sensiblement égal
à celui de ceux qui montent.

C'est là une utilisation fort heureuse de cet instinct spécial aux grenouilles-baromètres et qui les
porte à gravir une échelle en cas de beau temps.
J'ajoute enfin que le funiculaire n'étant destiné
qu'aux touristes, il n'y aura aucun inconvénient
à ce qu'il ne fonctionne pas en cas de mauvais
temps, les jours où les grenouilles refuseront tout
service.

Ajoutons à ce propos qu'il ne faut attacher aucune
importance à un incident grossi à plaisir qui attrista
les débuts des travaux. L'hiver dernier, en effet, le
caissier chargé de surveiller le matériel pendant la
mauvaise saison des neiges, se trouva isolé par le
mauvais temps, et, pendant trente-cinq jours, il
n'eut pour se nourrir que les malheureuses grenouilles dont il avait la garde. Ce ne fut là qu'un
léger incident et il sera facile de retrouver le
nombre de grenouilles suffisant pour assurer la
marche du funiculaire.

On ne parle, cette année, dans le monde industriel, que du nouveau gaz appelé à concurrencer
prochainement le gaz pauvre, employé pour les
petits moteurs à domicile. Il s'agit d'un nouveau
gaz dit *gaz misérable*, obtenu avec des déchets
d'alcool dénaturé, et dont le prix de revient est
paraît-il, véritablement insignifiant. Le *gaz misérable* serait, dit-on, à la portée de toutes les bourses,
même des plus modestes, et les chiffonniers pourraient l'utiliser pour actionner leurs petites voitures. On l'emploierait également pour tous les
usages domestiques dans les dépôts de mendicité.
Attendons pour nous prononcer.

Plus gracieuse, certes, mieux faite pour séduire
les âmes tendres, est cette jolie petite invention
d'une femme de bien, que nous ne nommerons point
pour ne pas effaroucher sa modestie, et qui sera
appliquée, dès la rentrée, dans toutes nos écoles
communales. Il s'agit du *petit équilibreur de tartines*, en plomb, qui se pique dans le pain, du côté
opposé à celui que l'on garnit, suivant les circonstances, de beurre ou de confitures.

Jusqu'à présent, en effet, lorsque la tartine,
suivant l'usage, tombait à terre, le poids de la con-

fiture la faisait toujours basculer du mauvais côté dans la poussière. De là des conséquences funestes pour l'estomac des jeunes enfants qui dévoraient ensuite cette terre ou cette poussière toujours chargée de microbes. Avec l'*équilibreur de tartines*, ce danger n'est plus à craindre; le plomb entraine toujours le pain du bon côté et la santé de nos enfants se trouve définitivement sauvegardée ainsi que les confitures.

XV

MŒURS ET COUTUMES — VIE PRIVÉE
FOLK-LORE

La leçon mal comprise. — La destruction des pipes. — Les mouchoirs sinapisés. — L'antimigrateur tzigane. — Hachette dominicale. — La conversation. — Un incident postal. — Les méfaits du collier d'ambre. — Le house-pyjama housse. — Chasseurs champignons. — Le tabouret chameau. — L'auto-cigare. — Baromètre à sonnerie pour ivrognes. — Litres en verre dépoli. — Appareil à sécher les larmes. — Le cadeau boomerang. — Jouets rationnels pour enfants. — Le réveil P. T. T. — Le pain gratuit pour riches. — Le fauteuil éclipse. — Le crabe casse-noisettes. — Lit flagrant délit. — Le sourieur bonhomme.

Des **journaux** bien pensants se sont emparés d'un pénible incident qui désola dernièrement une petite ville de banlieue. Des écoliers, tranquillement assis sur le parapet d'un pont, au lieu de porter secours à un malheureux qui disparaissait dans les eaux du fleuve, s'amusèrent, en cadence,

26

à lui tirer la langue, sans même songer à prévenir la batellerie.

Il n'en fallait pas tant pour accuser, une fois de plus, l'école laïque et l'éducation qu'on y donne. Renseignements pris, il ne s'agissait là que d'une regrettable et pénible erreur. Le maître d'école, au cours d'une leçon, ayant expliqué aux enfants qu'il fallait tirer la langue aux noyés d'une façon rythmique pour les ramener à la vie, il fut mal compris et c'est de bonne foi que les pauvres petits firent tout leur possible pour sauver l'homme qui se noyait en lui tirant la langue.

Dans sa dernière séance annuelle, la Société contre l'abus du tabac vient de décerner, une fois de plus, sa grande médaille à la Société nationale de tir à la carabine. La Société contre l'abus du tabac estime, en effet, que, grâce à ses efforts incessants, la Société nationale de tir a contribué cette année à la destruction de plus de cinquante mille pipes en terre dans les tirs forains. C'est là un résultat magnifique auquel il était impossible de rester insensible.

Une grande agence d'enterrements (embaumements, recherches du testament dans l'intérêt des familles, exhumations, repas de corps, etc.) nous fait savoir qu'elle tient désormais à la disposition de sa clientèle des mouchoirs spéciaux dits *mouchoirs sinapisés* qui, discrètement enduits de farine de moutarde, permettent aux héritiers de pleurer abondamment durant toute la cérémonie sans faire aucun effort pour cela.

Cela peut rendre d'utiles services en cas de contestations entre héritiers et nous sommes persuadé que ces nouveaux mouchoirs seront accueillis avec faveur par toutes les personnes soucieuses de leur dignité.

La grande revue médicale anglaise *The Scalp*, décrit, dans son dernier numéro, une nouvelle invention qui sera bientôt adoptée, très certainement, dans tous les restaurants de nuit du monde entier.

Il s'agit du nouvel *antimigrateur-tzigane*, en caoutchouc, rehaussé à l'extérieur de broderies rouge et or et dont l'éloge n'est plus à faire.

Ce nouvel appareil vient à son heure, car, depuis longtemps déjà, les gérants des établissements de nuit s'inquiétaient à bon droit de cette manie qu'ont les chefs d'orchestre tziganes de s'éloigner en jouant du violon du reste de leurs instrumentistes. C'est là, on le sait, un défaut inhérent à la race tzigane, et auquel on doit, d'après E. Reclus, sa dispersion dans toutes les parties du monde.

Un bon chef d'orchestre tzigane ne saurait faire autrement que de s'éloigner petit à petit de son orchestre en jouant du violon et cela peut avoir, on le comprend facilement, les inconvénients les plus graves. C'est ainsi que l'on a pu voir déjà, à Paris, des tziganes gagner lentement la porte du restaurant et pénétrer dans un autre café où se trouvait un autre orchestre. Si, par malheur, le chef de cet orchestre était lui même parti, il en résultait une invraisemblable confusion, les morceaux joués n'étant pas les mêmes. De là peut être la fantaisie que l'on remarque du reste dans la musique tzigane.

Le nouvel *antimigrateur-tzigane* met fin à cet abus. Il est formé d'un long caoutchouc extensible, attaché à la botte du tzigane, et relié par l'autre bout au piano. Ce lien de caoutchouc ne saurait entraver l'élan du tzigane au moment où il commence à s'éloigner de l'orchestre, mais son action se fait progressivement sentir, au fur et à mesure que la distance augmente. Et c'est, pour ainsi dire, sans en avoir conscience, que l'artiste, absorbé par son art, se trouve ramené de temps à autre vers l'orchestre, entre deux mouvements de fougue ou de passion.

Ajoutons enfin que, lorsque la passion l'emporte sur le caoutchouc et que le tzigane, désespérément, tire sur ce lien terrestre, cela lui donne, lorsqu'il se penche en avant, une jambe retenue avec lassitude en arrière, une expression de souffrance qui produit une forte impression sur les dîneurs, et ne manque pas d'enthousiasmer les dames.

« Ce dernier détail, fait observer judicieusement *The Scalp*, n'a plus du reste aucune importance, les enlèvements devenant pratiquement impossibles avec l'*antimigrateur-tzigane*. »

———

Parmi les nouveautés à la mode, il faut noter une petite hachette très pratique et que peuvent porter, le dimanche, à la ceinture, les célibataires pressés. Cette hachette, on l'a deviné déjà, sert à se frayer un passage au travers des familles dominicales qui se tiennent par la main et barrent complètement nos grandes avenues. Le procédé paraîtra peut-être un peu vif, mais c'est le seul que l'on puisse employer, reconnaissons-le franchement, lorsque l'on a une course urgente à faire.

———

Signalons à toutes les maîtresses de maison
soucieuses de la bonne tenue de leur salon litté-
raire, la nouvelle boule en métal argenté, en vente
dès aujourd'hui dans les meilleures maisons de
Paris et que ses inventeurs ont baptisée de ce nom
simple et tout en même temps curieux : une *conversation*.

Dans son salon, la maîtresse de maison tient à la
main cette *conversation*, nickelée ou argentée, du
plus gracieux effet, et joue avec elle en la faisant
sauter discrètement comme une balle.

Si, par hasard, comme cela arrive souvent de
nos jours, un brusque silence se fait, gênant pour
tous les invités, la maîtresse de maison n'a qu'à
laisser échapper distraitement la boule qu'elle tient
à la main. Les invités, galamment, se précipitent
tout aussitôt pour la ramasser et l'entretien
reprend de plus belle.

C'est une petite invention charmante et des
plus utiles à une époque où les conversations de
salon se font, bien souvent, languissantes.

Certains de nos confrères, mal renseignés,
avaient fait courir le bruit que désormais les facteurs seraient contraints de porter les lettres à

domicile *sur un plateau*. Cela avait suffi pour que
l'on annonçât tout aussitôt une grève de postiers.
Il serait temps, croyons-nous, de remettre les
choses au point. L'incident, tout local, s'est produit à Langres, où des facteurs avaient protesté
contre l'obligation où ils étaient de porter des
lettres à de grandes distances dans des petits villages isolés, situés sur le plateau.

Voilà comment on dénature les faits. Il n'en faut
pas plus, à notre époque, pour provoquer une
grève, et l'on ne saurait trop rectifier de pareilles
informations tendancieuses.

————————

Que nos élégantes qui portent des colliers
d'ambre se méfient.

Plusieurs procès en divorce sensationnels viennent de rappeler à notre attention la curieuse
propriété que possède l'ambre d'attirer à lui
les corps légers, entre autres le papier. Quelques
dames, ayant dissimulé dans leur sein un billet
qu'elles venaient de recevoir, ont vu avec stupéfaction ce billet remonter et se fixer en évidence au
collier d'ambre, au moment même où l'électricité
statique, par le frottement, avait été développée
dans ce collier.

————————

Parmi les nouveautés mondaines de l'année, d'un caractère élégant, il faut signaler le nouveau *house-pyjama-housse, pour réceptions du matin*. Ce pyjama, en gaze jaune cirée, analogue aux housses que l'on met sur les lustres dorés en province, recouvre entièrement le visage et le corps de la personne qui le porte. Il permet de recevoir, le matin, des quémandeurs ou des importuns, sans fatigue, et de somnoler, au besoin, sans être remarqué par son interlocuteur, pendant qu'il parle. Au surplus, cette petite tenue négligée indique suffisamment à la personne reçue qu'on ne tient pas à prolonger l'entretien. Elle est un avertissement discret : elle est à l'esprit ce que les housses sont aux meubles.

Le croirait-on ? Les êtres difformes, bossus, boiteux, ayant les jambes et les bras en manche de veste et dont la tête est ornée de grosses verrues, sont activement recherchés, en ce moment, par nos grands restaurants à la mode, qui se les disputent à prix d'or. Il est de bon ton en effet d'avoir aujourd'hui, dans nos grands établissements mondains, des *chasseurs-champignons* capables d'apporter, lorsque les soupeurs sont sur le point de partir, les cannes, les chapeaux et les fourrures d'une vingtaine de personnes. Un garçon normalement constitué est incapable de mener à bien une pareille tâche. Toujours il fait tomber quelque chapeau haut de forme ou laisse échapper une des dix cannes qu'il tient entre ses doigts. Avec le *nain-champignon*, pareil accident n'est pas à craindre. Ses bras arrondis peuvent retenir de nombreux vêtements, les chapeaux peuvent s'accrocher aux verrues de sa tête. C'est un peu cruel, me direz-vous, mais enfin, c'est la mode, et avec le chic on ne discute pas.

——————

On connaît les nouveaux *tabourets-chameaux* que l'on utilise depuis quelque temps dans les grands bars. Le *tabouret-chameau articulé* s'agenouille lorsqu'on veut monter dessus et il suffit, pour le relever, de lui donner quelques coups de pied dans les pattes. Cette innovation va être appliquée prochainement aux automobiles et aux trains de luxe qui seront munis de roues en fil de fer articulées. Nous aurons ainsi les *auto-chameaux* et les *wagons-chameaux* qui s'agenouilleront pour laisser monter les voyageurs et qui se relèveront ensuite.

Où s'arrêtera-t-on en matière de confort?

——————

L'auto-cigare fera la joie de tous les sportsmen qui passent leurs journées au grand air. L'auto-cigare se termine à son extrémité par une allumette tison. Il suffit de le frotter pour qu'il s'enflamme et d'aspirer la fumée.

Recommandons aux noctambules élégants qui regagnent leur domicile en état d'ébriété, le *nouveau chronomètre-baromètre de précision*. Ce baromètre, soigneusement réglé au préalable et actionnant une sonnerie de réveille-matin, avertit le noctambule lorsqu'il parvient dans l'obscurité à l'étage où il habite. Le baromètre de précision indiquant l'altitude déclanche la sonnerie, et l'on peut venir au secours du noctambule si celui-ci s'est laissé choir contre sa porte.

On vient de lancer, chez tous les marchands de vins, un nouveau modèle de *litres en verre dépoli*, rugueux au toucher comme du papier de verre et permettant aux consommateurs d'enflammer faci-

lement une allumette sur la paroi de la bouteille
sans recourir pour cela au velours de leur pantalon. Les ménagères sont dans la joie.

Le nouvel *appareil à sécher les larmes* se compose d'un mignon nécessaire de poche renfermant
un petit singe en peluche monté sur une pince se
plaçant sur le nez et une glace de poche. Un rapide
coup d'œil dans la glace suffit à sécher les larmes,
tant est ridicule l'aspect du visage avec ce petit
singe perché sur le nez. C'est ce que la Science
nous offre de mieux sur ce chapitre.

Que d'angoisses, que d'incertitudes à la veille
du jour de l'An, lorsqu'il s'agit d'acheter ces
mille petits riens inutiles et charmants qui feront la
joie de nos amis en ce jour de fête. Souvent même
on se contentera, en désespoir de cause, de donner à
un ami un cadeau que l'on vient de recevoir soi-
même d'un autre ami. Le *boomerang* est un nouveau petit cadeau spécialement inventé à cet effet
et qui peut, comme son nom l'indique, circuler de
main en main, revenir même à son premier

donateur sans nul inconvénient, tout en faisant plaisir à tout le monde. Ce cadeau a ceci de particulier qu'il peut être présenté sous mille aspects différents et qu'il peut resservir ainsi indéfiniment. C'est, en somme, un *porte-cigare-broche en ambre*, que l'on peut, à volonté, enrichir de quelques brillants.

Il est construit de telle façon que l'on peut le donner, soit comme taille-crayon, soit comme bout d'ombrelle, soit comme fiche de tableau téléphonique, soit comme porte-plume, comme petit diorama, comme cure-oreilles ou en tant que sifflet pour chiens. Vers le 8 ou le 10 janvier, lorsqu'il parvient à son bénéficiaire définitif, on peut enfin l'utiliser comme canule d'irrigateur. On le voit, cet objet est d'un placement facile. Il simplifie les recherches et les hésitations à un moment de l'année où tout effort d'imagination devient particulièrement pénible.

On s'est décidé cette année, pour la première fois, à lancer enfin des *jouets véritables*, capables de plaire aux enfants à qui on les donne et non pas aux grandes personnes qui les achètent. C'est ainsi que l'on peut voir, un peu partout, de *nouvelles assiettes à soupe à renversement*, que le plus léger choc suffit à précipiter sur le sol lorsqu'elles sont pleines. Il y a aussi des *timbales trouées*, d'où le vin s'écoule sur la nappe; des *dilatateurs de nez*, qui rappellent, par leur conception, les ouvre-gants utilisés un peu partout. Il faut signaler également le *tir de salon* qui permet, avec une arbalète, de lancer des allumettes enflammées sur les rideaux et de les y fixer au moyen d'un petit crampon. On appréciera également les *petits bonshommes de sports d'hiver en plomb* que l'on peut fixer, au moyen d'une pointe, sur la tête chauve des grands-pères paralysés. On peut composer ainsi de très jolies scènes de montagne représentant l'ascension d'un glacier.

Parmi ces jouets modernes, destinés à faire la joie de nos chérubins, il convient de citer tout particulièrement le *nouveau doigt nasal en papier buvard moulé avec ongles facultatifs en celluloïd pour rongeurs*. Ce nouveau jouet, propre et discret, se vend par boîte de douze, il sera particulièrement apprécié par tous les parents soucieux de la santé de leurs enfants. Ceux-ci, du reste, se montreront enchantés de cette nouvelle invention, car le doigt nasal est construit de telle façon qu'il permet de dilater le nez au double de sa grandeur normale.

Mentionnons également le nouveau *ruisseau de salon avec boue stérilisée au phosphate de chaux*. Ce nouveau ruisseau de salon, entièrement construit en zinc soigneusement soudé, est imperméable et ne tache pas les tapis. C'est une source inépuisable

27

de distractions pour les jeunes enfants que le mauvais temps empêche de sortir.

A signaler aussi le *jeu de vrilles-perce-tuyaux* pour salle de bain avec œufs pour jet d'eau et tir à la carabine; le *coupe-fils de la préfecture*, avec nécessaire complet de sabotage : deux poteaux télégraphiques et des fils de rechange livrés, soigneusement emballés, dans une boîte; le *chemin de fer à catastrophe nautique* avec cadavres à reconnaître, qui est du meilleur goût et amusera, nous en sommes persuadés, tous nos bons petits diables d'aujourd'hui.

Au moment où l'esprit de famille va chaque jour s'affaiblissant, annonçons également avec plaisir le *nouveau nécessaire de sabotage pour grands-parents infirmes*, dit *détective amateur*, avec entonnoir pour verser de l'eau dans le cou, poivre pour les yeux, ficelle de ligotage et menottes. On a pensé, en effet, que rien n'était plus gracieux que de provoquer ainsi de touchants rapprochements de famille entre les grands-parents et leurs petits-enfants qu'ils adorent.

On sait que la plupart des Parisiens qui désirent se faire réveiller de bonne heure ont pris l'habitude de s'expédier à eux-mêmes, le soir, une carte pneu-

matique, qui leur est apportée bruyamment par un
petit télégraphiste, dès les premières heures du
jour. Évidemment, il serait plus simple, lorsqu'il
s'agit d'un abonné au téléphone, de le faire réveiller téléphoniquement par l'employé de son bureau.
Cela éviterait l'inutile dérangement du petit télégraphiste. Malheureusement, jusqu'à présent, ce
système de réveille-matin n'était pas admis par
l'administration. A partir du 1er février prochain,
et moyennant une taxe spéciale réduite de vingt
centimes, tout abonné au téléphone pourra se
faire réveiller par l'employé de son bureau, en
prenant soin d'envoyer la veille, une simple
carte postale non affranchie au sous-secrétaire
d'État des postes et télégraphes qui statuera
dans la quinzaine. C'est là une heureuse innovation, qui fait le plus grand honneur à notre
administration.

———

En attendant que l'État se décide à assurer le
pain gratuit aux familles pauvres, il nous faut
signaler la création, à Paris, de la colossale entreprise du *pain gratuit pour riches*. Ce pain, d'une
qualité supérieure, sera fourni en effet gratuitement aux familles riches qui voudront bien
l'accepter. Il sera d'une qualité supérieure et d'une
belle couleur dorée. Il se distinguera simplement

d'un pain ordinaire par ce fait que sa croûte dorée portera, en réserve plus pâle, des inscriptions vantant la qualité de certains produits qui ont passé, avec la *Compagnie du pain gratuit*, d'importants traités de publicité.

On devine, en effet, quelle sera la portée inouïe des annonces ainsi faites. Quand, à table, le maître de la maison s'étranglera, en avalant de travers, un coup d'œil sur le pain l'incitera à acheter des pilules contre la toux. Également, lorsque la conversation tombera fatalement, dans les familles riches, au cours du repas, sur les maux d'estomac ou sur des projets de voyage et de villégiature, d'autres réclames indiqueront, soit des remèdes infaillibles, soit le nom de localités où il faut passer, de toute nécessité, l'hiver ou l'été. Il est à remarquer que la publicité portera d'autant plus que les personnes auront besoin de soins, seront dégoûtées de tout, n'auront pas faim et songeront à voyager, puisque ces personnes-là laisseront sur la table leur pain intact couvert d'inscriptions.

C'est là une très grosse entreprise de publicité bien moderne et qui fera la fortune, on peut en être persuadé, de ceux qui l'ont créée.

On nous signale d'un peu partout la nouvelle invention très pratique du *fauteuil-éclipse, type revolver*, pour présidents de distributions de prix ou autres solennités académiques. Ce fauteuil à bascule est à double face. Pendant que l'attention des spectateurs est attirée sur un lauréat, le fauteuil bascule, un mannequin revêtu de la robe, de la toque et des attributs honorifiques du président paraît à sa place, tandis que le président véritable disparaît dans une trappe et peut se rendre à la buvette pendant que la séance continue. C'est très pratique, très simple, et les apparences sont ainsi sauvegardées.

Les maîtresses de maison sont ravies. On vient de lancer à Paris un nouveau crabe mondain casse-noisettes qui, dressé avec soin, prendra place sur toutes les tables élégantes. Rien n'est plus divertissant que de voir le crabe casser obligeamment, à la fin du dîner, les noisettes et les amandes qui lui sont présentées. Le crabe y met d'autant plus d'empressement qu'il sait qu'au dessert aucun danger immédiat ne le menace et que les entrées ne lui ménagent plus de douloureuses sorties. C'est là un plaisir fort innocent qui égaiera les convives, cet hiver, durant les longs dîners officiels.

———

On nous demande de toutes parts des détails au sujet du nouveau *lit flagrant délit* dont on parle un peu partout. Ce n'est là qu'une invention fort simple et qui mérite à peine les honneurs de ce recueil scientifique .Il s'agit d'un sommier à double face, monté sur pivot, qui peut se retourner instantanément, on devine pourquoi. Le constructeur loue également des couples de nègres qui se placent du côté pile et se retrouvent du côté face à l'entrée du commissaire de police. C'est un truc un peu spécial, dont nous n'aurions point parlé si certains chercheurs mondains ne nous en avaient pas prié.

———

Voici une utile et mélancolique invention qui aura, on peut en être persuadé, beaucoup de succès dans notre société contemporaine. Il s'agit du *sourieur-bonhomme*, particulièrement recommandé aux industriels et aux commerçants qui, malgré un travail acharné, arrivant difficilement à satisfaire aux besoins de luxe de la femme qu'ils

aiment, désirent cependant lui dissimuler leurs
fatigues et leurs angoisses.

Le *sourieur-bonhomme* se compose d'un petit
ressort à tension variable qui se place dans la
bouche et appuie intérieurement surles deux-joues.
On règle la tension du sourire à volonté, suivant le
caractère de la dame à qui l'on veut plaire. Avec,
un peu de tact, on a bien vite fait de savoir quel
degré de sourire suffit pour accueillir sans défail-
lance l'annonce de nouvelles dépenses exagérées
et l'on sait, par contre, la tension qu'il ne faut pas
atteindre pour provoquer un sourire qualifié par la
dame d'*exaspérant* ou *d'idiot* et suivi d'une crise de
nerfs.

Le *sourieur-bonhomme* se livre prêt à être posé
dans une petite boîte en carton. Il se fait en deux
modèles : pour visages fatigués et émaciés par le
travail, ou pour figures boursouflées. Il peut être
également utilisé par des financiers anxieux qui
désirent inspirer confiance à leur clientèle.

Notons en passant qu'il peut être retiré très facilement après suicide ou accident et qu'il peut resservir au successeur.

Le modèle en acier nickelé est parfaitement suffisant pour un usage quotidien. Le modèle recouvert d'une légère feuille d'or est plus coquet et ten-
tera davantage les pauvres gens habitués au luxe.

XVI

MÉDECINE — CHIRURGIE

Dentier élastique pour familles pauvres. — Cols perforés pour furoncles. — Lit d'hôpital radiateur. — Limace vivante pour maux de gorge. — La limace chirurgicale. — Nécessaire pour fiévreux. — Pieds antidérapants. — Horrible mutilation des petits chinois. — L'herbe purgative. — Le rebouchage des trous de variole. — Bi-tétard équilibreur pour nourrices. — Dents dynamitées. — La diète des opérés. — La compagnie du Métroténia. — Le mussicide marmoréen. — La saponification des personnes grasses. — Un cheval dans le ventre! — Pose de la première pierre d'un hospice américain pour vieux calculateurs graveleux. — Médecins aveugles. — Instruction intra-utérine. — Fâcheuse distraction d'un grand chirurgien.

Nous sommes heureux de signaler aux personnes peu fortunées le *nouveau dentier élastique pour familles pauvres.*

Ce dentier, composé de trente-deux dents artificielles, est monté sur de fausses gencives en caoutchouc rouge. Il peut être utilisé alternativement par les membres d'une même famille ayant des bouches de grandeurs différentes. Suivant les

nécessités du jour, les visites à faire, les démarches à
entreprendre, le dentier passe de bouche en bouche
et s'adapte exactement aux besoins de chacun.

C'est là une économie d'autant plus pratique que
les personnes ayant de mauvaises dents appar-
tiennent généralement à la même famille.

Indiquons en outre aux personnes peu fortunées
qui ne peuvent pas acheter le *dentier élastique pour
familles pauvres*, qu'il leur est possible de se rendre
acquéreurs pour un prix minime du *modèle réduit
pour familles très pauvres*. Il ne comprend que
six dents, largement suffisantes pour une alimentation réduite, par ces temps de vie chère.

On sait combien est désagréable le frottement
du col de la chemise pour toutes les personnes qui,
au printemps, sont atteintes de clous. Une grande
maison de chemiserie vient de créer des cols antidérapants imitant les bandages pneumatiques des
voitures automobiles garnis de clous, avec cette
seule différence que les clous sont fournis par le
client. Il suffit d'envoyer un patron repérant
exactement la place occupée par les furoncles sur
le cou pour recevoir, quelques jours après, des *cols
perforés* laissant libre passage aux têtes de clous.
Le col, ainsi construit, ne peut plus glisser, grâce

aux clous qui le maintiennent en place. *Il est devenu antidérapant.* C'est là une petite invention qui peut paraître négligeable, mais elle soulagera bien des gens qui souffrent, et une invention n'est jamais ridicule lorsqu'elle diminue, si peu que ce soit, la somme des misères humaines.

On se montre enchanté, dans les services de l'Assistance publique, du *nouveau lit radiateur*, actuellement à l'étude dans un grand hôpital de Paris. Un courant d'eau froide passe dans les tubes d'un radiateur placé sous les draps de chaque fiévreux. L'eau prend la température du malade et va réchauffer ensuite d'autres salles, où grelottent des malades à basse température. Je ne connais rien de plus touchant que ce procédé démocratique, qui permet de chauffer à peu de frais nos hôpitaux.

Sous ce titre un peu confus : *Contribution à l'étude d'une collaboration possible des gastéropodes à la technique opératoire de l'appendicite,* un de nos plus célèbres chirurgiens vient de présenter

à l'Académie de médecine une découverte véritablement extraordinaire et qui montre, une fois de
plus, à quel point de perfection sont parvenus nos
opérateurs modernes.

On sait que, depuis les temps les plus reculés, on
a utilisé, en pharmacie, le *sirop de limace* pour la
guérison des maux de gorge. Dernièrement, ce
procédé, vieux comme le monde, a été perfec-
tionné par la science. On s'est aperçu que le sirop
de limace n'avait que des propriétés curatives à
peu près nulles et qu'il était bien préférable d'utiliser la *limace vivante*, dont les sécrétions gardaient
ainsi toute leur valeur.

On s'est donc avisé de nourrir des limaces pendant plusieurs semaines avec du bois de réglisse,
puis de faire manger un peu de salade au malade.
La limace, attirée par l'odeur de la salade qui se
trouve dans l'estomac, descend tout naturellement
le long de la gorge, en déposant le bienfaisant
sirop de réglisse sur les parois du pharynx. Il suffit
ensuite, pour faire remonter la limace, de mettre
quelques feuilles fraîches dans la bouche du
malade, mais ce dernier procédé est le plus souvent inutile, les malades, par un sentiment de
répulsion puérile, ayant coutume de rejeter d'eux-
mêmes la limace ainsi utilisée.

Que l'on m'excuse d'entrer dans ces détails
médicaux. Il est nécessaire de les rappeler pour
expliquer en quoi consiste la nouvelle invention
proposée à l'Académie de médecine.

*
* *

Dans les cas d'appendicite et, en général, lorsqu'il s'agit d'une perforation quelconque de l'intestin, il est fort difficile de ligaturer la perforation
de l'extérieur, car il faut, pour éviter l'infection,
mille précautions opératoires. Si l'on pouvait,
même provisoirement, masquer le trou de l'intestin *de l'intérieur*, l'opération se trouverait considérablement facilitée. Pour y parvenir, un grand
chirurgien a songé à utiliser la *limace ordinaire des
médecins*, employée jusqu'à présent pour les seuls
maux de gorge, en la modifiant légèrement par
une alimentation appropriée.

La limace chirurgicale, nourrie de coton-poudre,
d'éther et d'alcool, secrète tout naturellement du
collodion. On la chasse dans l'estomac, puis ensuite
dans l'intestin, en la faisant suivre de différents
aliments qu'elle déteste et qu'elle ne manque pas
de fuir à toute vitesse lorsqu'elle les sent derrière
elle.

Une fois parvenue dans l'intestin, la limace,
désespérée, cherche à s'évader par tous les moyens
possibles. Comme à ce moment-là le chirugien
intervient de son côté et a pratiqué l'ouverture de
l'abdomen, un léger rayon de lumière filtre dans
l'intestin par le petit trou que l'on veut masquer.
La limace se précipite tout aussitôt sur ce trou

minuscule pour s'échapper, et, comme elle ne
peut y parvenir, elle sécrète, dans sa fureur, tout
le collodion qu'elle contient. En quelques minutes,
la perforation de l'intestin est ainsi complètement
obturée *de l'intérieur* et l'opération peut être
poursuivie sans le moindre danger. La limace
est ensuite, évacuée par les voies ordinaires.

C'est là un procédé infiniment simple, peu coûteux, qui paraîtra à beaucoup de gens enfantin,
mais qui, répandu dans le monde entier, va bouleverser la technique opératoire de l'appendicite.

Nous avons plaisir à signaler le nouveau *néces-*
saire pour fiévreux, qui se trouve dès maintenant
en vente dans toutes les bonnes pharmacies. Ce
nécessaire, d'un prix abordable, renferme de petits
décors très légers, peints sur soie, représentant des
vues du désert, des palmiers, des dromadaires, un
lion parfois. Il suffit d'accrocher ces décors autour
du lit du malade pour que celui-ci se croie tout
aussitôt transporté dans les pays enchantés de
l'Orient. Au lieu de souffrir de ses quarante degrés
de fièvre, il trouve cette température toute naturelle et ne se plaint plus.

Des instructions, placées dans le nécessaire,
indiquent d'autre part les objets que l'on peut
donner au malade pendant le temps que dure

l'accès de fièvre. Une ménagère économe peut
faire manger au fiévreux des vieux restes de boîtes
à cirage, de vinaigre ou de tripoli sans que celui-ci
s'en aperçoive. C'est une réelle économie pour les
ménages peu fortunés. L'hiver, ce petit nécessaire
met l'Égypte à la portée de toutes les bourses; il
transforme les pires maladies en voyages d'agrément.

Un orthopédiste de Berlin lance une nouvelle
mode. Il parvient à greffer, paraît-il, sous la plante
du pied, des *cors en acier chromé*, qui rendent le
pied absolument antidérapant. La personne
munie de ces cors est assurée de ne plus glisser
dans une baignoire et de ne plus tomber dans une
piscine sur une planche savonneuse. Cette invention boche aura sans doute beaucoup de succès
auprès des baigneurs austrogoths, mais nous doutons fort que nos élégants se décident à l'adopter.

On parle beaucoup à San-Francisco d'un effroyable scandale qui vient d'éclater dans un faubourg de la ville et dont le côté curieusement scientifique ne saurait nous laisser indifférent.

Appliquant avec une sauvagerie inouïe les découvertes de la chirurgie moderne, des Chinois se sont avisés, paraît-il, de faire couper les pieds de leurs enfants et de les remplacer par des mains de singe habilement greffées. Il paraît que la suture, pratiquée par des contrefacteurs du savant professeur Carel, réussit parfaitement.

On voit d'ici la plus-value industrielle des petits ouvriers chinois, dont l'habileté manuelle devient ainsi incomparable. Cette sauvagerie scientifique a révolté profondément la classe ouvrière américaine et des meetings de protestation ont été tenus, sommant le gouvernement de faire respecter la dignité humaine.

Nous ne saurions trop nous associer à de pareilles protestations.

———

Une nouveauté bien moderne, c'est celle de l'*Herbe purgative*, que l'on vend depuis quelque temps déjà dans toutes les pharmacies. On sait que cette herbe est récoltée sur les champs d'aviation. Elle est arrosée, durant toute l'année, par l'huile de ricin, qui suinte des moteurs d'aéroplanes. De là sa vertu, sans autre mystère pharmaceutique.

———

Depuis l'origine des premières civilisations, le cor au pied était considéré comme une tare pesant lourdement sur la marche de l'humanité. Grâce aux merveilles de la chirurgie moderne, le cor au pied, savamment cultivé et ingénieusement transplanté, deviendra une véritable bénédiction. On s'est avisé, en effet, depuis quelque temps, de greffer des racines de cor au pied dans les trous laissés sur la figure de certaines personnes par les hideux ravages de la petite vérole. Ces essais ont parfaitement réussi et, dans chaque trou, s'est développé un cor le remplissant entièrement. Il suffit de temps en temps, de passer la figure au rabot pour obtenir une peau ferme et unie du meilleur aspect. C'est, on en conviendra, un véritable prodige chirurgical qui fera la joie de bien des gens.

Une nouvelle revue médicale, l'*Europe Taurine*, dont le titre mythologique et charmant est à lui seul tout un programme, nous donne dans son dernier numéro d'intéressants détails sur l'alimentation des enfants et la conservation du lait. C'est tout d'abord une petite invention fort ingénieuse que la revue nous présente : la *nouvelle boîte à lait carrée,* destinée à empêcher d'une façon presque absolue le lait de tourner pendant qu'on le transporte et qui peut remplacer avantageusement la voiture de laitier dont nous avons déjà parlé. On peut penser que cette nouvelle boîte carrée sera adoptée par tous les parents soucieux de la santé de leurs bébés.

Il faut signaler également, toujours dans la même revue — et ceci dans l'intérêt des nourrices — le nouveau *bi-tétard équilibreur en caoutchouc,* qui se place sans difficulté sur la poitrine des nourrices et qui réunit par un même tube de biberon commun les deux sources habituelles du lait. Le petit bébé de Buridan n'a plus ainsi à hésiter entre deux festins également tentants, et la nourrice n'est plus perpétuellement déséquilibrée par des emprunts faits sans discernement, soit à droite, soit à gauche. Il paraît, du reste, que c'est uniquement à ce manque d'équilibre qu'il fallait attribuer les changements d'humeur si fréquents chez les nourrices, et les parents qui ont eu à souffrir de ces brusques caprices accueilleront avec plaisir cette nouvelle invention.

———

On sait que, depuis quelque temps, les dentistes américains ont pris l'habitude de faire sauter les dents mauvaises au moyen d'une toute petite cartouche de dynamite. Plusieurs personnes nous ont demandé si l'explosion ainsi provoquée ne présentait pas quelque danger. Nous sommes heureux de les rassurer immédiatement. L'explosion de la cartouche est absolument inoffensive, à condition toutefois que l'on ait la précaution de s'éloigner à quelque distance au moment où elle se produit.

———

Balayons en passant un préjugé stupide enraciné dans les classes populaires. Non ce n'est pas pour ramener l'estomac dans les talons que l'on fait jeûner les gens que l'on doit opérer, mais pour éviter l'élévation de température due à la digestion.

———

Que de progrès accomplis depuis les pièges primitifs à vers solitaires qui furent brevetés en 1854. Faut-il rappeler la création, depuis cette époque, de la grande *Compagnie du Métroténia* de Liverpool, qui capture annuellement deux mille vers solitaires dans de petites boîtes rondes appropriées où ils s'enroulent automatiquement sur un ressort central, non sans avoir été marqués d'un trait transversal tous les centimètres par un ingénieux mécanisme disposé à cet effet. Le ténia ainsi enroulé et sectionné est vendu comme mètre souple pour les couturières. Il est à peu près inusable. -

C'est en raison de ce formidable accaparement des ténias par la puissante compagnie anglaise que les pharmaciens éprouvent les plus grandes difficultés à s'en procurer pour orner leur boutique. Signalons à ce propos aux pharmaciens qui désirent absolument avoir un ver solitaire dans un bocal pour égayer leur devanture ou leur cheminée, qu'ils peuvent très bien se contenter d'un mètre ordinaire de couturière, usagé, dont on gratte les centimètres. Beaucoup de pharmaciens procèdent ainsi et s'en trouvent fort bien. L'illusion est parfaite.

Parmi les très nombreux procédés anciens rappelés cette année par le comité d'hygiène chargé de combattre les épidémies, il faut citer au tout premier plan, pour sa simplicité et son ingéniosité, le piège à rats, dit *mussicide marmoréen*. Toutes les grandes épidémies se transmettant par les rats, il est fort avantageux de savoir comment on peut se débarrasser pratiquement et rapidement de ces dangereux animaux.

Le *mussicide marmoréen*, désigné parfois dans les manuels sous le nom de *Ratabatière*, se compose tout simplement d'une belle plaque de marbre blanc, avec ou sans inscription funéraire, que l'on pose à plat sur le sol. Au milieu de cette plaque, on dépose simplement un peu de lard saupoudré de tabac à priser. Le rat ne manque pas de se précipiter sur cet appât dès qu'il le voit. Inévitablement, il renifle un peu de tabac à priser et se sent pris d'une violente envie d'éternuer. D'un seul coup sec, il se brise le crâne sur la plaque de marbre. Ce dispositif est du reste approuvé par la Société Protectrice des Animaux, car le rat meurt ainsi d'accident et n'est pas méchamment écrasé dans un piège.

On m'a demandé un peu partout des renseignements sur le nouveau *Self-soap*, dont on fait grand bruit en ce moment en Angleterre. N'exagérons rien : la chose était connue depuis plusieurs mois déjà dans nos laboratoires français de physiologie expérimentale. Il s'agit tout simplement du *nouveau procédé de saponification des gens gras* qui étonnera tout le monde et fera le bonheur des personnes obèses.

Au moyen d'injections sous-cutanées, très simples, de soude, de potasse et d'autres produits savamment dosés et rendus inoffensifs, on obtient une progressive et rapide saponification des tissus graisseux qui encombrent inutilement l'organisme. La graisse transformée, pardonnez-moi l'expression, en eau de savon, est, peu à peu, éliminée par les voies ordinaires. Elle se solidifie à la sortie et peut se présenter finalement sous la forme de savons ou de bougies. Un homme obèse de forte taille peut produire ainsi, pour son usage personnel : trois paquets de douze bougies du modèle courant, dix-huit à vingt savons de toilette et une petite bouteille de glycérine pour les soins de la peau.

Une personne grasse devient ainsi une véritable source de revenus domestiques. C'est une petite richesse que l'on peut exploiter chez l'homme, comme on le faisait jusqu'à présent pour l'ours et la baleine. Cette exploitation a tout en même temps le grand avantage de ramener l'individu aux proportions normales. Pour nos médecins, ce traitement paraîtra des plus simples : il ne saurait étonner ceux qui sont au courant des miracles de la science moderne, mais il frappera vivement, on peut en être persuadé, l'imagination du public.

Évidemment, disons-le pour être complet, la saponification des tissus graisseux a l'inconvénient de rendre les chairs flasques et tombantes, mais on peut remédier à ce fâcheux plissage en enduisant le corps d'amidon et en le faisant repasser.

———

Avoir un cheval dans le ventre, entendez un cheval vivant et normalement constitué, le cas, on l'avouera, était bien fait pour piquer la curiosité de l'Académie de médecine. Des compresses, des instruments de chirurgie, passe encore, mais un cheval! Pourquoi pas une voiture? L'émotion s'est calmée au cours de la dernière séance, quand on a su qu'il s'agissait tout simplement d'une jument.

———

Les journaux américains de cette semaine nous racontent, avec force détails, l'inauguration sensationnelle que l'on vient de faire dans le Kansas de la *maison de retraite des vieux mathématiciens de Topeka.* C'est, paraît-il, le général Merrygoround qui a été chargé de placer la première pierre dans la vessie du nègre qui sera le premier malade du nouvel établissement, section des graveleux. Cette pose a été faite solennellement, devant un grand concours de docteurs venus de tous les points du territoire. La fantaisie des Américains, à cette occasion, semble avoir dépassé toutes les limites permises. C'est ainsi que le télégramme de félicitations adressé par le président des États-Unis a été enregistré sur un ténia que l'on avait spécialement enroulé à cet effet sur l'appareil récepteur du télégraphe Morse. De pareilles excentricités scientifiques sont-elles bien utiles pour l'avancement des sciences? Il est permis d'en douter. Mais ne soyons pas trop sévères pour cette publicité sensationnelle qui, déplacée dans notre pays, est peut-être indispensable dans des contrées dont nous ignorons trop les mœurs et les besoins.

C'est ainsi que, grâce à cette amusante inauguration, on a pu intéresser de suite à l'œuvre entreprise tous les malades d'une station thermale voisine où l'on ne soigne que des graveleux.

La maison de retraite sera ainsi presque entièrement construite au moyen de calculs fournis par les malades. L'idée peut paraître puérile tout d'abord, mais il faut reconnaître, à la réflexion, qu'elle est ingénieuse. Comment stimuler les malades durant une saison? Comment les distraire? Cette œuvre, entreprise par leurs soins, les occupera utilement et hâtera leur guérison tout en réalisant une fondation utile, dont profiteront de vieux calculateurs dignes d'intérêt. Il faut savoir bien souvent présenter une œuvre charitable sous une forme amusante pour la faire aboutir.

———

La carrière médicale, déjà si encombrée, est sur le point, paraît-il, de faire de nouvelles recrues parmi des gens dont on ne soupçonnait guère la vocation de médecin : parmi les aveugles. Dès l'an prochain, on nous annonce l'installation de plusieurs *nouveaux médecins aveugles pour clients timides*. Il paraît que cette infirmité rassure beaucoup de gens qui, sans cela, n'oseraient point exposer leurs maux. Il paraît également que le diagnostic des médecins aveugles n'est pas inférieur à celui de la plupart de leurs confrères.

———

Étant donné les étroites limites d'âge imposées pour l'admission dans nos grandes écoles et l'instruction toujours plus rapide et plus complète que l'on donne aux enfants, on apprendra sans étonnement que de curieux essais *d'instruction intra-utérine* viennent d'être tentés par le laboratoire de

physiologie psychologique sur de futurs nouveau-
nés. Au moyen d'un micro-phonographe on peut,
paraît-il, inculquer aux futurs enfants des notions
élémentaires qui leur permettent, en venant au
monde, de balbutier déjà les mots principaux du
vocabulaire.

On gagne, paraît-il, plusieurs mois, et l'on espère
que les enfants ainsi préparés pourront passer leur
baccalauréat un an plus tôt.

C'est là une découverte bien digne de notre
temps. Pour tous les détails, nous renvoyons nos
lecteurs au programme très complet de l'*École
fœtale* que fournit gratuitement, sur demande, le
laboratoire de physiologie psychologique.

———

Nos chirurgiens modernes accomplissent chaque
jour de véritables miracles. Leur habileté dépasse
toute imagination. Mais il faut bien reconnaître
que cette pratique quotidienne rend peu à peu leurs
gestes automatiques, et que, leur attention étant
souvent ailleurs, de fâcheuses erreurs peuvent en
résulter. C'est ainsi que l'on parle à mots couverts
d'une effrayante distraction qui coûta la vie à un
malade dans un très grand hôpital parisien.

Il s'agissait pourtant d'une opération infiniment simple. Le chirurgien n'avait qu'à couper un doigt, un simple doigt, et c'est, on peut le croire, cette insignifiance même de l'opération qui entraîna l'accident. Après avoir coupé le doigt, le chirurgien aurait dû, suivant l'habitude, jeter ce membre amputé et renvoyer le malade. Par suite, je le répète, d'une invraisemblable distraction, *il garda le doigt et jeta le malade.* Lorsqu'il s'aperçut de son erreur, il était malheureusement trop tard.

Décidément la vie quotidienne est faite d'absurdités.

TABLE DES MATIÈRES

Préface.   v

I. — Hygiène, Esthétique, Soins de beauté.   1

Le savon antidérapant. — Le réticule adultérin. — Le crachoir-torpille. — Le ratelier-piège. — L'ovimelle muscacide. — L'escarfigaro. — Pour conserver ses dents. — Mouches vivantes. — Machine à écrire les bâtons. — Filtre touriste. — Méphistophone bas parleur. — Hâle artificiel. — — Ongles noirs pour cabarets. — Embrasses pour joues tombantes. — L'éclairage des yeux et du nez. — La baignoire à entrée latérale. — Burettes à huile pour Esquimaux. — Vacuum nasal. — L'électrocuferropaillasse. — Le mammifère natatoire gonflant. — Boucles d'oreilles réveille-matin. — Le crachoir central récupérateur. — Le calorifère à miasmes. — Les peignes pleins pour personnes pelées. — La chenille brosse à dents. — Coton noir pour deuil. — Le genuflectol. — Accroche-cœur tressé pour monocle. — Pâte d'aimant pour cheveux métalliques. — Les cheveux-barbe. — Le ciment ombilical. — Le savon à poils. — Cirage à la graisse de lapin. — L'extenseur sénile. — Le schampooing scolaire. — Criquets tondeurs. — Le cri-cri pinçon. — L'ibis ouvre-gants. — Le crocodile conformateur pour bottes. — La dynamo-pipe et le bouton de gilet électrique pour conversation.

II. — Horticulture, Aviculture, Pisciculture, Élevage.   33

Le niveau à bulle d'air des poissons. — Le peigne des raies.
— Bancs Touring-Club pour sardines. — Le vampire vinivore. — Le maquillage des pommes ridées. — La serviette-
éponge sauvage. — L'Ichtyocinéma. — Les vaches à lait
sucré. — Jambes de bois pour moutons. — Le martyr des
moules. — Béquilles pour cigales. — Rouleaux pour escargots. — Wagons-restaurants pour moineaux. — Puces cara-
mel pour chiens. — Moutons cotonniers. — Grain de
beauté pour poules. — Vaches à café et vaches à bière. —
Bassets à boggies. — Raboteuse automobile pour têtes de
morues. — Chevaux de course à turbine. — Cochons autruchiens. — Coqs de combats chromés. — Chapeau Saint-
François. — Moules perlières. — Poules merlières. —
Poules perlières. — Moules merlières. — Perles pour lièvres.
— Perles moulières. — Poules moulières. — Merles pour
lierres. — Explosions d'oiseaux. — Cigognes pour
friser la chicorée. — Monocles pour chevaux. — La
santé du veau froid. — L'ovicul de poule enregistreur.
— Le travail intensif des poules. — Les fruits-grelots.
— Conformateurs pour œufs carrés. — Le nid gobeur. —
Charnières pour bouledogues. — Œufs de poule d'eau
pour tirs forains. — L'élimacié. — Le Marathon limace.

III. — Administration, Bureaux, Finances, Écono-
        mie politique et sociale.   65

Le contrôle ombilical. — Mauvais traitements infligés à
un ballon captif. — Les uhlans du Mont-de-Piété. — Les
billets de banque ignifugés. — La plume-doigt-réservoir.
— Travaux à rides. — Les affiches horizontales pour
ivrognes. — Le S. M. C. — La prise de la Santé. — Machine à couper les dentelures des timbres-poste. — Les
petits chiens lécheurs. — Erreurs administratives. — Les
inondations et les moulins à eau. — Le scandale des vaches
bitumineuses. — Le sulfatage des feuilles de vigne dans
les musées. — Affiches grasses pour élections. — Le mont
Saint-Michel. — Les téléphones transatlantiques. — Roues
à date pour autobus. — Le contrôle des dents d'or. —
L'utilisation de la monnaie et des billets de banque.

IV. — Alimentation, Cuisine, Fraudes.   87

L'olimacia. — L'escroquerie au téléphone.— Psychiâtrie alimentaire. — Réglisse de lapin. — Huîtres inusables.
— Pièces de démonstration. — Les nouveaux moineaux
gras. — Évacuations boches. — Choucroute capillaire. —
Les juges de Berlin. — La grève des secoueurs de salade.
— Chemises pour gruyère. — Boucheries autophagiques
de New-York.— Chemins de fer potagers. — Le phonovague. — Cartouches à grains de genièvre. — Haricots
sans fils.— Bananes artificielles. — La hausse des viandes.
— La porte moulin à café. — Le fusil à broche. —
Choucroute zeppelin. — Le chien Touring-Club. — Pains
boches au raisin. — Le truffage artificiel. — Cuisine
viennoise. — Voitures de crémier empêchant le lait de
tourner.

V. — Armement, Marine, Ruses de guerre.   109

L'anitra di guerra. — Éperons briquets. — Pigeons
biplans. — Les idées de l'aumônier de l'Ernest-Renan. —
Singes turcs aviateurs. — Le boomerang français. — Le
compas volatile. — Jumelles optimistes. — Viseurs lumineux. — La cartouche chenille. — Les perroquets instructeurs. — Obus allant à 900 kilomètres. — Pièges pour
aéroplanes. — Obus planètes. — Le suicide de l'électro-
aimant. — L'huître électrique. — Colle pour chauffeur. —
Gaz asphyxiants. — Bicanons. — Singes pour poux. —
Torpilleur haricot turbine. — La suppression des douanes
par l'Allemagne. — Bismarck. — L'aéro coupe-cigares. —
Les soldats de François-Joseph. — La voix de son maître.
— Saucisses pour attacher les mitrailleurs. — La dernière maladie de von Bulow. — Le képi courant d'air. —
Les couronnes de François-Joseph. — Le singe dans
l'armée. — Économies de bouts de cigares. — Talons tour-
nants pour boches. — Cols et faux-cols autrichiens. —
Dans les sous-pirates. — L'arrestation de la Grande-
Ourse.

VI.—Chemins de fer, Transports maritimes et urbains.   133

Le linocalcium. — Wagons mugisseurs et lampes Apis
pour bestiaux. — Tunnels dans la glace. — Le télégraphe

musical. — La double ceinture. — Les brûle-parfums du
métro. — L'utilisation des émigrants contre les tempêtes. — La voiture à bras Edison. — Le télescope-luxe.
— Les rapides à bouillon surchauffé. — Direction automatique des navires. — Panthéon-Courcelles. — La botte
de foin dans une aiguille. — L'autotacotvelo local. — Les
isolateurs gommés. — Limousines pour culs-de-jatte. —
Le basset nettoyeur de rails. — Le hérisson pour trolley.
— Soutiens-ventre pour wagons.   ⸮⸮

VII. — Modes, Élégances, Vêtements, Ingéniosités
          somptuaires. **151**

La robe secrète à double agrafage. — Tuyau de poêle à
clef. — Skating à mouches vitré. — Postiches pour chiens.
— Valise diplomatique pour chiens. — La glace vergognosa.
— Mouchoirs aimantés. — Mœurs et vêtements tyroliens. — La bague byzantine. — Chaussette entonnoir pour
écoliers. — Feutre artificiel. — Le vestiaire des petits
cabots. — Les piquepockets. — Fermé. — Le silencieux
pour dames. — La cape gorgone viperine. — Oiseaux
vivants pour modes. — Pigeons pour chapeaux de courses.
— Le dogcar Westinghouse. — Chaussures à écoulement
d'eau. — Brodequins-requins. — Vêtement thermocapte
à circulation d'eau. — Le kanguroo réticule. — La fraude
sur les cols. — Jupe balai-mécanique pour vieilles dames
obèses. — Le rat d'égout zibeline. — Le bouton de col
Le Présent.

VIII. — La Maison, l'Ameublement, les Ustensiles
          de ménage. **171**

La machine à compter le linge. — Recettes pour enlever
le vert-de-gris et les taches de soleil. — Chaînes pour
chiens de garde. — Le Xavier de Maistre électrique. —
Serrure entonnoir pour ivrognes. — Passoire à un seul trou.
— Moustiquaires. — Le dog cleanser. — Le voltaire à
minuterie. — Ressorts à pompe pour sommiers. —
L'utilisation des marées. — Le plafond damier. — La
Louis XVI. — Le drap store. — Le train domestique. —
Le fer à repasser électrique. — Le pétard mignon réveille-
matin. — Le piano pour débutants. — Dallage en caoutchouc. — Cuiller à niveau constant. — Lit anti-pro-
custe. — Biscuits de cire pour chiens. — Le Redoutable.
— Fabrication ingénieuse de passoires dans la zone.

IX. — Automobilisme, Aviation, Alpinisme, Sports cynégétiques. 191

L'écureuil pour le montage des pneus de 135. — Le projet Vag. — Plaques indicatrices. — Le phare-cinéma pour agents. — L'auto alibi à pannes commandées. — L'eau peut remplacer l'essence. — Carnier grossissant pour chasseurs. — Le mont Eiffel. — Les 24/30. — Balle cri-cri de tennis. — Voile rigide pour petites voitures. — Le percement des aiguilles alpestres. — L'hélicominet à bouchons. — La lutte contre le clou. — Arbres caoutchouc. — La peur des chevaux entiers. — Breloques américaines pour chaînes d'auto. — Collier-montre pour chiens. — Pédales automobiles pour pianos. — Le faucon réclame pour aviateurs. — Vers luisants pour l'éclairage des bestiaux. — La vaccination des châssis de course. — Le fromage automobile. — Le petit nécessaire de réparation pour toutes les pannes.

X. — Architecture civile et religieuse. 211

Les colonnes des temples antiques. — Le moteur à gaz privé. — Chauffage terrestre central. — La transformation de la Madeleine. — Le chantier pousse-pousse. — Les maisons-ascenseurs. — Le fil à plomb rigide. — Ailes pour villas. — L'Excelsior Phénix. — La cure d'altitude du Faubourg Montmartre. — Clôtures musicales. — La concierge-grue centrale. — Le water-gamme. — Les vaches à ciel de Broadway.

XI. — Police, Tribunaux, Voie publique. 223

Empreintes digitales moulées. — Cul-de-jatte balai mécanique. — Les agents fillettes. — Les Cerbérines. — Ruse de contrebandiers. — Réverbères en caoutchouc. — Les taxipalfrois. — Contrefaçon d'asphalte. — Postes d'aimantation. — Mendiants artistiques. — Alignements artificiels. — Trottoirs roulants. — Agents flottants. — La petite houille blanche. — Chiens camouflés. — Chaises Janus. — Gyroscope Paoli. — Paons balayeurs. — Escroquerie de charbon. — L'extincteur souricier. — Le blessé artificiel pour pharmaciens. — Le singe à queue prenante. — L'œil de verre détective.

XII. — Beaux-Arts, Théâtre, Presse. 243

Tableaux vivants. — Fauteuils pneumatiques pour cinéma. — Un nouveau quotidien : *La Conscience*. — Les modèles de la place Pigalle. — Cadre pour peintures cubistes. — Nouveau contenancier. — Société du Cinéma-Métro. — Couronnes d'immortels. — Un scandale cubiste. — Plantes grimpantes pour monter les lettres. — Protection des paysages. — Le miroir orthoptique. — Le salon du daltonisme. — Fers à cheval réclame. — Location de statues. — Résumés cinématographiques. — La maison du Vase Brisé. — Le thémisophone. — L'école trépidante. — L'hermaphrodite au théâtre. — Fatigué d'être Boche. — Le revolver musicographe pour casinos.

XIII. — Anthropologie, Ethnographie, Occultisme, Voyages. 263

Le voyage du conquérant. — Le bal des scaphandriers. — Le soldat de Marathon. — Le bénédisiphon. — La boucherie humaine. — Fontaines Wallace lumineuses. — Noël? — Bons conseils. — Le nouveau tatouage blanc. — Les plongeurs. — Procédés d'orientation dans le Far West. — Verres en tôle. — Plages de sable artificielles. — Le Paterpolitain. — L'élargissement des prisonniers. — Statues utiles. — Plaques tournantes pour prussiens. — Coloration des fantômes. — Le crabe précurseur. — L'Ange Gabriel a dix-huit places. — Matérialisation de beefsteacks.

XIV. — Science pure et appliquée. 279

Le cadran lunaire. — Pulsomontre de voyage. — Les cirons industriels. — Parapluie pour cigare. — Muscasonne antivibrateur. — La lumière noire. — Photographies sans retouches. — Colonnes monocylindriques. — Le pas de vis pour monocles. — Réforme musicale des pendules. — Poucettes rotatives. — Nouveau mètre court. — Gants à écrire. — Parapluie rotatif lumineux. — Négatifs pour nègres. — L'heure exacte. — Protège-pointe pour moustiques. — Cure-oreilles électrique. — Un scandale aux Longitudes. — Le phonographe pour sourds-muets. —

Machine à coudre sans fil. — Routes aériennes. — Le nouveau funiculaire à grenouilles. — Le gaz misérable. — L'équilibreur de tartines.

XV. — Mœurs et coutumes, Vie privée, Folk-lore. . .   301

La leçon mal comprise. — La destruction des pipes. — Les mouchcirs sinapisés. — L'antimigrateur tzigane. — Hachette dominicale. — La conversation. — Un incident postal. — Les méfaits du collier d'ambre. — Le house-pyjama housse. — Chasseurs champignons. — Le tabou-ret chameau. — L'auto-cigare. — Baromètre à sonnerie pour ivrognes. — Litres en verre dépoli. — Appareil à sécher les larmes. — Le cadeau boomerang. — Jouets rationnels pour enfants. — Le réveil P. T. T. — Le pain gratuit pour riches. — Le fauteuil-éclipse. — Le crabe casse-noisettes. — Lit flagrant délit. — Le sourieur bonhomme.

XVI. — Médecine, Chirurgie   321

Dentier élastique pour familles pauvres. — Cols per-forés pour furoncles. — Lit d'hôpital radiateur. — Limace vivante pour maux de gorge. — La limace chirur-gicale. — Nécessaire pour fièvreux. — Pieds antidérapants. — Horrible mutilation des petits chinois. — L'herbe pur-gative. — Le rebouchage des trous de variole. — Bi-té-tard équilibreur pour nourrices. — Dents dynamitées. — La diète des opérés. — La compagnie du Métroténia. — Le mussicide marmoréen. — La saponification des personnes grasses. — Un cheval dans le ventre. — Pose de la pre-mière pierre d'un hospice américain pour vieux calcula-teurs graveleux. — Médecins aveugles. — Instruction intra-utérine. — Fâcheuse distraction d'un grand chirurgien.

B. — 175. — Lib.-Imp. réunies, 7, rue Saint-Benoît, Paris.

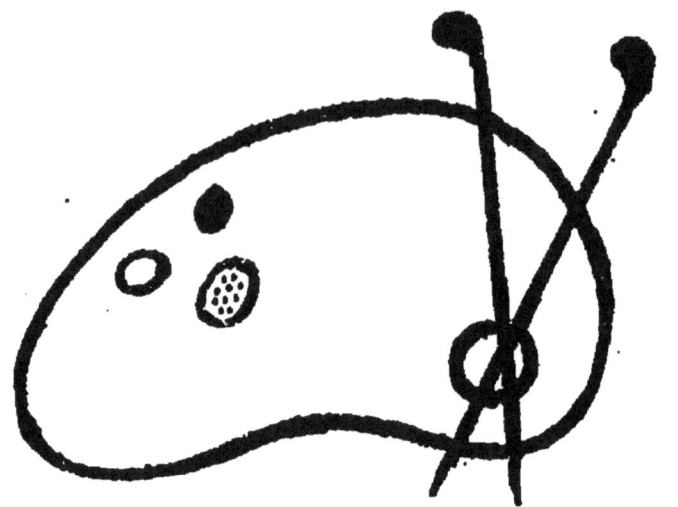

Original en couleur

NF Z 43-120-8